*Alfredo Maria Adriano d' Escragnolle Taunay (1843-1899): militar, professor, político, historiador e escritor brasileiro. Um dos fundadores da Academia Brasileira de Letras.*

# Inocência

Clássicos Ateliê

*Coordenação*

José de Paula Ramos Jr.

Alfredo d'Escragnolle Taunay

# Inocência

*Apresentação*
Jefferson Cano

*Estabelecimento de Texto e Notas*
José de Paula Ramos Jr.

*Ilustrações*
Kaio Romero

Ateliê Editorial

Dados Internacionais de Catalogação na Publicação (CIP)
(Câmara Brasileira do Livro, SP, Brasil)

---

Taunay, Alfredo d'Escragnolle Taunay, Visconde de, 1843-1899
*Inocência* / Visconde de Taunay; apresentação Jefferson Cano; estabelecimento de texto e notas José de Paula Ramos Jr.; ilustrações Kaio Romero. – Cotia, SP: Ateliê Editorial, 2019. – (Coleção Clássicos Ateliê / coordenação José de Paula Ramos Jr.)

ISBN 978-85-7480-832-1

1. Romance brasileiro I. Cano, Jefferson. II. Ramos Junior, José de Paula. III. Romero, Kaio. IV. Título. V. Série.

19-26102 CDD-B869.3

---

Índices para catálogo sistemático:

1. Romances: Literatura brasileira B869.3

Cibele Maria Dias – Bibliotecária – CRB-8/9427


ATELIÊ EDITORIAL
Estrada da Aldeia de Carapicuíba, 897
06709-300 – Cotia – SP – Brasil
Tel.: (11) 4702-5915
www.atelie.com.br | contato@atelie.com.br
facebook.com/atelieeditorial | blog.atelie.com.br
2019

Foi feito depósito legal
Impresso no Brasil

# Sumário

Natureza, Civilização e a Perda da Inocência –
*Jefferson Cano* .......... 9

INOCÊNCIA

I – O Sertão e o Sertanejo .......... 39
II – O Viajante .......... 51
III – O Doutor .......... 65
IV – A Casa do Mineiro .......... 71
V – Aviso Prévio .......... 79
VI – Inocência .......... 85
VII – O Naturalista .......... 95
VIII – Os Hóspedes da Meia-Noite .......... 99
IX – O Medicamento .......... 109
X – A Carta de Recomendação .......... 115
XI – O Almoço .......... 127
XII – A Apresentação .......... 133
XIII – Desconfianças .......... 139
XIV – Realidade .......... 147
XV – Histórias de Meyer .......... 157
XVI – O Empalamado .......... 165
XVII – O Morfético .......... 179
XVIII – Idílio .......... 185
XIX – Cálculos e Esperanças .......... 195
XX – Novas Histórias de Meyer .......... 203

XXI – *Papilio Innocentia* ....... 209
XXII – Meyer Parte ....... 213
XXIII – A Última Entrevista ....... 219
XXIV – A Vila de Sant'Ana ....... 229
XXV – A Viagem ....... 237
XXVI – Recepção Cordial ....... 243
XXVII – Cenas Íntimas ....... 247
XXVIII – Em Casa de Cesário ....... 253
XXIX – Resistência de Corça ....... 265
XXX – Desenlace ....... 275
Epílogo – Reaparece Meyer ....... 283

Notas ....... 287
Bibliografia ....... 309

# Natureza, Civilização e a Perda da Inocência

Jefferson Cano

*Inocência* foi o terceiro romance publicado por Sylvio Dinarte, pseudônimo então usado por Alfredo d'Escragnolle Taunay. Apesar de não ser um autor estreante, o caminho da publicação parece não ter sido o mais fácil, a julgar pelo anúncio publicado no *Jornal do Commercio* de 1º de junho de 1872:

**Brevemente sairá à luz:**

INOCÊNCIA

ROMANCE DE COSTUMES BRASILEIROS

(A ação passa-se no sertão de Mato Grosso)

POR

SYLVIO DINARTE

(Autor da *Mocidade de Trajano* e *Lágrimas do Coração*)

Assinaturas em casa de Thompson

A publicação por assinaturas provavelmente serviria como garantia para um investimento pouco seguro do editor, no caso Frederico Thompson, estabelecido à Rua do Ouvidor como "mercador e armazém de livros", segundo o Almanack Laemmert de 1872. Mas o fato é que o romance só saiu em dezembro daquele ano, e não foi pela casa de Thompson, mas pela Typographia Nacional. A repercussão na crítica literária da imprensa fluminense foi pequena, mas positiva.

Ainda antes que o livro chegasse às livrarias, o jornal *A Nação* publicou em seu folhetim o primeiro capítulo do romance, cujo assunto e estilo, segundo o redator, faziam-no "competir com os melhores do afamado especialista F. Cooper"[1]. Publicado o romance, o folhetinista do *Correio do Brazil* sentia falta de um "toque de colorido romântico", ao mesmo tempo em que elogiava os capítulos descritivos da obra: "o primeiro sobretudo revela um espírito de observação e poesia que desde logo convida à continuação da leitura"[2]. Um outro artigo anônimo, publicado em *A Reforma* e republicado dois dias depois no *Jornal do Commercio*, ressaltava a mesma impressão, de uma qualidade concentrada nas descrições realistas do romance:

> O romance de que nos ocupamos, nesta ligeiríssima notícia, é um belo álbum de paisagens brasileiras, de quadros do sertão, lindos pelo colorido e pela exatidão com que foram delineados.
>
> O leitor sente-se transportado a essas regiões incultas e quase inexploradas do país. Compartilha do viver excepcional e tão outro do homem da natureza; ouve o seu falar rude e original; admira os seus costumes selvagens mas pitorescos, e sente uma inexplicável satisfação ante esse panorama tão nosso e tão diferente dos quadros comuns, que diurnamente passam ante seus olhos.
>
> Para nós o principal mérito da *Inocência* está não só nas descrições das virgens matas e alpestres serranias, como na fotografia exata daqueles tipos, que, por assim dizer, completam a natureza morta, tão bem retratada no romance[3].

1. *A Nação*, 13 de novembro de 1872, p. 1.
2. *Correio do Brazil*, 8 de dezembro de 1872, p. 1.
3. *A Reforma*, 12 de dezembro de 1872, p. 1.

ANNO I

QUARTA-FEIRA 13 DE NOVEMBRO DE 1872

NUM. 116

RIO DE JANEIRO

AVULSO 40 RÉIS

# A NAÇÃO

JORNAL POLITICO, COMMERCIAL E LITTERARIO

PUBLICAÇÃO DA TARDE

Proprietario — O Bacharel JOÃO JUVENCIO FERREIRA DE AGUIAR

Aviso

A NAÇÃO

NOTICIARIO

FOLHETIM DA NAÇÃO

De 13 de Novembro.

INNOCENCIA

POR

SYLVIO DINARTE

*Parte do primeiro capítulo de* Inocência, *publicado em folhetim do jornal* A Nação, *edição de 14.11.1872.*

É fato que, tanto para seus primeiros leitores do século XIX quanto para o leitor de hoje, a leitura de *Inocência* sofre necessariamente o impacto de seu capítulo de abertura, pela importância da descrição do cenário natural do sertão, o que fez com que Taunay já fosse situado em um momento de transição entre romantismo e realismo[4]. Não sem razão, boa parte da crítica sublinhou a importância da experiência de Taunay em sua viagem pela região quando da expedição militar na Guerra do Paraguai[5].

Toda a descrição do espaço natural, que inicia esse capítulo, se encaminha para situar nesse espaço o sertanejo, que parece coroar uma gradação de elementos que compõem a paisagem, desde a areia das estradas, a vegetação dos campos e os animais até o homem. E essa cadeia de seres que habitam o sertão não é descrita apenas a fim de pintar um quadro da paisagem, mas são todos de certa maneira coligados por uma existência dentro desse quadro, ao qual se prendem por seu ciclo vital. Os cerrados, campos, capões e charnecas são consumidos pelo incêndio "que algum tropeiro, por acaso ou mero desenfado, ateia com uma faúlha do seu isqueiro" [p. 41]. Quando tudo foi consumido pelo fogo e reduzido a uma espessa camada de cinzas; quando o narrador vê ape-

4. É, por exemplo, o caso de Lúcia Miguel Pereira, que via o regionalismo como um recurso usado instintivamente pelos autores que operavam essa transição; no caso de Taunay, nota a autora: "Não é entretanto *Inocência* um romance realista, porque só na formação do ambiente o ousou ser Taunay; as figuras ainda pertencem ao convencionalismo romântico, isto é, encarnam cada uma um tipo ideal, com todas as suas características". Lúcia Miguel Pereira, *Prosa de Ficção (de 1870 a 1920)*, Belo Horizonte/São Paulo, Itatiaia/Edusp, 1988, p. 44.

5. É a tônica da leitura que faz Antonio Candido, certamente o nome de maior expressão dessa vertente crítica, em *Formação da Literatura Brasileira*, São Paulo, Ouro sobre Azul, 2017.

nas "por toda a parte, melancolia; de todos os lados, tétricas perspectivas" [p. 42], a chuva atua como uma fada, fazendo com que transborde novamente a vida. Faltando a chuva, nem por isso falta vida aos campos devastados, onde gaviões e caracarás disputam "outro réptil chamuscado" [p. 43].

Após a descrição da vida e morte dos cerrados e seus animais, entra em cena o sertanejo, que percorre esses campos quase como mais um elemento que fizesse parte da paisagem. Sua descrição começa por uma série de negativas: ele "não ouviu as harmonias da tarde, nem reparou nos esplendores do céu", não experimenta receio nem melancolia, "consubstanciado como está com a solidão" [p. 47]. Essa identificação com o espaço de certa maneira o despersonaliza, situando o seu estado de felicidade em um nível que o distingue dos demais homens, com os quais se identifica o narrador:

> Sente-se deveras feliz. Nada lhe perturba a paz do espírito ou o bem-estar do corpo. Nem sequer monologa, como qualquer homem acostumado a conversar.
>
> Raros são os seus pensamentos [...]. [p. 47]

> Ocasiões há em que o sertanejo dá para assobiar. Cantar, é raro; ainda assim, à surdina; mais uma voz íntima, um rumorejar consigo, do que notas saídas do robusto peito. Responder ao pio das perdizes ou ao chamado agoniado da esquiva jaó, é o seu divertimento em dias de bom humor. [p. 48]

A preferência dada ao pio das aves sobre a fala ou o canto, o escasso uso da linguagem verbal e do pensamento e o fato de encontrar nisso tudo a felicidade parecem desumanizá-lo, ao passo que reforçam a sua identificação – consubstanciação – com o espaço natural, da qual lhe vêm os únicos sentimentos que o aproximam da esfera da humanidade – orgulho, gosto, vaidade – e lhe conferem uma superioridade:

> O legítimo sertanejo, explorador dos desertos, não tem, em geral, família. Enquanto moço, o seu fim único é devassar terras, pisar campos onde ninguém antes pusera pé, vadear rios desconhecidos, despontar cabeceiras e furar matas que descobridor algum até então haja varado.
>
> Cresce-lhe o orgulho na razão direta da extensão e importância das viagens empreendidas; o seu maior gosto cifra-se em enumerar as correntes caudais que transpôs, os ribeirões que batizou, as serras que transmontou e os pantanais que afoitamente cortou, quando não levou dias e dias a rodeá-los com rara paciência.
>
> Cada ano que finda lhe traz mais um valioso conhecimento e acrescenta uma pedra ao monumento da sua inocente vaidade.
>
> […]
>
> E esta presunção de realeza infunde-lhe certo modo de falar e de gesticular majestático em sua singela manifestação.
>
> A certeza que tem de que nunca poderá perder-se na vastidão, como que o liberta da obsessão do desconhecido, o exalta e lhe dá foros de infalibilidade. [pp. 48-49]

Note-se que ao tratar dessa superioridade do sertanejo estamos diante de uma atitude de dúvida do narrador, que se refere a uma "presunção de realeza" ou uma "inocente vaidade", mas nada permite falar em um domínio sobre a natureza que ele tanto conhece, o que definitivamente o humanizaria. Na verdade, todos os termos que se aplicam a sua ação – transpõe, transmonta, corta, rodeia os elementos naturais – remetem a uma relação com a natureza que não inclui o seu domínio ou a sua transformação para a incorporação à civilização. O sertanejo parece ter apenas a capacidade de

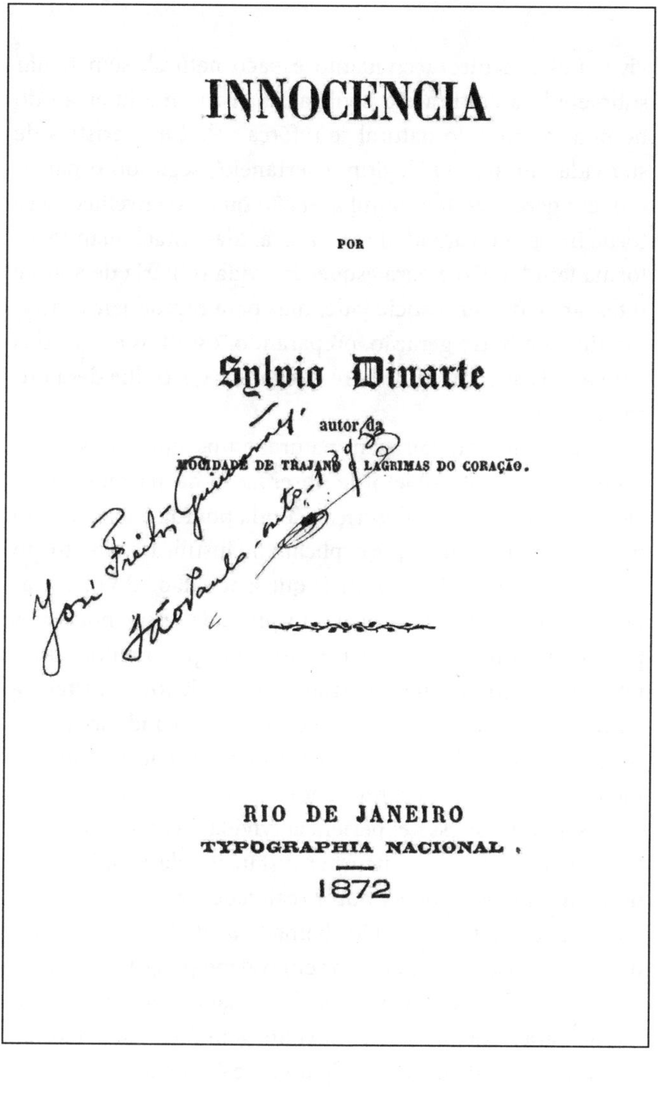

INNOCENCIA

POR

Sylvio Dinarte

autor da

MOCIDADE DE TRAJANO E LAGRIMAS DO CORAÇÃO.

RIO DE JANEIRO
TYPOGRAPHIA NACIONAL
1872

*Frontispício da 1ª edição de* Inocência.

viver nessa natureza enquanto espaço natural, sem tentar submetê-la à cultura e à civilização. A mesma imersão do homem no mundo natural se reforça pela característica de sua vida familiar. O "legítimo sertanejo", segundo o narrador, em geral não tem família, senão quando envelhece e se torna incapaz da atividade sertanista. Mas então, quando ele forma família não é para esquecer a vida solitária de antes e integrar-se de vez à sociedade, mas para reproduzir o mesmo tipo em outra geração, preparando "os filhos e enteados para a vida aventureira e livre que tantos gozos lhe dera outrora". [p. 50]

Dessa maneira, paisagem natural e tipo humano se misturavam enquanto objeto de observação do narrador, que, além de seu apuro na descrição, ainda pontua a leitura com notas ao pé da página que explicam ou justificam o texto em aspectos diversos. Porém, mais que a acuidade do observador ou a exatidão da informação prestada, essas notas nos permitem também perceber a distância que o autor supunha haver entre o que é narrado e o seu leitor: a distância entre o mundo da Corte e o do sertão, que só pode ser transposta com a mediação desse narrador, pertencente ao primeiro, mas profundo conhecedor – por experiência própria – do segundo. É essa experiência, vivida vicariamente pelo leitor no romance, que encurta a distância e dá a conhecer ao homem da Corte aquela outra realidade, ao mesmo tempo pitoresca e hostil, do "sertão chamado *bruto*", ou "sem moradores", como anota o narrador em rodapé [p. 40].

Assim, as primeiras páginas do romance servem não somente para a construção de uma imagem do espaço natural, mas também – e talvez principalmente – para a constituição do próprio narrador. E esse narrador viajante, que supostamente viu aquilo que descreve, ganha importância, sobretudo, por se tratar de uma narrativa cujo conflito central se institui em torno da passagem de outros dois viajantes pelo sertão, quando Pereira, fazendeiro naqueles campos, dá hospedagem a Cirino e Meyer. De certa maneira, o narrador compartilha características análogas às desses dois personagens. Nem por isso, no entanto, se iguala a eles, mas talvez seja acertado dizer que compete com eles. A descrição da paisagem e dos costumes e a riqueza das explicações fornecidas nas notas aproxima o narrador de um viajante naturalista, como o alemão que ele apresenta e tantos outros que visitaram o Brasil desde o início do século XIX. Porém, o papel de viajante assumido pelo narrador se distancia claramente do personagem Meyer, no qual tem antes um contraponto irônico.

Essa distância se verifica, principalmente, na questão da experiência de cada um diante da realidade descrita. Assim como o narrador dá a conhecer ao leitor da Corte uma outra realidade, que ele conhece por ter visto pessoalmente, o naturalista estrangeiro vem ao país, pelo menos em tese, com a mesma intenção, de revelar à Europa um país distante e desconhecido; o narrador, porém, pintando esse viajante em tons até simpáticos, não deixa de ser cruel com o seu colega, cujo olhar vem marcado sobretudo pela superficialidade que o impede de realizar sua intenção. Meyer toma nota de tudo, abrangendo na mesma curiosidade os costumes do povo, as expressões do idioma e a classificação dos insetos. Tampouco nisso ele se diferencia do narrador do romance, mas o naturalista estrangeiro, em sua ingenuidade bem-intencionada, se torna cômico, acima de tudo, pelo descompasso entre sua pretensão e sua capacidade, querendo dar a conhecer à Europa coisas que passa a maior parte do tempo sem entender.

Meyer é incapaz de perceber as regras de comportamento social, tornando-se inconveniente em uma casa de família ao elogiar a beleza de uma moça já prometida em casamento e que dá título ao romance, o que produziria "extraordinário abalo nas pessoas que as ouviram": "Tornou-se Pereira pálido, franzindo os sobrolhos e olhando de esguelha para quem tão imprudentemente elogiava assim, cara a cara, a beleza de sua filha" [p. 135]. Não que ele desconheça os hábitos de excessivo zelo e recato das famílias em relação às mulheres, mas ele os julga um "mau costume", que ele não aprova nem respeita, do ponto de vista de quem observa pelo interesse científico: "Aqui, no sertão do Brasil, há o mau costume de esconder as mulheres. Viajante não sabe de todo se são bonitas, se feias, e nada pode contar nos livros para o conhecimento dos que leem" [p. 135]. Além disso, toda a ciência do naturalista não lhe permite entender o que se fala à sua volta, como ocorre quando Pereira se refere às mulheres como "fazenda que não falta":

> No meio dos exercícios mandibulares, julgou Meyer que o seu hospedeiro considerava o sexo feminino do ponto de vista meramente estatístico e acreditou conveniente assentar melhor a ideia, um tanto vagamente aventada.
>
> – Na raça eslava – disse dogmaticamente – a proporção é de duas mulheres para um homem; na germânica, há aproximadamente número equivalente; na latina, de dois homens para uma mulher. Na França, a proporção para o lado masculino é de…
>
> – Mas o senhor contou? – interrompeu Pereira. – Deixe-lhe dizer uma coisa: eu cá não engulo araras…
>
> – *Ni* eu – afirmou Meyer com alguma surpresa e energia –; nem sei como o senhor me vem falar nessas aves agora… Se as considera como caça, deve saber que os trepadores têm a carne dura, preta e… [p. 130]

Para além do efeito cômico proporcionado pelo mal-entendido, a situação explicitava a dificuldade encontrada pelo viajante para entender o que via e tinha a pretensão de contar "para o conhecimento dos que leem". Assumindo, então, o papel do viajante naturalista que conhece e dá a conhecer o próprio país a seus leitores, o narrador deslocava o estrangeiro da sua prerrogativa de fonte de conhecimento, aliás muito questionável, dada a limitação do seu entendimento. Exatamente o oposto do narrador, que mostrava conhecer bem as variações da linguagem da terra, fornecendo ao leitor detalhes do vocabulário, sintaxe e pronúncia. E essa oposição ganhava tons mais sérios quando o viajante estrangeiro, apesar de sua incapacidade de conhecer o país, ostentava a sua superioridade aos nacionais, arriscando talvez perder aos olhos do leitor a sua simpatia e ingenuidade. Isso acontece na relação entre Meyer e seu camarada Juca, um carioca muito falante, igualmente simpático, mas com frequência repreendido por seu patrão. Falando além da conta, ele não consegue se tornar mais inconveniente do que o alemão, mas tem contra si uma hierarquia claramente marcada, seja em termos raciais – "...não bote sua colher, quando gente branca está falando com o seu patrão" [p. 118] – ou de classe – "...não tome confiança com gente que não é da sua classe" [p. 140].

Também Cirino representa a civilização que busca o interior distante, mas de uma maneira diferente de Meyer. Se Meyer é um legítimo cientista, mas incapaz de compreender o mundo à sua volta, há também uma ambiguidade a envolver Cirino: por um lado, sua origem urbana/civilizada vem marcada ao mesmo tempo pelo sinal da simulação, da falsidade; por outro, essa marca nunca assume um sentido puramente negativo. Assim, a sua educação no colégio do

Caraça só é possível à custa de uma mentira do padrinho, que faz crer aos padres que lhes deixaria um legado em seu testamento; essa mentira, porém, não é de todo condenável, já que se deve também à ganância dos padres, que só aceitam educar o pobre órfão contando com a fortuna do velho padrinho. Além disso, Cirino se arroga um título de doutor a que não tem direito; porém não deixa de ter "um fundo de instrução real e até certo ponto exata", que garante alguma eficácia aos seus tratamentos e até mesmo lhe permite corrigir seu exemplar do *Dicionário de Medicina Popular* de Chernoviz. Por fim, e o mais importante para a narrativa, Cirino trai a confiança de seu anfitrião, dissimulando seu namoro com Inocência e alimentando o engano de Pereira, que desconfia de Meyer; essa falsidade, porém, oculta um sentimento verdadeiro, um amor que homens do sertão não são capazes de sentir nem entender.

Será, então, a presença desses personagens estranhos ao ambiente que desencadeará os conflitos em torno dos quais se move a ação do romance. Para que isso aconteça, é fundamental o contraste que se estabelece entre os viajantes e os tipos locais, os sertanejos. Da maneira como se desenha o sertanejo na abertura do romance, o personagem que encarna esse tipo da maneira mais perfeita é Manecão, o noivo prometido de Inocência. Embora sua existência seja mencionada desde o início, sua figura só se faz presente no final da narrativa, parecendo dar vida ao tipo criado inicialmente pelo narrador. De "ar selvático", ele exprime os mesmos sentimentos que caracterizam o "legítimo sertanejo": "Não me deixo anarquizar por mulheres; mas, enfim, a gente deve um dia deitar a poita... A vida é uma viagem..." [p. 235]. Manecão oferece, então, a imagem diametralmente oposta à de Cirino, outro vértice desse triângulo amoroso, que levará ao desfecho trágico do romance. Dessa maneira, Cirino e Manecão representam dois polos da narrativa que poderiam ser associados à cidade e ao sertão, à civilização e à natureza ou, ainda, à civilização e à barbárie, dado o papel violento, cruel, que o sertanejo representa no final.

A outra face desse sertão é representada por Pereira, que pertence a esse meio sem ser propriamente um nativo nem o tipo do sertanejo legítimo descrito no primeiro capítulo. Mineiro alegre, bonachão e tagarela, Pereira é hospitaleiro com os viajantes desconhecidos e um devotado pai de família. Só nos últimos capítulos a sua crueldade vai aflorar, quando ele descobre que justamente a sua autoridade paterna foi afrontada por sua filha e pelo forasteiro a quem dera abrigo. É quando Manecão entra em cena que Pereira mostra sua semelhança com o noivo que escolhera para sua filha, compartilhando a mesma violência.

Assim, podemos ver nesses personagens delinear-se um contraste entre civilização e natureza; o inevitável choque entre ambas e o seu desfecho, com a aniquilação de um dos polos pelo outro, parece sugerir que o desvendamento do sertão para os leitores do mundo urbano, a revelação dessa realidade desconhecida que o narrador proporciona não tinha por fim apresentar os distintivos de uma identidade nacional na natureza distante da cidade e da civilização. Pelo contrário, não se tratava de uma identidade, mas de uma alteridade, um "outro" interno e inassimilável que se revelava à outra parte da nação. Alteridade e distanciamento, nesse caso, se transformam quase em uma condição de sobrevivência: enquanto Meyer (e o próprio narrador) observam e descrevem, esse conhecimento não elimina sua exterioridade em relação àquele mundo; constata-se a distância, mas não se tenta transpô-la, como Cirino, que desejara misturar a civilização à barbárie. Talvez fosse essa a única atitude possível da civilização em relação à barbárie: não admitir sua sedução e, assim, não sucumbir a ela.

Essa hipótese de leitura da narrativa de Taunay como um olhar desidealizado e conflituoso sobre o interior do país e seus habitantes, um outro irredutível à identidade nacional construída a partir da Corte, permite-nos conciliar o interesse do narrador por aquele espaço com o enredo em torno do qual se constrói a própria narrativa, que tem em seu eixo central o idílio e a tragédia que envolvem Inocência e Cirino. Porém, a contraposição entre cidade e sertão, ainda que explicativa, não esgota todos os significados mobilizados na leitura do romance, sobretudo porque essa oposição não fornece um modelo para todos os personagens, que ao longo da história revelam mais do que uma única face (na verdade, o único personagem que não revela qualquer ambiguidade é Manecão, o legítimo sertanejo com seu ar selvático, tão desumano que só se apavora diante do perdão que Cirino religiosamente lhe concede antes de morrer). Assim, pode-se considerar ainda outro contraste que organiza o romance, paralelo àquele entre cidade e sertão ou civilização e barbárie: a tensão entre tradição e modernidade.

Nesse sentido, Cirino carrega todos os signos de modernidade, não só por vir do mundo urbano e da civilização, nem mesmo por se arrogar e ser percebido como portador de um conhecimento científico, mas principalmente por acreditar no casamento por amor e na capacidade da mulher decidir o seu destino, ao contrário de Pereira. Nessa tensão, o próprio narrador se posiciona, não dando espaço à dúvida do leitor diante do longo monólogo entrecortado do mineiro:

– Esta obrigação de casar as mulheres é o diabo!... Se não tomam estado, ficam jururus e fanadinhas...; se casam, podem cair nas mãos de algum marido malvado... E depois, as histórias! Ih, meu Deus, mulheres numa casa, é coisa de meter medo... São redomas de vidro que tudo pode quebrar... Enfim, minha filha, enquanto solteira, honrou o nome de meus pais... O Manecão que se aguente, quando a tiver por sua... Com gente de saia não há que fiar... Cruz! botam famílias inteiras a perder, enquanto o demo esfrega um olho.

Esta opinião injuriosa sobre as mulheres é, em geral, corrente nos nossos sertões e traz como consequência imediata e prática, além da rigorosa clausura em que são mantidas, não só o casamento convencionado entre parentes muito chegados para filhos de menor idade, mas sobretudo os numerosos crimes cometidos, mal se suspeita possibilidade de qualquer intriga amorosa entre pessoa da família e algum estranho. [p. 82]

Ao passo que o narrador já vai antecipando o desfecho da história com o crime cometido em nome da família, Pereira explicita sua admiração pelos costumes do passado, contrapondo a esse ideal de comportamento feminino seu contraste no tempo e no espaço – o presente e a cidade – que o horrorizava:

– Eu repito – disse ele com calor –, isto de mulheres, não há que fiar. Bem faziam os nossos do tempo antigo. As raparigas andavam direitinhas que nem um fuso... Uma piscadela de olho mais duvidosa, era logo pau... Contaram-me que hoje lá nas cidades... arrenego!... não há menina, por pobrezinha que seja, que não saiba ler livros de letra de forma e garatujar no papel... que deixe de ir a funçonatas com vestidos abertos na frente como raparigas fadistas e que saracoteiam em danças, e falam alto, e mostram os dentes por dá cá aquela palha com qualquer tafulão malcriado... pois pelintras e beldroegas não faltam... Cruz!... Assim, também é demais; não acha? [p. 82]

Respondendo a Pereira, Cirino assume um "tom dogmático e superior", que unia à sua presunção de ciência um ponto de vista mais moderno em questão de relações familiares:

> Quanto às mulheres, não tenho as suas opiniões, nem as acho razoáveis nem de justiça. Entretanto, é inútil discutirmos porque sei que isso são prevenções vindas de longe, e quem torto nasce, tarde ou nunca se endireita... Não leve a mal estas minhas palavras... O senhor falou-me com toda a franqueza, e também com franqueza lhe quero responder. No meu parecer, as mulheres são tão boas como nós, se não melhores: não há, pois, motivo para tanto desconfiar delas e ter os homens em tão boa conta... [p. 84]

E a mesma oposição é reforçada no diálogo de Cirino com o padrinho de Inocência, a quem procura na esperança de uma intervenção a favor do amor dos dois. No primeiro encontro, trazendo ao assunto o casamento de Inocência com Manecão, Cirino ouviria as mesmas opiniões que faziam o narrador intervir judiciosamente:

> – E que nos importa isso? Uma menina como ela não sabe o que lhe fica bem ou mal... Ninguém a vai consultar. Mulheres, o que querem é casar. Não ouviu já o patrício dizer que elas não casam com carrapato, porque não sabem qual é o macho? [...] Boa dúvida. Eu cá nem falar nelas quero. Mulher é para viver quietinha perto do tear, tratar dos filhos e criá-los no temor de Deus; não é nem para parolar-se com ela, nem a respeito dela.
>
> Sempre as mesmas teorias de Pereira: a mesma grosseria repassada de desprezo ao sexo fraco, a mesma suscetibilidade para desconfiar de qualquer pessoa ou de qualquer palavra que lhes pareça menos bem soante aos prevenidos ouvidos. [p. 254]

Mas, apesar de tudo, assim como as demais polaridades em pauta no romance (sertão e cidade, natureza e civilização), tampouco o contraste entre tradição e modernidade pode ser reduzido a uma visão maniqueísta. Assim como o polo associado entre sertão e natureza não detém uma positividade absoluta, transitando do acolhedor ao cruel, também não é absoluto em sua negatividade, pois se o choque entre os mundos do sertão e da cidade pode ser o choque entre o antigo e o moderno, o preconceito e o bom senso, é no mesmo polo do antigo e do preconceito que se alinham valores respeitáveis, como a autoridade paterna e a honra. Da mesma maneira, a ambiguidade é preservada também no polo oposto, em que o moderno se alinha com o bom senso e a ciência, com a falsidade e a simulação e, enfim, com os verdadeiros sentimentos. Entre esses dois polos, unindo-os e, ao mesmo tempo, mantendo-os afastados, localiza-se a fonte da ambiguidade e ideia central do livro, a inocência.

Mais que o nome de uma protagonista estereotipada, inocência é uma característica moral comum a mais de um personagem do romance: é ela a responsável pela comicidade de Meyer, por exemplo; e é também a inocência que marca Pereira, incapaz de perceber os desígnios dissimulados de Cirino e enganado quanto a Meyer. A ambiguidade, porém, nunca se perde na narrativa, pois o mesmo Pereira é incapaz de atribuir inocência a qualquer mulher, embora assim nomeie a sua própria filha. Afinal, na personagem Inocência, a ambiguidade presente em toda a estrutura romanesca se traduz em um movimento rumo à perda da inocência, como ela própria percebe:

> – Escute, Cirino – observou ela – nestes dias tenho aprendido muita coisa. Andava neste mundo e dele não conhecia maldade alguma... A paixão que tenho por mecê foi como uma luz que faiscou

cá dentro de mim. Agora começo a enxergar melhor... Ninguém me disse nada; mas parece que a minha alma acordou para me avisar do que é bom e do que é mau... Sei que devo ter medo de mecê, porque pode botar-me a perder... Não formo juízo como, mas a minha honra e a de toda a minha família estão nas suas mãos... [p. 198]

Isso poderia sintetizar a sua transformação ao longo do enredo, desde o início, em que sua pureza é toda feita de ingenuidade, até o final, em que, ao descobrir o amor, ela descobre também o cálculo. Se num primeiro momento ela é incapaz de entender "que cadeia misteriosa de simpatia a ia prendendo àquele estranho", em pouco tempo é ela quem ensina a Cirino o único meio de ficarem juntos – a intervenção do padrinho – e ainda lhe lembra a necessidade de dissimular:

– Mas – interrompeu Inocência – não lhe fale em mim, ouviu? Não lhe diga que tratou comigo... que comigo *mapiou*... Estava tudo perdido... Invente umas histórias... faça-se de rico... nem de leve deixe assuntar que foi por meu juízo que mecê bateu à porta dele... Hi! com gente desconfiada, é preciso saber negacear... [p. 224]

Assim, o desenvolvimento do romance nos principais elementos do seu enredo sugere, muito mais do que a capacidade de observação e registro realista do autor, ou do que um idílio sentimental, um conflito desencadeado pelo encontro entre duas realidades contrastantes e inconciliáveis, associadas a dois polos representados pela cidade e pelo sertão. Dois mundos que entram em choque inevitavelmente, sem que qualquer outro interesse o determinasse, mas porque o modo de ser de cada um não pode sobreviver sem a aniquilação do outro. A chegada do elemento estranho a esse mundo o desestabiliza: é a ameaça que Pereira imagina ver em Meyer e que é realmente representada por Cirino. Esse elemento oriundo da cidade e da civilização em meio ao sertão e à natureza poderia ser visto como a serpente no paraíso, que leva à perda da inocência. A riqueza do romance, porém, está justamente em evitar o maniqueísmo, preservando a ambivalência dos significados possíveis, de modo que, aos olhos do leitor, o mundo da natureza não seja só paradisíaco, ou que esse paraíso não seja feito só de inocência, mas também de uma violência implacável.

Por fim, dois personagens pedem especial atenção, na medida em que destoam da organização geral da narrativa: Maria Conga e Tico. Ambos destoam por serem os únicos que remetem a uma ordem social ausente das relações entre os demais personagens. Meyer, Pereira, Cirino, Manecão e Inocência vivem conflitos que remetem à descoberta e ao choque de dois mundos ordenados por escalas de valores inconciliáveis, mas nos quais não se concede maior relevo à propriedade, à desigualdade e às hierarquias sociais. O único vestígio desses elementos no romance é Maria Conga, única escrava de Pereira a ser vista pelo leitor (ele diz possuir três). Sua existência, porém, é completamente dispensável à ação, nada havendo em suas aparições que a justifique. Diferente é a posição de Tico, cuja figura poderia ser tomada como a síntese do elemento grotesco no romance que faz realçar o sublime de Inocência. Sua deformidade física o desumaniza: anão e mudo, "tinha o rosto sulcado de rugas", apesar da pouca idade, e "suas perninhas um tanto arqueadas terminavam em pés largos e chatos que, sem grave desarranjo na conformação, poderiam pertencer a qualquer palmípede" [p. 90]. Ao contrário de Maria Conga, porém, Tico não era escravo; negro nascido livre, mostra-se na narrativa sem vínculo algum, "um diabrete, que cruza o sertão de cabo a rabo, a todas as horas do dia e da noite", como Pereira explica a Cirino:

> – Mas é filho aqui da casa? – perguntou este.
>
> – Nhor, não; tem mãe à beira do rio Sucuriú, daqui a quarenta léguas, e envereda de lá para cá num instante, vindo a pousar pelas casas, que todos o recebem com gosto, porque é bichinho que não faz mal a ninguém. Aqui fica duas, três e mais semanas e depois dispara como um mateiro para a casa da mãe. E uma espécie de cachorrinho de *Nocência*. Não é, Tico?
>
> Fez o mudo sinal que sim e apontou com ar risonho para o lado da moça. [pp. 91-92]

No reverso da desumanização, encontra-se a desvinculação dos laços que podiam prendê-lo, fosse à sua própria família, fosse a qualquer outra a que se ligasse: sendo uma espécie de cachorro, era ao mesmo tempo mais livre que um agregado. Mas nessa figura de Tico, fisicamente grotesca e sem lugar definido no quadro das relações humanas do romance, Taunay exacerba também todos os recursos romanescos que escapam à organicidade da narrativa, tornando-o quase o seu *deus ex-machina*. Apesar de situado em um nível claramente inferior aos demais personagens, Tico é o único que tudo vê e tudo sabe da história, decidindo o destino dos amantes. Escondido no pomar, ele testemunha as entrevistas do casal e os denuncia a Pereira e Manecão. Dessa maneira, sua participação na história é de fato a única determinante para o desfecho da tragédia, embora a ele não se associe qualquer indício de perversão ou crueldade.

Pode ser sugestivo considerar, nesse caso, a relação entre a construção do personagem e sua inserção na narrativa e as simpatias políticas de Taunay. Crítico da escravidão, mas também entusiasta da imigração, o autor parecia se mostrar coerente ao construir seus romances. Um ano antes de *Inocência*, Taunay publicara *A Mocidade de Trajano*, seu romance de estreia, que se passava em uma fazenda cafeeira do oeste paulista onde os escravos eram bem tratados e tinham uma senhora que era "quase uma mãe". Porém, mesmo uma senhora bondosa não chegava a reconhecer a humanidade dos escravos:

> [...] como filha e esposa de fazendeiro, nivelava [os escravos] com os seres brutos da natureza. Por bondade de coração, era na verdade tão incapaz de maltratar seus escravos quanto de fazer mal a um animal qualquer. Supunha-os felizes pelo fato único de terem saúde robusta e senhores humanos, pois nunca pensava nas aspirações que essas criaturas pudessem ter pela liberdade, colocando-se acima do boi de arado ou do cavalo de tiro[6].

E assim como a bondade da senhora era limitada por preconceitos arraigados em sua origem social, também os escravos, a despeito do bom tratamento que recebiam, não conseguiam elevar-se acima da sina brutal: Lino, cria da casa, rouba café da fazenda para vender; Vitório, o tipo do bom escravo, submisso aos senhores, mas ressentido de sua posição, vinga-se nos seus companheiros, aos quais trata com extrema rudeza; mas a mensagem principal daquele primeiro romance parece ser a de que as maiores vítimas da escravidão ainda eram os senhores, como aponta So-

6. Visconde de Taunay. *A Mocidade de Trajano*, São Paulo, Academia Paulista de Letras, 1984, p. 25.

bral, o fazendeiro, a lamentar-se por ter que conviver com os escravos:

> O tormento a que me sujeitam estes servidores forçados e indignos esgota-me a paciência, aniquila-me a existência. [...] Meu gênio está mudado. Sinto que vou me tornando mau, caprichoso e que, continuando assim, irei direitinho para o inferno, se é que na terra já não estou nele. Estes entes, negros na pele como na alma, me trazem ralado. Que fatal herança nos deixaram os portugueses![7]

A herança do passado, à qual se referia o personagem de *A Mocidade de Trajano*, novamente entra em cena em *Inocência*, e não em uma fazenda escravista, mas no meio de um cenário natural e, ao mesmo tempo, inóspito. No caso da escrava Maria Conga, "preta idosa" que surge em cena "com alguma lentidão", bem como dos outros escravos de Pereira, que nem aparecem no livro, sua inserção na história permanece absolutamente marginal e sua ação é dispensável, como a própria instituição que simbolizam, resquício de outras eras sem a qual já se podia viver no presente. Mas, no caso de Tico, já não se trata do presente, e sim do futuro. A importância que assume no enredo (ao mesmo tempo em que se mostra o seu elemento menos articulado), coloca em primeiro plano também a figura de um negro em situação de total liberdade, depois de reduzido à animalidade: ainda que um bicho sem maldade e capaz de uma fidelidade canina, a proximidade (para não dizer a dependência) desse elemento não podia senão terminar em uma tragédia. E essa tragédia também se liga necessariamente à família associada aos tradicionais valo-

7. *Idem*, p. 46.

res do passado. Onde quer que se fizesse notar o modelo de civilização herdada do passado colonial, a violência e a crueldade eram também naturais, e não havia inocência possível.

*Alfredo d'Escragnolle Taunay (1843-1899), imagem por Louis-Auguste Moreaux.*

# Inocência

# INNOCENCIA

PELO

VISCONDE DE TAUNAY
(SYLVIO DINARTE)

AUTOR DE MOCIDADE DE TRAJANO, CÉUS E TERRAS DO BRAZIL ETC.

QUARTA EDIÇÃO

RIO DE JANEIRO
LAEMMERT & C. — EDITORES
66, Rua do Ouvidor, 66

CASAS FILIAES EM S. PAULO E RECIFE

1899

*Frontispício da 4ª edição de* Inocência, *que serviu de texto de base para esta edição da Coleção Clássicos Ateliê.*

*A José Antonio de Azevedo Castro*
*amigo de infância*

Azevedo Castro,

Se nos antigos tempos da Grécia, me fora possível erigir custoso templo, dedicava-o à Amizade para no frontispício gravar o teu querido nome.

Daquele vivo sentimento permite-me hoje, amigo, dentro do círculo de fracos e limitados meios, qualquer demonstração.

Não é em valioso monumento que vou inscrever a tua lembrança; simplesmente na primeira página de uma narrativa campestre e despretensiosa, de um livro singelo e sem futuro.

Aceita-o como um dos mais espontâneos movimentos da minha alma, que nesta declaração sincera julga assentar direitos a completo indulto.

*A. D'Escragnolle Taunay*
Rio de Janeiro, 8 de julho de 1872.

## I

# O Sertão e o Sertanejo

*Todos vós bem sentis a ação secreta*
*Da natureza em seu governo eterno;*
*E de ínfimas camadas subterrâneas.*
*Da vida o indício à superfície emerge.*

GOETHE[1], *Fausto*, 2ª parte.

*Então, com passo tranquilo, metia-me eu por algum recanto da floresta, algum lugar deserto, onde nada me indicasse a mão do homem, nem denunciasse a servidão e o domínio; asilo em que pudesse crer ter primeiro entrado, onde nenhum importuno viesse interpor-se entre mim e a natureza.*

J. J. ROUSSEAU[2], *O Encanto da Solidão.*

CORTA EXTENSA E QUASE despovoada zona da parte sul-oriental da vastíssima província de Mato Grosso a estrada que da vila de Sant'Ana do Paranaíba vai ter ao sítio abandonado de Camapuã. Desde aquela povoação, assente[3] próximo ao vértice do ângulo em que confinam os territórios de São Paulo, Minas Gerais, Goiás e Mato Grosso até ao rio Sucuriú, afluente do majestoso Paraná, isto é, no desenvolvimento de muitas dezenas de léguas, anda-se comodamente de habitação em habitação mais ou menos chegadas umas às outras; depois, porém, rareiam as casas, mais e mais, e caminha-se largas horas, dias inteiros sem se ver morada nem gente até ao *retiro*[I] de João Pereira, guarda avançada daquelas solidões, homem chão[4] e hospitaleiro, que acolhe com carinho o viajante desses alongados páramos[5], lhe oferece momentâneo agasalho e o provê da matalotagem[6] precisa para alcançar os campos de Miranda e Piquiri, ou da Vacaria e Nioaque, no Baixo Paraguai.

Ali começa o sertão chamado *bruto*[II].

Pousos sucedem a pousos, e nenhum teto habitado ou em ruínas, nenhuma palhoça[7] ou tapera[8] dá abrigo ao caminhante contra a frialdade das noites, contra o temporal que ameaça, ou a chuva que está caindo. Por toda a parte, a calma da campina não arroteada[9]; por toda a parte, a vegetação virgem, tão virgem como quando aí surgiu pela vez primeira.

A estrada que atravessa essas regiões incultas desenrola-se à maneira de alvejante faixa, aberta que é na areia, elemento dominante na composição de todo aquele solo, fertilizado, aliás, por um sem-número de límpidos e borbulhantes regatos, ribeirões e rios, cujos contingentes são outros tantos tributários do claro e fundo Paraná ou, na contravertente, do correntoso Paraguai.

Essa areia solta e um tanto grossa tem cor uniforme que reverbera com intensidade os raios do Sol, quando nela batem de chapa. Em alguns pontos é tão fofa e movediça, que os animais das tropas viageiras arquejam de cansaço ao vencerem aquele terreno incerto, que lhes foge de sob os cascos e onde se enterram até meia canela.

I. Chama-se em Mato Grosso *retiro* o local em que os criadores de gado reúnem as reses para as contar, marcar e dar-lhes sal.

II. Sem moradores.

Frequentes são também os desvios, que partem de um e outro lado e proporcionam, na mata adjacente da estrada, trilha mais firme, por ser menos pisada.

Se parece sempre igual o aspecto do caminho, em compensação mui variadas se mostram as paisagens em torno.

Ora é a perspectiva dos *cerrados*[III], não desses cerrados de arbustos raquíticos, enfezados e retorcidos de São Paulo e Minas Gerais, mas de garbosas e elevadas árvores que, se bem não tomem, todo, o corpo de que são capazes à beira das águas correntes ou quando regadas pela linfa dos córregos, contudo ensombram com folhuda rama o terreno que lhes fica em derredor e mostram na casca lisa a força da seiva que as alimenta; ora são campos a perder de vista, cobertos de macega[10] alta e alourada, ou de viridente[11] e mimosa grama, toda salpicada de silvestres flores; ora sucessões de luxuriantes capões[IV], tão regulares e simétricos em sua disposição, que surpreendem e embelezam os olhos; ora, enfim, charnecas[12] meio apauladas[13], meio secas, onde nasce o altivo buriti e o gravatá entrança o seu tapume espinhoso.

Nesses campos, tão diversos pelo matiz das cores, o capim crescido e ressecado pelo ardor do Sol transforma-se em vicejante tapete de relva, quando lavra o incêndio que algum tropeiro, por acaso ou mero desenfado, ateia com uma faúlha do seu isqueiro.

Minando à surda na touceira[14], queda a vívida centelha. Corra daí a instantes qualquer aragem, por débil que seja, e levanta-se a língua de fogo esguia e trêmula, como que a con-

III. Florestas de arbustos de três a quatro pés de altura mais ou menos, mui chegados uns aos outros.

IV. Excelente palavra brasileira, derivada da língua geral: *caá-paún* ("mato isolado").

templar medrosa e vacilante os espaços imensos que se abrem diante dela. Soprem então as auras com mais força, e de mil pontos, a um tempo, rebentam sôfregas[15] labaredas que se enroscam umas nas outras, de súbito se dividem, deslizam, lambem vastas superfícies, despedem ao céu rolos de negrejante fumo e voam, roncando pelos matagais de tabocas[16] e taquaras, até esbarrarem de encontro a alguma margem de rio que não possam transpor, caso não as tanja para além o vento, ajudando com valente fôlego a larga obra de destruição.

Acalmado aquele ímpeto por falta de alimento, fica tudo debaixo de espessa camada de cinzas. O fogo, detido em pontos, aqui, ali, a consumir com mais lentidão algum estorvo, vai aos poucos morrendo até se extinguir de todo, deixando como sinal da avassaladora passagem o alvacento[17] lençol, que lhe foi seguindo os velozes passos.

Através da atmosfera nublada mal pode então coar a luz do Sol. A incineração é completa, o calor intenso, e nos ares revoltos volitam[18] palhinhas carburetadas[19], detritos, argueiros[20] e grânulos de carvão que redemoinham, sobem, descem e se emaranham nos sorvedouros e adelgaçadas trombas, caprichosamente formadas pelas aragens, ao embaterem umas de encontro às outras.

Por toda a parte, melancolia; de todos os lados, tétricas perspectivas.

É cair, porém, daí a dias copiosa chuva, e parece que uma varinha de fada andou por aqueles sombrios recantos a traçar às pressas jardins encantados e nunca vistos. Entra tudo num trabalho íntimo de espantosa atividade. Transborda a vida. Não há ponto em que não brote o capim, em que não desabrochem rebentões com o olhar sôfrego de quem espreita[21] azada[22] ocasião para buscar a liberdade, despedaçando as prisões de penosa clausura.

Àquela instantânea ressurreição, nada, nada pode pôr peias[23].

Basta uma noite para que formosa alfombra[24] verde, verde-claro, verde-gaio, acetinado, cubra todas as tristezas de há pouco. Aprimoram-se depois os esforços; rompem as flores do campo que desabotoam às carícias da brisa as delicadas corolas e lhe entregam as primícias dos seus cândidos perfumes.

Se falham essas chuvas vivificadoras, então, por muitos e muitos meses, aí ficam aquelas campinas, devastadas pelo fogo, lugubremente[25] iluminadas por avermelhados clarões, sem uma sombra, um sorriso, uma esperança de vida, com todas as suas opulências e verdejantes pimpolhos ocultos, como que raladas de dor e mudo desespero por não poderem ostentar as riquezas e galas encerradas no ubertoso[26] seio.

Nessas aflitas paragens, não mais se ouve o piar da esquiva[27] perdiz, tão frequente antes do incêndio. Só de vez em quando ecoa o arrastado guincho de algum gavião, que paira lá em cima ou bordeja[28] ao chegar-se à terra, a fim de agarrar um ou outro réptil chamuscado do fogo que lavrou[29].

Rompe também o silêncio o grasnido[30] do caracará, que aos pulos procura insetos e cobrinhas ou, junto ao solo, segue o voo dos urubus, cujos negrejantes bandos, guiados pelo fino olfato, buscam a carniça putrefata[31].

É o caracará comensal[32] do urubu. De parceria se atira, quando urgido[33] pela fome, à rês morta e, intrometido como é, a custo de alguma bicada do pouco amável conviva[34], belisca do seu lado no imundo repasto[35].

Se passa o caracará à vista do gavião, precipita-se este sobre ele com voo firme, dá-lhe com a ponta da asa, atordoa-o, atormenta-o só pelo gosto de lhe mostrar a incontestada superioridade.

Nada, com efeito, o mete em brios[36].

Pelo contrário, mal levou dois ou três encontrões do miúdo, mas audaz adversário, baixa prudente à terra e põe-se aí desajeitadamente aos saltos, apresentando o adunco[37] bico ao antagonista, que levanta com a extremidade das asas pó e cinza, de tão perto as arrasta no chão.

Afinal, de cansado, deixa o gavião o folguedo, segurando de um bote a serpezinha[38], que em custoso rasto, procurava algum buraco onde fosse, mais a salvo, pensar as fundas queimaduras.

***

Tais são os campos que as chuvas não vêm regar.

Com que gosto não demanda então o sertanejo os capões que lá de bem longe se avistam nas encostas das colinas e baixuras[39], ao redor de alguma nascente orlada[40] de pindaíbas e buritis?!

Com que alegria não saúda os formosos coqueirais, núncios[41] da linfa[42] que lhe há de estancar a sede e banhar o afogueado rosto?!

Enfileiram-se às vezes as palmeiras com singular regularidade na altura e conformação; mas não raro amontoam-se em compactos maciços, dos quais se segregam algumas mais e mais, a acompanhar com as raízes qualquer tênue fio d'água, que coleia[43] falto[44] de forças e quase a sumir-se na ávida areia.

Desde longe dão na vista esses capões.

É, a princípio, um ponto negro; depois, uma cúpula de verdura; afinal, mais de perto, uma ilha de luxuriante[45] rama, oásis para os membros lassos[46] do viajante exausto de fadiga, para os seus olhos encandeados[47] e sua garganta abrasada.

Então, com sofreguidão[48] natural, acolhe-se ele ao sombreado retiro, onde prestes desarreia a cavalgadura, à qual dá liberdade para ir pastar, entregando-se sem demora ao sono reparador que lhe trará novo alento[49] para prosseguir na cansativa jornada.

Ao homem do sertão, afiguram-se tais momentos incomparáveis, acima de tudo quanto possa idear a imaginação no mais vasto círculo de suas ambições.

Satisfeita a sede que lhe secara os lábios, e comidas umas colheres de farinha de mandioca ou de milho, adoçada com rapadura, estira-se a fio comprido sobre os arreios desdobrados e contempla descuidoso o firmamento azul, as nuvens que se espacejam[50] nos ares, a folhagem lustrosa e os troncos brancos das pindaíbas, a copa dos ipês e as palmas dos buritis a ciciar[51] a modo de harpas eólias[52], músicas sem conta com o perpassar da brisa.

Como são belas aquelas palmeiras!

O estípite[53] liso, pardacento, sem manchas mais que pontuadas estrias, sustenta denso feixe de pecíolos[54] longos e canulados, em que assentam flabelos[55] abertos como um leque, cujas pontas se acurvam flexíveis e tremulantes.

Na base e em torno da coma, pendem, amparados por largas espatas[56], densos cachos de cocos tão duros, que a casca luzidia e revestida de escamas romboidais[57] e de um amarelo ruivo avermelhado, desafia por algum tempo o férreo bico das araras.

Também com que vigor trabalham as barulhentas aves antes de conseguir a apetecida e saborosa amêndoa! Juntam-se elas em grupos, umas vermelhas como chispas soltas de intensa labareda, outras versicolores[58], outras, pelo contrário, de todo azuis, de maior viso e que, por parecerem negras em distância, têm o nome de *ararúnas*[V]. Ali ficam alcandoradas[59], balouçando-se gravemente e atirando, de espaço a espaço, às

v. Araras pretas.

imensidades das dilatadas campinas notas estridentes, quando não seja um clamor sem fim, ao quererem muitas disputar o mesmo cacho. Quase sempre, porém, estão a namorar-se aos pares, pousadas uma bem encostadinha à outra.

Vê tudo aquilo o sertanejo com olhar carregado de sono. Batem-lhe pesadas as pálpebras; bem se lembra de que por ali podem rastejar venenosas alimárias, mas é fatalista; confia no destino e, sem mais preocupação, adormece com serenidade.

Correm as horas; vem o Sol descambando; refresca a brisa, e sopra rijo o vento. Não ciciam mais os buritis; gemem e convulsamente agitam as flabeladas palmas.

É a tarde que chega.

Desperta então o viajante; esfrega os olhos; distende preguiçosamente os braços; boceja; bebe um pouco d'água; fica uns instantes sentado, a olhar de um lado para outro, e corre afinal a buscar o animal, que de pronto encilha e cavalga.

Uma vez montado, lá vai ele a passo ou a trote, bem disposto de corpo e de espírito, por aqueles caminhos além, em demanda de qualquer pouso onde pernoite.

Quanta melancolia baixa à terra com o cair da tarde!

Parece que a solidão alarga os seus limites para se tornar acabrunhadora[60]. Enegrece o solo; formam os matagais sombrios maciços, e ao longe se desdobra tênue véu de um roxo uniforme e desmaiado, no qual, como linhas a meio apagadas, ressaltam os troncos de uma ou outra palmeira mais alterosa.

É a hora em que se aperta de inexplicável receio o coração. Qualquer ruído nos causa sobressalto; ora o grito aflito da zabelê nas matas, ora as plangentes[61] notas do bacurau a cruzar os ares. Frequente é também amiudarem-se os pios angustiados de alguma perdiz, chamando ao ninho o companheiro extraviado, antes que a escuridão de todo lhe impossibilite a volta.

Quem viaja atento às impressões íntimas, estremece, mau grado seu, ao ouvir nesse momento de saudades o tanger de um sino muito, muito ao longe, ou o silvar distante de uma locomotiva impossível. São insetos ocultos na macega que trazem essa ilusão, por tal modo viva e perfeita que a imaginação, embora desabusada e prevenida, ergue o voo e lá vai por estes mundos afora a doidejar e a criar mil fantasias.

***

Espalham-se, por fim, as sombras da noite.

O sertanejo, que de nada cuidou, que não ouviu as harmonias da tarde, nem reparou nos esplendores do céu, que não viu a tristeza a pairar sobre a terra, que de nada se arreceia, consubstanciado[62] como está com a solidão, para, relanceia os olhos em derredor de si e, se no lugar pressente alguma aguada, por má que seja, apeia-se, desencilha o cavalo e, reunindo logo uns gravetos bem secos, tira fogo do isqueiro, mais por distração do que por necessidade.

Sente-se deveras feliz. Nada lhe perturba a paz do espírito ou o bem-estar do corpo. Nem sequer monologa, como qualquer homem acostumado a conversar.

Raros são os seus pensamentos: ou rememora as léguas que andou, ou computa as que tem que vencer para chegar ao termo da viagem.

No dia seguinte, quando aos clarões da aurora acorda toda aquela esplêndida natureza, recomeça ele a caminhar, como na véspera, como sempre.

Nada lhe parece mudado no firmamento: as nuvens, de si para si, são as mesmas. Dá-lhe o Sol, quando muito, os pontos cardeais, e a terra só lhe prende a atenção, quando algum sinal mais particular pode servir-lhe de marco miliário na estrada que vai trilhando.

– Bom! – exclama em voz alta e alegre ao avistar alguma árvore agigantada ou certa disposição especial de terras – lá está a peúva grande... Cheguei ao Barranco Alto. Até ao pouso do Jacaré, há quatro léguas bem puxadas.

E, olhando para o Sol, conclui:

– Daqui a três horas estou batendo fogo.

Ocasiões há em que o sertanejo dá para assobiar. Cantar, é raro; ainda assim, à surdina[63]; mais uma voz íntima, um rumorejar consigo, do que notas saídas do robusto peito. Responder ao pio das perdizes ou ao chamado agoniado da esquiva jaó, é o seu divertimento em dias de bom humor.

É-lhe indiferente o urro da onça. Só por demais repara nas muitas pegadas, que em todos os sentidos cortam a estrada.

– Que bichão! – murmura ele contemplando um rasto mais fortemente impresso no chão. – Com um bom onceiro[VI] não se me dava de acuar[64] este diabo e meter-lhe uma chumbada no focinho.

O legítimo sertanejo, explorador dos desertos, não tem, em geral, família. Enquanto moço, o seu fim único é devassar terras, pisar campos onde ninguém antes pusera pé, vadear rios desconhecidos, despontar cabeceiras[VII] e furar matas que descobridor algum até então haja varado.

Cresce-lhe o orgulho na razão direta da extensão e importância das viagens empreendidas; o seu maior gosto cifra-se em enumerar as correntes caudais que transpôs, os

VI. Cão caçador de onças.

VII. Despontar cabeceiras é rodear as nascentes dos rios, procurando sempre terreno enxuto.

ribeirões que batizou, as serras que transmontou e os pantanais que afoitamente cortou, quando não levou dias e dias a rodeá-los com rara paciência.

Cada ano que finda lhe traz mais um valioso conhecimento e acrescenta uma pedra ao monumento da sua inocente vaidade.

– Ninguém pode comigo – exclama ele enfaticamente. – Nos campos da Vacaria, no sertão do Mimoso e nos pantános[VIII] do Piquiri, sou rei.

E esta presunção de realeza infunde-lhe certo modo de falar e de gesticular majestático em sua singela manifestação.

A certeza que tem de que nunca poderá perder-se na vastidão, como que o liberta da obsessão do desconhecido, o exalta e lhe dá foros de infalibilidade.

Se estende o braço, aponta com segurança para o espaço e declara peremptoriamente[65]:

– Neste rumo, daqui a vinte léguas, fica o espigão-mestre de uma serra *braba,* depois um rio grosso; dali a cinco léguas outro mato sujo que vai findar num brejal. Se vassuncê frechar direitinho assim, umas duas horas, topa com o pouso do Tatu, no caminho que vai a Cuiabá.

O que faz numa direção, com a mesma imperturbável serenidade e firmeza, o indica em qualquer outra.

A única interrupção que aos outros consente, quando conta os inúmeros descobrimentos, é a da admiração. À mínima suspeita de dúvida ou pouco caso, incendem-se-lhe de cólera as faces e no gesto denuncia indignação.

– Vassuncê não *credita*! – protesta então com calor. – Pois encilhe o seu bicho e caminhe como eu lhe disser. Mas as-

VIII. No interior pronuncia-se a palavra grave e não esdrúxula, mais conforme assim com a etimologia.

sunte[IX] bem, que no terceiro dia de viagem ficará decidido quem é cavouqueiro[X] e embromador[XI]. Uma coisa *é mapiar*[XII] à toa, outra, andar com tento por este mundo de Cristo.

Quando o sertanejo vai ficando velho, quando sente os membros cansados e entorpecidos, os olhos já enevoados pela idade, os braços frouxos para manejar a machadinha que lhe dá o substancial palmito ou o saboroso mel de abelhas, procura então quem o queira para esposo, alguma viúva ou parenta chegada, forma casa e escola, e prepara os filhos e enteados para a vida aventureira e livre que tantos gozos lhe dera outrora.

Esses discípulos, aguçada a curiosidade com as repetidas e animadas descrições das grandes cenas da natureza, num belo dia desertam da casa paterna, espalham-se por aí além, e uns nos confins do Paraná, outros nas brenhas de São Paulo, nas planuras de Goiás ou nas bocainas de Mato Grosso, por toda a parte, enfim, onde haja deserto, vão pôr em ativa prática tudo quanto souberam tão bem ouvir, relembrando as façanhas do seu respeitado progenitor e mestre.

IX. Ver o assunto, observar, atender.

X. Cavouqueiro é qualificativo empregado para exprimir qualquer qualidade má.

XI. Enganador.

XII. Termo peculiar aos sertões de Mato Grosso – quer dizer parolar, tagarelar.

## II

# O Viajante

*Próprio de espírito sorumbático*[1] *é andar sempre calado: tagarelar é o encanto e a alma da vida.*

La Chaussée[2].

*Comigo, respondeu Sancho, o meu primeiro movimento é logo tal comichão de falar que não posso deixar de desembuchar o que me vem à boca.*

Cervantes[3], *Dom Quixote.*

O dia 15 de julho de 1860 era um dia claro, sereno e fresco, como costumam ser os chamados de inverno no interior do Brasil.

Ia o Sol alto em seu percurso, iluminando com seus raios, não muito ardentes para regiões intertropicais, a estrada, cujo aspecto há pouco tentamos descrever e que da vila de Sant'Ana do Paranaíba vai ter aos campos de Camapuã.

A essa hora, um viajante, montado numa boa besta tordilho-queimada[4], gorda e marchadeira, seguia aquela estrada. A sua fisionomia e maneira de trajar denunciavam de pronto que não era homem de lida fadigosa e comum ou fazendeiro daquelas cercanias que voltasse para casa. Trazia na cabeça um chapéu do chile[5] de abas amplas e cingido[6] de larga fita preta, sobre os ombros um poncho-pala[7] de variegadas cores e calçava botas de couro da Rússia benfeitas e em bom estado de conservação.

Tinha quando muito vinte e cinco anos, presença agradável, olhos negros e bem rasgados, barba e cabelos cortados quase à escovinha e ar tão inteligente quanto decidido.

Na mão, empunhava uma comprida vara que havia pouco cortara e com que ia distraidamente fustigando[8] o ar ou batendo nos ramos de árvores, que se dobravam ao alcance do braço.

Vinha só e, no momento em que damos começo a esta singela história, achava-se no bonito trecho de caminho que medeia entre a casa de Albino Lata e a do Leal, a sete boas léguas da sezonática[9] e decadente vila de Sant'Ana do Paranaíba.

Nesta porção de estrada, ensombrada pelas árvores de vistoso cerrado, o leito, ainda que já bastante arenoso, é firme e parece mais aleia[10] de bem tratado jardim do que caminho de tropas e carreadores.

Ainda aumenta os encantos daquele lance a inúmera quantidade de rolas caboclas a brincar na areia e de pombas de cascavel[11], cujo bater das asas produz um arruído tão característico e singular.

O nosso viajante, se caminhava distraído e meio pensativo, não parecia, contudo, de gênio sombrio ou pouco divertido.

Muito ao contrário, sacudia às vezes o torpor em que vinha e entrava a cantarolar, ou assobiar, esporeando a valente cavalgadura que, na marcha que tomava, ia abanando alternadamente as orelhas com o movimento cadencial da cabeça.

Numa dessas reações contra alguma preocupação, disse em voz alta, puxando por um relógio de prata, seguro em corrente do mesmo metal:

– Às duas horas, pretendo sestear[12] no paiol do Leal. Falta pouco para o meio-dia, e tenho tempo diante de mim a botar fora...

Moderou, pois, a andadura que levava o animal e mais ativamente recomeçou a zurzir[13] os galhos das árvores, bocejando de tédio.

Também pouco tempo caminhou só, por isso que em breve ao seu lado emparelhou outro viajante, escarranchado[14] num cavalinho feio e zambro[15], mas muito forte, o qual, coberto como estava de suor, mostrava ter vindo quase a galope.

Homem já de alguma idade, o recém-chegado era gordo, de compleição sanguínea, rosto expressivo e franco. Trajava à mineira e parecia, como realmente era, morador daquela localidade.

– Olá, patrício – exclamou ele conchegando[16] a cavalgadura à da pessoa a quem interpelava – Então vai se botando para Camapuã?

Olhou o nosso cavaleiro com desconfiança e sobranceria[17] para quem o interrogava tão sem-cerimônia e meio enviesado respondeu:

– Talvez sim... talvez não... Mas a que vem a pergunta?

– Ah! desculpe-me – replicou o outro rindo-se –, nem sequer o saudei... Sou mesmo um estabanado... Deus esteja convosco. Isto sempre me acontece... A minha língua fica às vezes tão doida, que se põe logo a bater-me nos dentes... que é um Deus nos acuda e... não há que avisar: água vai! Olhe, por vezes já me tem vindo dano, mas que quer? É sestro[18] antigo... Não que eu seja malcriado, Deus de tal me defenda, abrenúncio[19]; mas pega-me tal comichão de falar que vou logo, sem tir-te, nem guar-te[20], dando à taramela...[21]

A volubilidade com que foram ditas estas palavras causou certo espanto ao mancebo e o levou a novamente encarar o inopinado[22] companheiro, desta feita, com mais demora e ar menos altivo.

Notou então a fisionomia alegre e bonachã do tagarela e, com ar de simpatia, correspondeu ao comunicativo sorriso daquele que, à força, queria travar conversação.

– Pelo que vejo – disse ele – o senhor gosta de prosear.

– Ora se! – retrucou o mineiro. – Nestes sertões, só sinto a falta de uma coisa: é de um cristão com quem, de vez em quando, dê uns dedos de parola[23]. Isto sim, por aqui é vasqueiro[24]. Tudo anda tão calado!... uma verdadeira caipiragem!... Eu, não. Sou das Gerais[I], geralista como por cá se diz; nasci no Paraibuna, conheci no meu tempo pessoas de muita educação, gente mesma de truz[25] e fui criado na Mata do Rio como homem e não como bicho do monte[II].

– Ah! o senhor é de Minas?

– Gerais, se me faz favor. Batizei-me em Vassouras, mas sou mineiro da gema. Andei ceca e meca[26] antes de vir deitar poita[27] neste país[28]. Isto já faz muito tempo, pois também vou ficando velho. Há mais de quarenta anos, pelo menos, que saí de casa de meus pais...

E interrompendo o que dizia, perguntou:

– O senhor também é de Minas?

– Nhor, não – respondeu o outro. – Sou caipira de São Paulo: nasci na vila de Casa Branca, mas fui criado em Ouro Preto.

– Ah! Na cidade Imperial?...[III]

– Lá mesmo.

– Então é quase de casa – replicou o mineiro rindo-se ruidosamente. – Ora, quem diria! Por isto me batia a passari-

I. De Minas Gerais.

II. Mato.

III. Era o título honorífico que tinha a antiga capital de Minas Gerais.

nha[29], quando vi o seu rasto fresco na areia. Aí vai, disse eu por vezes com os meus botões, um sujeitinho que não tem pressa de pousar. Também tocando o meu canivete[30], tratei de agarrá-lo para não fazer a viagem a olhar para o céu e a banzar[31]. Acha que obrei[32] mal?

– Não, senhor – protestou o moço com afabilidade. – Muito lhe agradeço a intenção. Assim alcançarei sem cansaço o Leal, onde pretendo dar hoje com os ossos.

– Oh! – exclamou o outro todo expansivo – a caminhada é a mesma. Pois, meu rico senhor, eu moro a meia légua do Leal, torcendo à esquerda, e se vosmecê não tem compromissos lá com o homem, far-me-á muito favor agasalhando-se em teto de quem é pobre, mas amigo de servir. Minha tapera[IV] é pouco retirada do caminho, e quem vem montado como o senhor não tem que andar contando bocadinhos de léguas.

Convite tão espontâneo e amável não podia deixar de ser bem aceito, sobretudo naquelas alturas, e trouxe logo entre os dois caminhantes a familiaridade que tão depressa se estabelece em viagem.

– Com toda a satisfação irei parar em sua casa – retrucou o jovem. – Nunca vi o Leal, pois agora é a primeira vez que cruzo este sertão, e ando de pouso em pouso, pedindo um cantinho de paiol ou de rancho para passar a noite com os meus camaradas.

– Traz então tropa?

– Tropa, não; apenas dois bagageiros que vêm com as minhas cargas e uma besta *à destra.*

– Olá! o amigo viaja à fidalga[33] – observou o mineiro com gesto folgazão[34].

– Qual!... Bastantes privações tenho já curtido.

IV. Casa velha e abandonada.

– Decerto não as sentirá em nossa casa, todo o tempo que lá quiser ficar. Não encontrará luxarias[V] nem coisas da capital, unicamente o que pode ter nestes mundos[VI]: quatro paredes de pau a pique mal rebocadas, uma cama de vento, bom feijão a fartar, ervas à mineira, arroz de papa, farinha de milho torradinha, café com rapadura e talvez, até, um lombo fresco de porco.

– Olá! – exclamou o moço rindo-se com expansão – vou passar vida de capitão-mor. Não queria tanto, bastava-me...

– O que sobretudo desejo é que tenha comigo o coração na boca. Se não gostar do passadio[35], vá logo desembuchando. Na minha rancharia pousa pouca gente, porque fica para dentro da estrada... assim, talvez lhe falte alguma coisa; em todo o caso farei pelo melhor...

Depois de breve pausa, continuou:

– Mas, porém, creio que já é ocasião, agora que nos conhecemos como dois amigos do tempo do Rojão, saber com quem lidamos. Eu, quanto a mim, chamo-me Martinho dos Santos Pereira, e a minha história conto-lha em duas palhetadas...[36] Sua graça, ainda que mal pergunte?

– Cirino Ferreira de Campos – respondeu o outro viajante – um criado para o servir.

– Obrigado – agradeceu Pereira inclinando-se cortesmente e levando a mão ao chapéu. – Como lhe disse há pouco, a minha história é história de entrar por uma porta e sair por outra. Minha gente não é de má raça, pelo contrário; meu pai, que Deus lhe dê a glória, possuía alguma coisa de seu e deixou aos seus muitos filhos um nome limpo e respeitado. Cada qual de nós – éramos sete – to-

V. Superfluidades de luxo.

VI. Lugares.

mou o seu rumo. Quanto a mim, casei muito mocinho e fui morar na Diamantina, onde abri casa de negócio. Depois de alguns anos, uns bons, outros caiporas[37], morreu minha dona e mudei-me, a princípio para Piumhi e mais tarde para Uberaba. A vida começou a desandar-me de todo, e fiz logo este cálculo: estar tão longe, antes afundar-me no mato de uma boa feita. Vendi pois a minha lojinha de ferragens e internei-me até cá com três escravos. Há doze anos que moro nestes socavões[VII] e, palavra de honra, até ao presente não me tenho arrependido. Na minha situação há fartura, e, louvado seja!, nunca passei necessidades... Não posso por isso queixar-me sem ingratidão. Deus Nosso Senhor Jesus Cristo tem olhado por mim, e me julgo bem amparado, sobretudo quando me lembro do despotismo[VIII] de misérias, que vai por essas terras fora... Cruzes! nem falar nisto é bom... Diga-me, porém, uma coisa: vosmecê para onde se atira?

– Homem, senhor Pereira, não tenho destino certo.

– Deveras? Então está caminhando à toa?

– Eu ponho-lhe já tudo em pratos limpos. Ando por estes *fundões*[IX] curando maleitas[38] e feridas brabas.

– Ah! – exclamou Pereira com manifesto contentamento – vosmecê, então, é doutor, não é? Físico, como lhe chamavam os nossos do tempo de dantes.

– É fato – confirmou Cirino com alguma satisfação.

– Ora, pois, muito que bem, cai-me a sopa no mel; sim, senhor, vem mesmo ao pintar... a talho de foice.

– Por quê?

VII. Buracos, lugares retirados.
VIII. Grande quantidade.
IX. Sítios distantes, ermos.

– Daqui a pouco saberá... Mas, diga-me ainda... Onde é que vosmecê leu nos livros e aprendeu suas histórias e bruxarias? Na corte do Império?

– Não – respondeu Cirino – primeiro no colégio do Caraça; depois fui para Ouro Preto, onde tirei carta de farmácia.

E acrescentou com enfatuação[39]:

– Desde então tenho batido todo o poente de Minas e feito curas que é um milagre.

– Ah! a sabença é coisa boa... eu também tinha jeito para saber mais do que ler e escrever, e isto mesmo malmente; mas quem nasceu para carreiro, vira, mexe, larga e pega, sempre acaba junto ao carro. Com o que, entonces, vosmecê entende de curar?...

– Entendo – afirmou Cirino sem o menor constrangimento.

– Pois caiu-me muito ao jeito na mão; sim, senhor. Estou com uma menina doente de maleitas, minha filha, e por essa causa tinha ido a Sant'Ana buscar quina[40] do comércio; mas lá não havia da maldita e voltava bem agoniado. Ora...

– Trago – interrompeu o outro – muito remédio nas minhas malas. Para sezões[41], tenho uma composição infalível...

– Já se sabe; entra composição de quina. Deveras é santa mezinha[42]. A pequena tomou a do campo; mas essa pouco talento[x] tem, de maneira que a sezão não lhe deixou o corpo.

– Há quantos dias apareceu o tremor de frio? – perguntou o intitulado doutor.

– Faz hoje, salvo engano, dez dias. Até agora era uma rapariga forçuda, sadia e rosada como um jambo; nem sei até como lhe entrou a maleita no corpo. Ninguém pode fiar-se na tal vila de Sant'Ana; é uma peste de febres. Eu bem a não

x. Força, valentia. É quase sempre tomado no sentido material.

queria levar até lá: mas ela pediu tanto, que consenti; demais, como era para ver a madrinha, uma boa senhora, de muita circunstância[XI], a mulher do major Melo Taques... Não conhece?

– Pois não.

– E dá-se com o major? – perguntou Pereira para abrir novo campo à sua garrulice[43].

– Quando pousei na vila, estive com ele.

– E não gostou? Aquilo, sim, é que é homem às direitas. Também é pau para toda a obra na Senhora Sant'ana, é o tutu[XII] de lá. Em querendo taramelar um pouco mais a meu gosto, busco o compadre. Isso arma logo uma conversa que me dá um fartão... E depois, pessoa de muitas letras... Escreve ao governo; é juiz de paz, major reformado, serve de juiz municipal, já fez a campanha dos Farrapos lá no Rio Grande do Sul para as bandas dos castelhanos e merece muita estimação. Mora numa casa de andar[XIII] e tem loja muito sortida, por sinal que bem baratinha para a distância. E as histórias que conta? Hein? É um nunca acabar. O homem parece que sabe o Império de cor e salteado. Nem o vigário! Olhe, senhor Cirino, vou dizer-lhe uma coisa que talvez lhe pareça embromação: às vezes, dou um pulo até a vila só para bater língua com o major, porque com esta gente daqui não se tira partido: escorraçada e arisca que é um Deus nos acuda! Então, como lhe ia contando, galopeio até lá, e pego numa *mapiagem*[XIV] que me enche as medidas. Não há...

XI. Importância.

XII. Tutu, isto é, a pessoa de mais consideração e que tudo pode. Pereira fala do major Martinho de Melo Taques, o qual morava com efeito na vila de Sant'Ana do Paranaíba e gozava de merecida influência.

XIII. Sobrado.

XIV. Conversação.

– Gabo-lhe[44] a pachorra[45] – atalhou Cirino. – Mas, diga-me, senhor Pereira; farei por aqui algum negócio?

– Homem, conforme. Gente doente é mato[XV]; mas também mofina[XVI] como ela só. Meio arredado da minha casa, fica o Coelho, que está morre não morre há muitos anos e é homem de boas patacas[46]. Este, se vosmecê o curar, talvez caia com os cobres. Tudo o mais é uma *récula*[47] de gente mais ou menos.

– Vosmecê traz bastante quina do comércio? – perguntou em seguida.

– Trago – respondeu Cirino – mas é cara.

– Que é cara, bem sei. Pois é quanto basta, porque no fundo aqui tudo são sezões.

Começou então o bom do senhor Pereira a desenrolar as diversas moléstias que o haviam salteado no correr da vida, raras, na verdade, mas todas perigosas; e, com esse tema às ordens, achou meios e modos de falar até quase perder o fôlego.

Recolheu-se o outro ao silêncio e ouviu talvez preocupado ou, em todo o caso, muito distraidamente, o que lhe contava o seu novo amigo, saindo, de vez em quando, da apática atenção para instigar com a voz e o calcanhar a cavalgadura, quando esta parecia querer por si tomar descanso ou buscava comer os rebentões mais apetitosos do capim a grelar[48].

Afinal, notou Pereira o tal ou qual abatimento no companheiro.

– Vosmecê a modo que está triste? – disse ele. – Deixou alguma coisa de seu lá por trás?

– Homem, para ser franco – concordou Cirino dando um suspiro – deixei; e essa coisa é uma dívida... dívida de jogo.

XV. Isto é: há abundância.

XVI. Pouco liberal [avarento]. Também quer dizer: doente ou covarde.

– Isto é mau – retrucou o mineiro, fechando um tanto a cara. – Por causa desse vício e das mulheres, é que as cruzes nascem à beira das estradas. Mas é coco[XVII] grosso?

– Trezentos mil-réis.

– Já é gimbo[XVIII] graúdo. E com quem jogou?

– Com o Totó Siqueira, de Sant'Ana. Por isto pretendeu atrasar-me a viagem; mas prometi mandar-lhe tudo do Sucuriú por um camarada e passei-lhe um papel. No que estou pensando, e se acharei, até lá, meios de cumprir a palavra.

– Se lhe pagarem como devem, com certeza. Em todo o caso, aperte um pouco com os doentes.

– Não imagina – replicou Cirino com verdadeiro sentimento – quanto me tem amofinado[49] essa maldita dívida. Não pelo dinheiro, que dele faço pouco caso; mas por ter pegado em cartas, coisa que nunca tinha feito na minha vida; isto sim...

– Pois meu rico senhor – observou Pereira – sirva-lhe essa de lição e tome tento[50] com a gente do sertão, não com esses que moram nas suas casas muito sossegados e amigos de servir, mas com viajantes, homens de tropas e carreiros. Isso sim; é uma súcia de jogadores, que andam armados de baralhos e vísporas[51] e, por dá cá aquela palha, empurram uma facada na barriga de um cristão ou descarregam uma garrucha[52] na cabeça de um companheiro, como se fosse em melancia podre. Depois, o demônio do jogo, quando entra no corpo de um desgraçado, faz logo ninho e de lá pincha[53] fora a vergonha. Da má vida com raparigas airadas[54], fadistas[55] e mulheres à toa, ainda a gente endireita; mas, com cartas e sortes, só na caldeira de Pedro Botelho[56] é que se cuida em mudar de rumo. Quem lhe fala teve um tio morador nas

XVII. Dinheiro.
XVIII. Quantia.

Traíras, para cá de Camapuã cinco léguas, que trabalhava todo o ano na terra para vir jogar até perder o último cobre nas rancharias do Sucuriú.

Pereira, de posse de tão largo assunto, contou mil histórias, umas lúgubres[57], outras jocosas[58], verídicas, inventadas na ocasião ou reproduzidas.

No entretanto, haviam os dois caminhado bastante. Inclinara-se no horizonte o Sol, e a brisa da tarde já vinha soprando do lado do poente, viva, perfumosa.

– Nós – observou o mineiro – com a nossa conversa, deixamos os nossos animais vir cochilando. Também já está aqui a minha estradinha. Meta-se nela, senhor Cirino; em frente ia parar no Leal; a minha fazendola começa neste ponto à beira do caminho e vai por aí afora até bem longe, um mundo de alqueires de terra, que nem tem conta.

Ao dizer estas palavras, tomou ele a dianteira e, dando a direita à estrada geral, enveredou por uma aberta larga e muito sombreada, que levava com voltas e tortuosidades à margem rasa de copioso[59] e límpido ribeirão, de álveo[60] areento[61], todo ele.

Os animais, ao perceberem o bater da água, apertaram o passo e, entrando na corrente quase até aos peitos, estiraram o pescoço e puseram-se a beber ruidosamente, avançando aos poucos de encontro ao fio caudal, para buscarem o que houvesse mais puro em linfa.

– Não deixe a sua besta se empanzinar – observou Pereira. – Upa! – continuou ele puxando pela rédea do cavalo e batendo-lhe amigavelmente na pá do pescoço – Upa, Canivete! Vamos matar a fome no milho!

Transposto o ribeirão, alargava-se a vereda e, depois de cortar copada mata, abria-se numa verdadeira estrada, que os dois cavaleiros tomaram a meio galope.

Trasmontava afinal o Sol, quando, por trás de ralo matagal, surgiu a ponta de um mastro de São João, que o mineiro saudou com mostras de grande alegria, como sinal precursor da querida vivenda.

Antes, porém, de nela penetrarmos, digamos quem era aquele mancebo que viajava ornado do pomposo título de doutor, e, o que mais é, revestido de autoridade para ir, a seu talante[62], aplicando remédios e preconizando curas milagrosas.

## III
# O Doutor

*Semeai promessas; a ninguém causam desfalque, e o mundo é rico de palavras. A esperança, quando outros nela creem, faz ganhar muito tempo.*

Ovídio[1].

*Ao morreres, dota a algum colégio ou a teu gato.*

Pope[2].

Sganarelo – *De toda a parte vem gente procurar-me, e se as coisas continuarem assim, sou de parecer que de uma vez devo dedicar-me à medicina. Acho que de todos os ofícios é este o preferível, porque, ou se faça bem ou mal, sempre no fim há dinheiro.*

Molière[3], *O Médico à Força.*

Nascera Cirino de Campos, como dissera a Pereira, na província de São Paulo, na sossegada e bonita vila de Casa Branca, a qual demora umas cinquenta léguas do litoral. Filho de um vendedor de drogas, que se intitulava boticário e a esse ofício acumulava o importante cargo de administrador do correio, crescera debaixo das vistas paternas até a idade de doze anos, completos os quais fora enviado, em tempos de festas e a título de recordação saudosa, a um velho tio e padrinho, morador na cidade de Ouro Preto, em Minas Gerais.

Esse parente, solteirão, de gênio rabugento, misantropo[4], e dado às práticas da mais extrema carolice, recebeu o pequeno com mau modo e manifesto descontentamento, tanto mais quanto a presença de um estranho vinha interromper os hábitos de completa solidão a que se acostumara desde longos anos.

Era homem que trajava ainda à moda antiga, usando de sapatos de fivela, calções de braguilha, e cabeleira empoada[5] com o competente rabicho.

A sua reputação de pessoa abastada era, em toda a cidade de Ouro Preto, tão bem firmada quanto a de refinado sovina, chegando a voz pública a afirmar que o seu dinheiro, e não pouco, estava todo enterrado em numerosos buracos no chão da alcova de dormir.

– Meu amigalhote – disse o tal padrinho para Cirino, poucos dias depois da chegada –, fique sabendo que, por qualquer coisinha, lhe sacudo a poeira do corpo. Dê-se por avisado e ande direitinho que nem um fuso.

O menino, transido[6] de medo, passou a tarde a chorar num canto sombrio da casa, onde relembrou, até lhe vir o sono, a alegre vida de outrora, os folguedos com os camaradas na viçosa relva do Cruzeiro, à entrada da vila de Casa Branca, e sobretudo os carinhos da saudosa mamãe.

Em seguida àquela admoestação[7] preventiva, fora o tio à casa de uns padres que tinham influência na direção do colégio do Caraça e com eles arranjara a admissão do afilhado naquele estabelecimento de instrução clerical.

Como finório que era, conseguiu este resultado sem muita dificuldade, pagando-o, a juros compostos, com tentadoras promessas.

– Por ora – resmoneou[8] ele – nada poderei fazer pela educação do rapaz; mas... enfim... um dia... estou já velho, e tratarei de mostrar que não me esqueci dos bons padres que tanto me ajudam.

Farejaram logo os clérigos quantioso legado, e, lançada assim a eventualidade de uma verba testamentária, ficou decidida a entrada de Cirino na casa colegial.

O pressentimento da falta de proteção natural torna as crianças dóceis e resignadas. Também não tugiu nem mugiu[9] o caipirazinho, ao penetrar no internato em que devia passar tristonhamente os melhores anos da sua adolescência a mastigar latim, gaguejar *Telêmaco*[10] e entoar dia e noite, e em falsete, uns trechos de cantochão[11].

Ótimo negócio fizera incontestavelmente o velho tio. Ia tão somente desembolsando boas palavras e, por estar agarrado à vida, chegou até a levar ao cemitério dois dos padres que tanto se haviam prendido às esperanças de valiosa recordação.

Afinal, como tinha por seu turno que pagar o tributo universal, um belo dia morreu quando menos se esperava, deixando muito recomendado um seu testamento, que foi, com efeito, aberto com sofreguidão[12] digna de melhor êxito.

Testamento havia, força é confessar; não já testamento, mas extenso arrazoado todo da letra do velho; barras de ouro, porém, ou maços de notas, nem sombra.

Esfuracou-se a casa de alto a baixo, levantaram-se os soalhos, escutaram-se todas as paredes, quebraram-se os móveis; nada apareceu, nada denunciou esconderijo de riquezas, nem coisa que a isso se avizinhasse.

Descobriu-se então que aquele carola fora um pensador desabusado, antigo admirador de Xavier[13], o Tiradentes, que nunca tivera vintém e vivera como filósofo, grazinando[14], lá consigo mesmo, de tudo e de todos.

Era o seu testamento uma gargalhada, meio de gosto, meio de ironia, atirada de além-túmulo e corroborada pelo legado sarcástico que, em pomposo codicilo[15], fazia aos padres do Caraça, da sua biblioteca, a fim, dizia ele, "de ajudar a educação dos mancebos e auxiliar as boas intenções dos seus honrados e virtuosos diretores".

Procuraram-se os tais livros, e topou-se com um baú cheio de obras, em parte devoradas pelo cupim e que, por ordem clerical, foram, incontinenti e, no meio de gritos de indignação e santo horror, entregues às chamas de um grande auto de fé. Eram as *Ruínas* de Volney[16], o Homem da Natureza[17], as poesias eróticas de Bocage[18], o *Dicionário Filosófico* de Voltaire[19], o *Citador* de Pigault-Lebrun[20], a *Guerra dos Deuses* de Parny[21], os romances do Marquês de Sade[22] e outras produções de igual alcance e quilate, algumas até em francês, mas anotadas por leitor assíduo e mais ou menos convencido.

A consequência desse pesado gracejo póstumo, que destruía de raiz o conceito de uma vida inteira, foi a imediata exclusão de Cirino do colégio do Caraça.

Tinha então dezoito anos e, como era vivo, conseguiu, apesar da natural pecha que lhe atirava o parentesco com o estrambótico[23] e defunto protetor, ir servir de caixeiro numa botica velha e manhosa[24], onde entre drogas e receituários lhe foram voltando os hábitos da casa paterna.

Leve era o trabalho, e o aviamento de prescrições tão lento, que os ingredientes farmacêuticos ficavam meses inteiros nos embaciados e esborcinados[25] frascos à espera de que alguém se lembrasse de tirá-los daquele bolorento esquecimento.

Em localidade pequena, de simples boticário a médico não há mais que um passo. Cirino, pois, foi, aos poucos e com o tempo, criando tal ou qual prática de receitar e, agarrando-se a um Chernoviz[26], já seboso de tanto uso, entrou a percorrer, com alguns medicamentos no bolso e na mala da garupa, as vizinhanças da cidade à procura de quem se utilizasse dos seus serviços.

Nessas curtas digressões principiou a receber o tratamento de doutor. Então, para melhor o firmar, depois de se ter despedido da botica em que servia, matriculou-se na escola de farmácia de Ouro Preto com a intenção de tirar a carta de boticário, que o presidente da província de Minas Gerais tem o privilégio de conferir, dispensando documentos de qualquer faculdade reconhecida.

Antes, porém, de conseguir a posse daquele lisonjeiro documento, fez-se Cirino, num dia de capricho, de partida decidida e começou então a viajar pelos sertões povoados a medicar, sangrar e retalhar, unindo a alguns conhecimentos de valor positivo outros que a experiência lhe ia indicando, ou que a voz do povo e a superstição lhe ministravam.

Toda a sua ciência assentava alicerces no tal Chernoviz. Também era o inseparável *vade mecum*[27]; seu livro de ouro; Homero[28] à cabeceira de Alexandre[29]. Noite e dia o manuseava; noite e dia o consultava à sombra das árvores ou junto ao leito dos enfermos.

Contém Chernoviz, dizem os entendidos, muitos erros, muita lacuna, muita coisa inútil e até disparatada; entretanto, no interior do Brasil, é obra que incontestavelmente presta bons serviços, e cujas indicações têm força de evangelho.

Conhecia Cirino o seu exemplar de cor e salteado; abria-o com segurança nos trechos que desejava consultar e, graças a ele, formara um fundo de instrução real e até certo ponto exata, a que unira o estudo natural das utilíssimas e ainda pouco aproveitadas ervinhas do campo.

A fim de aumentar os seus recursos em matéria médica vegetal, foi a pouco e pouco dilatando as excursões fora das cidades, para as quais voltava, quando se via falto de medicamentos ou quando, digamo-lo sem rebuço[30], queria gastar nos prazeres e folias o dinheiro que ajuntara com a clínica do sertão.

Afinal, afeito a hábitos de completa liberdade, resolvera empreender viagem para Camapuã e sul da província de Mato Grosso, não só com o intuito de estender o raio das operações, senão também levado do desejo de ver terras novas e longínquas.

Curandeiro, simples curandeiro, ia por toda a parte granjeando[31] o tratamento de doutor, que gradualmente lhe foi parecendo, a si próprio, título inerente a sua pessoa e a que tinha incontestável direito.

Bem formado era o coração daquele moço, sua alma elevada e incapaz de pensamentos menos dignos; entretanto, no íntimo do seu caráter se haviam insensivelmente enraizado certos hábitos de orgulho, repassado de tal ou qual charlatanismo, oriundo tanto da flagrante insuficiência científica, como da roda em que sempre vivera.

Afastava-se em todo caso, ainda assim com os seus defeitos, do comum dos médicos ambulantes do sertão, tipos que se encontram frequentemente naquelas paragens, eivados[32] de todos os atributos da mais crassa[33] ignorância, mas rodeados de regalias completamente excepcionais.

Por toda a parte entra, com efeito, o doutor; penetra no interior das famílias, verdadeiros gineceus[34]; tem o melhor lugar à mesa dos hóspedes, a mais macia cama; é, enfim, um personagem caído do céu e junto ao qual acodem logo, de muitas léguas em torno, não já enfermos, mas fanatizados crentes que, durante largos anos, se haviam medicado ou por conselhos de vizinhos ou por suas próprias inspirações, e que na chegada desse messias[35], depositam todas as ardentes esperanças do almejado restabelecimento.

## IV

# A Casa do Mineiro

*Está a ceia na mesa. Torne o bom acolhimento desculpável o mau passadio.*

WALTER SCOTT[1], *Ivanhoé.*

QUANDO ASSOMARAM[2] os dois viajantes à entrada do terreiro que rodeava a vivenda de Pereira, correram-lhes ao encontro quatro ou cinco cães altos e magros, que aos pulos saudaram o dono da casa com uma cainçada[3] de alegria.

Puseram-se algumas galinhas a girar atarantadas[4], ao passo que vários galos, já empoleirados na cumeeira da morada, bradavam novidade, e uns porcos e bacorinhos aqui e acolá se erguiam dentre palhas de milho e, estremunhados[5], olhavam para os recém-chegados com olhos pequenos e cheios de sono.

Do interior da habitação, não tardou a sair uma preta idosa, mal-vestida, trazendo atado à cabeça um pano branco de algodão, cujas pontas pendiam até ao meio das costas.

– Olá, Maria Conga – perguntou Pereira – que há de novo por cá?

– A benção, meu senhor, pediu a escrava chegando-se com alguma lentidão.

– Deus te faça santa – respondeu o mineiro. – Como vai a menina? *Nocência*?

– Nhã está com sezão.

– Isto sei eu, rapariga de Cristo; mas como passou ela de trasantontem para cá?

– Todo o dia, vindo a hora, nhã bate o queixo, nhor, sim.

– Está bem... É que o mal ainda não abrandou... Daqui a pouco, veremos. E a janta?... Está pronta? Venho varado de fome. Que diz, senhor Cirino? – indagou ele, voltando-se para o companheiro.

– Não se me dava também de comer alguma coisa. Temos razão para...

– Pois então – interrompeu Pereira – ponha pé no chão e pise forte, que o terreno é nosso. Minha casa, já lhe disse, é pobre, mas bastante farta e a ninguém fica fechada.

Deu logo o exemplo e descavalgou do cavalinho zambro, o qual foi por si correndo em direção a uma dependência da casa com formas de tosca estrebaria.

Apeou-se igualmente Cirino, mas, ao penetrar numa espécie de alpendre de palha que ensombrava a frente toda, mostrou repentina e viva contrariedade no gesto e na fisionomia.

– Ora, senhor Pereira – exclamou ele batendo com o tacão da bota num sabugo de milho – só agora é que me recordo que as minhas cargas vão todas tomar caminho do Leal e aqui me deixam sem roupa, nem medicamentos. Que maçada! Devíamos ter esperado na boca da sua picada.

Respondeu-lhe o mineiro todo desfeito em expansivo riso:

– Olé, pois o doutor é tão novato assim em viagens? Então pensa que lá não deixei aviso seguro à sua gente? Não se lembra de um ramo verde que pus bem no meio da estrada real?

– É verdade – confirmou Cirino.

– E então? Daqui a pouco a sua camaradagem está batendo o nosso rasto. Entremos, que a fome já vai apertando.

Consistia a morada de Pereira num casarão vasto e baixo, coberto de sapé, com uma porta larga entre duas janelas muito estreitas e mal abertas. Na parede da frente que, talvez com o peso da coberta, bojava[6] sensivelmente fora da vertical, grandes rachas longitudinais mostravam a urgência de sérias reparações em toda aquela obra, feita de terra amassada e grades de paus a pique.

Ao oitão[7] da direita existia encostado um grande paiol construído de troncos de palmeiras, por entre os quais iam rolando as espigas de milho, com o contínuo fossar dos porquinhos, que dali não arredavam pé.

Corrido na frente de toda a vivenda, via-se um alpendre de palha de buriti, sustentado por grossas taquaras, ligeiro apêndice acrescentado por ocasião de alguma passada festa, em que o número de convidados ultrapassara os limites de abrigo da hospitaleira habitação.

Internamente, era ela dividida em dois lanços: um, todo fechado, com exceção da porta por onde se entrava e que constituía o cômodo destinado aos hóspedes; outro, à retaguarda, pertencia à família, ficando, portanto, completamente vedado às vistas dos estranhos e sem comunicação interna com o compartimento da frente.

Era de barro compacto e socado o chão desta sala, vendo-se nele sinais de que às vezes ali se acendia fogo: pelo que estavam o sapé do forro e o ripamento revestidos de luzidia e tênue camada de picumã[8] que lhes dava brilho singular, como se tudo fora jacarandá envernizado.

– Isto aqui – disse Pereira penetrando na sala e sentando-se numa tripeça de pau – não é meu; é de quem me procura. Poucos vêm cá decerto parar, mas enfim é sempre bom contar com eles... Minha gente mora na dependência dos fundos.

E apontou para a parede fronteira à porta de entrada, fazendo um gesto para mostrar que a casa se estendia além.

– Senhor Pereira – disse Cirino recostando-se a uma sólida marquesa[9] – não se incomode comigo de maneira alguma... Faça de conta que aqui não há ninguém

– Pois então – retorquiu[10] o mineiro – deite-se um pouco, enquanto vou lá dentro ver as novidades. A hora é mais de comer que de cochilar; mas espere deitadinho e a gosto, que é sempre mais cômodo a ficar de pé ou sentado.

Não desprezou o hóspede o convite. Tirou o pala[11], puxou as botas e, cruzando-as, fez dos canos travesseiro, em que descansou a cabeça.

Quem se coloca em posição horizontal, depois de vencidas umas estiradas léguas, adormece com certeza. Depressa veio, pois, o sono cerrar as pálpebras do recém-chegado e intumescer-lhe[12] o peito com sossegada respiração.

Dormiu talvez hora e meia, e mais houvera dormido, se não fosse acordado pelo tropel de animais que paravam, e por grita de gente a pôr cargas em terra.

Assomou o senhor Pereira à porta com ar jovial.

– Então, que lhe disse eu?

– De fato; estou agora sossegado.

– E o Senhor tomou uma boa data[I] de sono.

– Quem sabe[II], uma hora?

– Boa dúvida, se não mais. Fiquei todo esse tempo ao lado de *Nocência*, que de frio batia o queixo, como se estivesse agora em Ouro Preto, quando cai geada na rua.

– Então não vai melhor?

– Qual!... Depois que o senhor tiver comido, há de ir vê-la. Está, pobrezinha, tão desfeita que parece doente de uns três meses atrás.

I. Quantidade, porção.
II. Talvez.

– Felizmente – observou Cirino com alguma enfatuação – aqui estou eu para pô-la de pé em pouco tempo.

– Deus o ouça – disse Pereira com verdadeira unção.

– Patrícios! Ó gente! – gritou ele em seguida para os dois camaradas chegados de pouco –, vão mecês sestear naquele rancho, ali. Perto há boa água, e lenha é o que não falta: basta estender o braço. Olhem, deem ração de fartar aos animais. Aproveitem o milho, enquanto há: é a *sustância* desses bichos. Aqui, vendo-o baratinho. Um atilho[III] por um cobre[IV] e não são espigas chochas, nem grão soboró[V]. Eh! lá! Maria Conga, vamos com isso!... janta na mesa!...

Foram o chamado e as indicações de Pereira cumpridos sem demora.

Apareceu a velha escrava, que estendeu em larga e mal aplainada mesa uma toalha de algodão, grosseira, mas muito alva, sobre a qual derramou duas boas cuias de farinha de milho; depois, emborcou um prato fundo de louça azul, e ao lado colocou uma colher e um garfo de metal.

– Sente-se, doutor – disse Pereira para Cirino – agora não manduco[13] com mecê, porque já petisquei lá dentro. Desculpe se não achar a comida do seu agrado.

Vinha nesse momento entrando Maria Conga com dois pratos bem cheios e fumegantes, um de feijão-cavalo, outro de arroz.

– E as ervas? – perguntou Pereira. – Não há?

– Nhor, sim. Eu trago já – respondeu a preta que, com efeito, voltou daí a pouco.

III. Um atilho compõe-se de quatro espigas amarradas.

IV. Dois vinténs.

V. Soboró é o grão falhado.

Tornou o mineiro a desculpar-se da insuficiência e mau preparo da comida.

– Não lhe dou hoje lombo de porco; mas o prometido não cai em esquecimento, isto lhe posso assegurar.

– Estou muito contente com o que há – protestou com sinceridade Cirino.

E, de fato, pelo modo por que começou a comer, repetindo amiudadas vezes dos pratos, deu evidentes mostras de que falava inteira verdade.

– Maria – disse Pereira para a escrava que se fora colocar a alguma distância da mesa com os braços cruzados –, traz agora mel[VI] e café com doce[VII].

– Ah! – exclamou Cirino com patente[14] satisfação, estirando os braços – fiquei que nem um ovo. O feijão estava de patente[15]. Louvado seja Nosso Senhor Jesus Cristo, que me deu este bom agasalho.

– Amém! – respondeu Pereira.

– Agora, amigo meu – disse o moço depois de pequena pausa –, estou às suas ordens. Podemos ver a sua doentinha e aproveitar a parada da febre para mim[VIII] atalhá-la de pronto. Em tais casos, não gosto de adiamentos.

Cobriu-se o rosto do mineiro de ligeira sombra: franziram-se os seus sobrolhos[16], e vaga inquietação lhe pairou na fronte.

– Mais tarde – disse ele com precipitação.

– Nada, meu senhor – retrucou Cirino –, quanto mais cedo, melhor. É o que lhe digo.

VI. Melado.

VII. Rapadura de açúcar.

VIII. É este erro comum no interior de todo o Brasil e sobretudo na província de São Paulo, onde pessoas até ilustradas nele incorrem com frequência.

– Mas, que pressa tem mecê? – perguntou Pereira com certa desconfiança.

– Eu? – respondeu o outro sem perceber a intenção – nenhuma. É mesmo para bem da moça.

Acenderam-se os olhos de Pereira de repentino brilho.

– E como sabe que minha filha é moça? – exclamou com vivacidade.

– Pois não foi o senhor mesmo quem mo disse na prosa do caminho?

– Ah!... é verdade. Ela ainda não é moça... Quatorze, quinze anos, quando muito... Quinze anos e meio... Uma criança, coitadinha!...

– Enfim – replicou o outro –, seja como for. Quando o senhor quiser, venha procurar-me. Enquanto espero, remexerei nas minhas malas e tirarei alguns remédios para tê-los mais a mão.

– Muito que bem – aprovou Pereira –, bote os seus trens[IX] naquele canto e fique descansado: ninguém bulirá[17] neles... Quanto à minha filha... eu já venho... dou um pulo lá dentro, e... depois conversaremos.

IX. "Trem", na província de Mato Grosso, é uma das palavras mais empregadas e com as mais singulares acepções. Neste caso significa objetos, cargas etc.

V

# Aviso Prévio

*Onde há mulheres, aí se congregam todos os males a um tempo.*

MENANDRO[1].

*Nunca é bom que um homem sensato eduque seus filhos de modo a desenvolver-lhes demais o espírito.*

EURÍPIDES[2], *Medeia.*

*Filhos, sois para os homens o encanto da alma.*

MENANDRO.

ESTAVA CIRINO FAZENDO o inventário da sua roupa e já começava a anoitecer, quando Pereira novamente a ele se chegou.

– Doutor – disse o mineiro – pode agora mecê entrar para ver a pequena. Está com o pulso que nem um fio, mas não tem febre de qualidade nenhuma.

– Assim é bem melhor[1] – respondeu Cirino.

E, arranjando precipitadamente o que havia tirado da canastra, fechou-a e pôs-se de pé.

Antes de sair da sala, deteve Pereira o hóspede com ar de quem precisava tocar em assunto de gravidade e ao mesmo tempo de difícil explicação.

1. Locução muito usual no interior.

Afinal começou meio hesitante:

– Senhor Cirino, eu cá sou homem muito bom de gênio, muito amigo de todos, muito acomodado e que tenho o coração perto da boca, como vosmecê deve ter visto...

– Por certo – concordou o outro.

– Pois bem, mas... tenho um grande defeito; sou muito desconfiado. Vai o doutor entrar no interior da minha casa e... deve portar-se como...

– Oh, senhor Pereira! – atalhou Cirino com animação, mas sem grande estranheza, pois conhecia o zelo com que os homens do sertão guardam da vista dos profanos os seus aposentos domésticos – posso gabar-me de ter sido recebido no seio de muita família honesta e sei proceder como devo.

Expandiu-se um tanto o rosto do mineiro.

– Vejo – disse ele com algum acanhamento – que o doutor não é nenhum pé-rapado, mas nunca é bom facilitar... E já que não há outro remédio, vou dizer-lhe todos os meus segredos... Não metem vergonha a ninguém, com o favor de Deus; mas em negócios da minha casa não gosto de bater língua... Minha filha *Nocência* fez dezoito anos pelo Natal, e é rapariga que pela feição[3] parece moça de cidade, muito ariscazinha[4] de modos, mas bonita e boa deveras... Coitada, foi criada sem mãe, e aqui nestes fundões[II]. Tenho outro filho, este um latagão[5], barbado e grosso[III], que está trabalhando agora em porcadas para as bandas do Rio.

– Ora muito que bem – continuou Pereira caindo aos poucos na habitual garrulice –, quando vi a menina tomar corpo, tratei logo de casá-la.

II. Sertões.

III. Gordo.

– Ah! é casada? – perguntou Cirino.

– Isto é, é e não é. A coisa está apalavrada. Por aqui costuma labutar no costeio[6] do gado para São Paulo um homem de mão-cheia, que talvez o senhor conheça... o Manecão Doca...

– Não – respondeu Cirino abanando a cabeça.

– Pois *isso* é um homem às direitas, desempenado[7] e trabucador[IV] como ele só... fura estes sertões todos e vem tangendo[V] pontes de gado que metem pasmo. Também dizem que tem bichado[VI] muito e ajuntado cobre grosso, o que é possível, porque não é gastador nem dado a mulheres. Uma feita que estava aqui de pousada... olhe, mesmo neste lugar onde estava mecê inda agorinha, falei-lhe em casamento... isto é, dei-lhe uns toques... porque os pais devem tomar isso a si para bem de suas famílias[VII]; não acha?

– Boa dúvida – aprovou Cirino –, dou-lhe toda a razão; era do seu dever.

– Pois bem, o Manecão ficou *ansim* meio em dúvida; mas, quando lhe mostrei a pequena, foi outra cantiga... Ah! também é uma menina!...

E Pereira, esquecido das primeiras prevenções, deu um muxoxo[8] expressivo, apoiando a palma da mão aberta de encontro aos grossos lábios.

– Agora, está ela um tanto desfeita: mas, quando tem saúde é coradinha que nem mangaba do areal. Tem cabelos compridos e finos como seda de paina, um nariz mimoso e uns olhos matadores... Nem parece filha de quem é...

A gabos[9] imprudentes era levado Pereira pelo amor paterno.

IV. Trabalhador.

V. Este elegante verbo é muito usado no interior.

VI. Feito bichas, ganho dinheiro.

VII. Filhas.

Foi o que repentinamente pensou lá consigo, de modo que, reprimindo-se, disse com hesitação manifesta:

– Esta obrigação de casar as mulheres é o diabo!... Se não tomam estado, ficam jururus e fanadinhas...[10]; se casam, podem cair nas mãos de algum marido malvado... E depois, as histórias! Ih, meu Deus, mulheres numa casa, é coisa de meter medo... São redomas de vidro que tudo pode quebrar... Enfim, minha filha, enquanto solteira, honrou o nome de meus pais... O Manecão que se aguente, quando a tiver por sua... Com gente de saia não há que fiar... Cruz! botam famílias inteiras a perder, enquanto o demo esfrega um olho.

Esta opinião injuriosa sobre as mulheres é, em geral, corrente nos nossos sertões e traz como consequência imediata e prática, além da rigorosa clausura em que são mantidas, não só o casamento convencionado entre parentes muito chegados para filhos de menor idade, mas sobretudo os numerosos crimes cometidos, mal se suspeita possibilidade de qualquer intriga amorosa entre pessoa da família e algum estranho.

Desenvolveu Pereira todas aquelas ideias e aplaudiu a prudência de tão preventivas medidas.

– Eu repito – disse ele com calor –, isto de mulheres, não há que fiar. Bem faziam os nossos do tempo antigo. As raparigas andavam direitinhas que nem um fuso... Uma piscadela de olho mais duvidosa, era logo pau... Contaram-me que hoje lá nas cidades... arrenego!... não há menina, por pobrezinha que seja, que não saiba ler livros de letra de forma e garatujar no papel... que deixe de ir a funçonatas[11] com vestidos abertos na frente como raparigas fadistas e que saracoteiam em danças, e falam alto, e mostram os dentes por dá cá aquela palha com qualquer tafulão[12] malcriado... pois pelintras[13] e beldroegas[14] não faltam... Cruz!... Assim, também é demais; não acha? Cá no meu modo de pensar, entendo que não se maltratem as coitadinhas, mas também é preciso não dar asas às formigas... Quando elas ficam taludas[15], atamanca-se[16] uma festança para casá-las com um rapaz decente ou algum primo, e acabou-se a história...

– Depois – acrescentou ele abrindo expressivamente com o polegar a pálpebra inferior dos olhos – cautela e faca afiada para algum meliante[17] que se faça[VIII] de tolo e venha engraçar-se fora de vila e termo... Minha filha...

Pereira mudou completamente de tom:

– Pobrezinha... Por esta não há de vir o mal ao mundo... É uma pombinha do céu... Tão boa, tão carinhosa!... E feiticeira!! Não posso com ela... só o pensar em que tenho de entregá-la nas mãos de um homem, bole comigo todo... É preciso, porém. Há anos... devia já ter cuidado nesse arranjo, mas... não sei... cada vez que pensava nisso... caía-me a alma aos pés. Também é menina que não foi criada como as mais... Ah! senhor Cirino, isto de filhos, são pedaços do coração que a gente arranca do corpo e bota a andar por esse mundo de Cristo.

Umedeceram-se ligeiramente os cílios do bom pai.

– O meu mais velho para, Deus sabe onde... Se eu morresse neste instante, ficava a pequena ao desamparo... Também, era preciso acabar com esta incerteza... Além disso, o Manecão prometeu-me deixá-la aqui em casa, e deste modo fica tudo arranjado... isto é, remediado, porque filha casada é traste que não pertence mais a pai.

Houve uns instantes de silêncio.

– Agora – prosseguiu Pereira com certo vexame – que eu tudo lhe disse, peço-lhe uma coisa: veja só a doente e não olhe para *Nocência*... Falei assim a mecê, porque era de mi-

VIII. *Fazer-se de*: brasileirismo, corrente no interior do país.

nha obrigação... Homem nenhum, sem ser muito chegado a este seu criado, pisou nunca no quarto de minha filha... Eu lhe juro... Só em casos destes, de extrema *percisão*...

– Senhor Pereira – replicou Cirino com calma –, já lhe disse e torno-lhe a dizer que, como médico, estou há muito tempo acostumado a lidar com famílias e a respeitá-las. É este meu dever, e até hoje, graças a Deus, a minha fama é boa... Quanto às mulheres, não tenho as suas opiniões, nem as acho razoáveis nem de justiça. Entretanto, é inútil discutirmos porque sei que isso são prevenções vindas de longe, e quem torto nasce, tarde ou nunca se endireita... Não leve a mal estas minhas palavras... O senhor falou-me com toda a franqueza, e também com franqueza lhe quero responder. No meu parecer, as mulheres são tão boas como nós, se não melhores: não há, pois, motivo para tanto desconfiar delas e ter os homens em tão boa conta... Enfim, essas suas ideias podem quadrar-lhe à vontade, e é costume meu antigo a ninguém contrariar, para viver bem com todos e deles merecer o tratamento que julgo ter direito a receber. Cuide cada qual de si, olhe Deus para todos nós, e ninguém queira arvorar-se em palmatória do mundo.

Tal profissão de fé, expedida em tom dogmático e superior, pareceu impressionar agradavelmente a Pereira, que fora aplaudindo com expressivo movimento de cabeça a sensatez dos conceitos e a fluência da frase.

## VI
# Inocência

*Nesta donzela é que se acham juntas a minha vida e a minha morte.*

Enoque[1], *O Livro da Amizade.*

*Jamais vira eu coisa tão perfeita como o seu rosto pálido, os seus olhos franjados de sedosos cílios muito espessos e o seu ar meigo e doentio.*

George Sand[2], *Os Mestres Gaiteiros.*

*Tudo, em Fenela, realizava a ideia de uma miniatura. Além do mais, havia em sua fisionomia e, sobretudo, no olhar, extraordinária prontidão, fogo e atilamento.*

Walter Scott, *Peveril do Pico.*

Depois das explicações dadas ao seu hóspede, sentiu-se o mineiro mais despreocupado.

– Então – disse ele –, se quiser, vamos já ver a nossa doentinha.

– Com muito gosto – concordou Cirino.

E, saindo da sala, acompanhou Pereira, que o fez passar por duas cercas e rodear a casa toda, antes de tomar a porta do fundo, fronteira a um magnífico laranjal, naquela ocasião todo pontuado das brancas e olorosas[3] flores.

– Neste lugar – disse o mineiro apontando para o pomar –, todos os dias se juntam tamanhos bandos de graúnas[I], que é um barulho dos meus pecados. *Nocência* gosta muito disso e vem sempre coser debaixo do arvoredo. É uma menina esquisita...

Parando no limiar da porta, continuou com expansão:

– Nem o senhor imagina... Às vezes, aquela criança tem lembranças e perguntas que me fazem embatucar... Aqui, havia um livro de horas da minha defunta avó. ... Pois não é que um belo dia ela me pediu que lhe ensinasse a ler?... Que ideia! ... Ainda há pouco tempo me disse que quisera ter nascido princesa... Eu lhe retruquei: E sabe você o que é ser princesa? "Sei", me secundou[II] ela com toda a clareza, "é uma moça muito boa, muito bonita, que tem uma coroa de diamantes na cabeça, muitos lavrados[III] no pescoço e que manda nos homens..." Fiquei meio tonto. E se o senhor visse os modos que tem com os bichinhos?!... Parece que está falando com eles e que os entende... Uma bicharia[IV], em chegando ao pé de *Nocência,* fica mansa que nem ovelhinha parida de fresco... Se eu fosse agora a contar-lhe histórias dessa rapariga, seria um não acabar nunca... Entremos, que é melhor...

Quando Cirino penetrou no quarto da filha do mineiro, era quase noite, de maneira que, no primeiro olhar que atirou ao redor de si, só pode lobrigar[4], além de diversos trastes de formas antiquadas, uma dessas camas, muito em uso no inte-

I. É o pássaro que na província do Rio de Janeiro tem o nome mais prosaico de "vira-bosta". A plumagem é negra como indica a denominação indígena – *guirá-una* (pássaro preto) – o seu canto é muito melodioso, e os seus hábitos, eminentemente sociais.

II. Respondeu.

III. Chamam-se *lavrados* na província de Mato Grosso colares de contas de ouro e adornos de ouro e prata.

IV. Animal.

rior, altas e largas, feitas de tiras de couro engradadas. Estava encostada a um canto, e nela havia uma pessoa deitada.

Mandara Pereira acender uma vela de sebo. Vinda a luz, aproximaram-se ambos do leito da enferma que, achegando ao corpo e puxando para debaixo do queixo uma coberta de algodão de Minas, se encolheu toda, e se voltou para os que entravam.

– Está aqui o doutor – disse-lhe Pereira –, que vem curar-te de vez.

– Boas-noites, dona – saudou Cirino.

Tímida voz murmurou uma resposta, ao passo que o jovem, no seu papel de médico, se sentava num escabelo[5] junto à cama e tomava o pulso à doente.

Caía então a luz de chapa sobre ela, iluminando-lhe o rosto, parte do colo e da cabeça, coberta por um lenço vermelho atado por trás da nuca.

Apesar de bastante descorada e um tanto magra, era Inocência de beleza deslumbrante.

Do seu rosto irradiava singela expressão de encantadora ingenuidade, realçada pela meiguice do olhar sereno que, a custo, parecia coar por entre os cílios sedosos a franjar-lhe as pálpebras, e compridos a ponto de projetarem sombra nas mimosas faces.

Era o nariz fino, um bocadinho arqueado; a boca pequena, e o queixo admiravelmente torneado.

Ao erguer a cabeça para tirar o braço de sob o lençol, descera um nada a camisinha de crivo[6] que vestia, deixando nu um colo de fascinadora alvura, em que ressaltava um ou outro sinal de nascença.

Razões de sobra tinha, pois, o pretenso facultativo[7] para sentir a mão fria e um tanto incerta, e não poder atinar com o pulso de tão gentil cliente.

– Então? – perguntou o pai.

– Febre nenhuma – respondeu Cirino, cujos olhos fitavam com mal disfarçada surpresa as feições de Inocência.

– E que temos que fazer?

– Dar-lhe hoje mesmo um suador de folhas de laranjeira da terra a ver se transpira bastante e, quando for meia-noite, acordar-me para vir administrar uma boa dose de sulfato.

Levantara a doente os olhos e os cravara em Cirino, para seguir com atenção as prescrições que lhe deviam restituir a saúde.

– Não tem fome nenhuma – observou o pai –; há quase três dias que só vive de beberagens. É uma ardência contínua; isto até nem parecem maleitas.

– Tanto melhor – replicou o moço –; amanhã verá que a febre lhe sai do corpo, e daqui a uma semana sua filha está de pé com certeza. Sou eu que lhe afianço[8].

– Fale o doutor pela boca de um anjo – disse Pereira com alegria.

– Hão de as cores voltar logo – continuou Cirino.

Ligeiramente enrubesceu Inocência e descansou a cabeça no travesseiro.

– Por que amarrou esse lenço? – perguntou em seguida o jovem.

– Por nada – respondeu ela com acanhamento.

– Sente dor de cabeça?

– Nhor, não.

– Tire-o, pois: convém não chamar o sangue; solte, pelo contrário, os cabelos.

Inocência obedeceu e descobriu uma espessa cabeleira, negra como o âmago da cabiúna[9] e que em liberdade devia cair até abaixo da cintura. Estava enrolada em bastas tranças, que davam duas voltas inteiras ao redor do cocoruto.

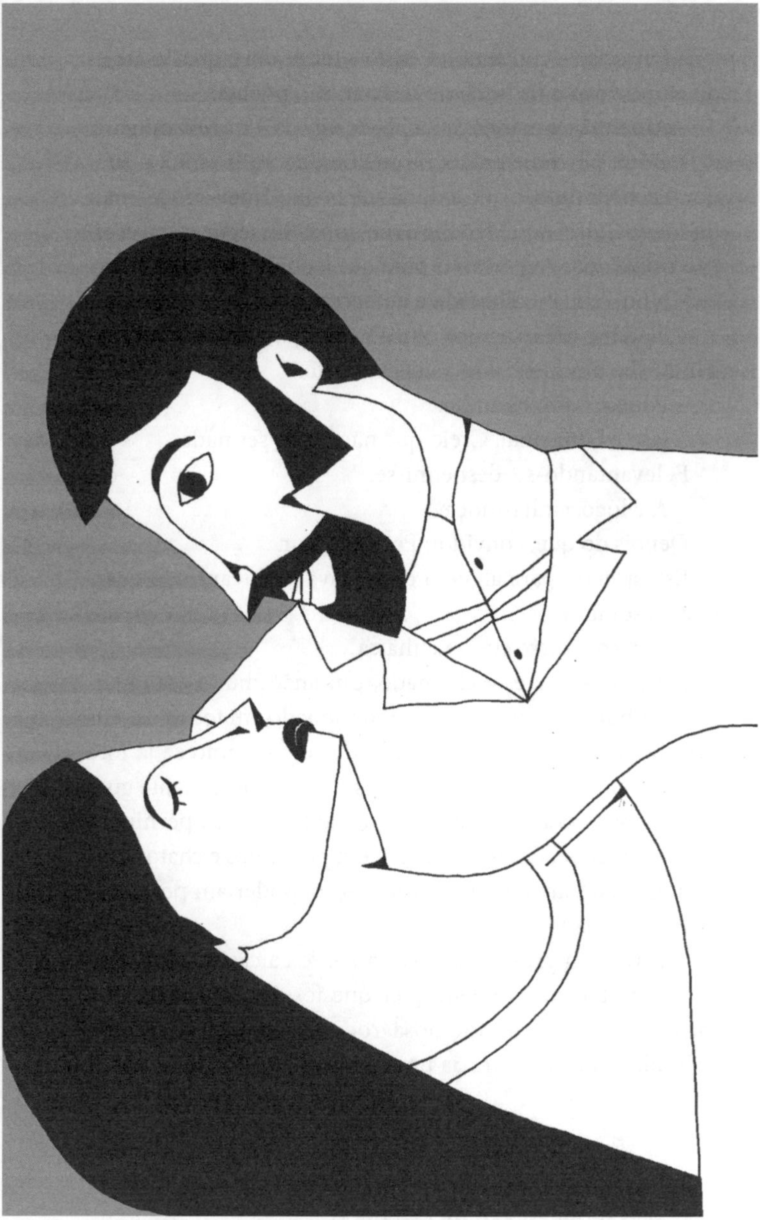

– É preciso – continuou Cirino – ter de dia o quarto arejado e pôr a cama na linha do nascente ao poente.

– Amanhã de manhãzinha hei de virá-la – disse o mineiro.

– Bom, por hoje então, ou melhor, agora mesmo, o suador. Fechem tudo, e que a dona sue bem. À meia-noite, mais ou menos, virei aqui dar-lhe a mezinha. Sossegue o seu espírito e reze duas Ave-Marias para que a quina faça logo efeito.

– Nhor, sim – balbuciou a enferma.

– Não lhe dói a luz nos olhos? – perguntou Cirino, achegando-lhe um momento a vela ao rosto.

– Pouco... um nadinha.

– Isso é bom sinal. Creio que nao há de ser nada.

E, levantando-se, despediu-se:

– Até logo, sinhá-moça.

Depois do que, convidou Pereira a sair.

Este acenou para alguém que estava num canto do quarto e na sombra.

– Ó Tico – disse ele –, venha cá...

Levantou-se, a este chamado, um anão muito entanguido[10], embora perfeitamente proporcionado em todos os seus membros. Tinha o rosto sulcado de rugas, como se já fora entrado em anos; mas os olhinhos vivos e a negrejante guedelha[11] mostravam idade pouco adiantada. Suas perninhas um tanto arqueadas terminavam em pés largos e chatos que, sem grave desarranjo na conformação, poderiam pertencer a qualquer palmípede.

Trajava comprida blusa parda sobre calças que, por haverem pertencido a quem quer que fosse muito mais alto, formavam embaixo volumosa rodilha, apesar de estarem dobradas. À cabeça, trazia um chapéu de palha de carandá[v]

v. Palmeira muito parecida com a carnaúba, se não for a mesma.

sem copa, de maneira que a melena lhe aparecia toda arrepiada e erguida em torcidas e emaranhadas grenhas.

– Oh! – exclamou Cirino ao ver entrar no círculo de luz tão estranha figura – isto deveras é um tico[VI] de gente.

– Não anarquize[VII] o meu Tonico – protestou sorrindo-se Pereira. – Ele é pequeno... mas bom. Não é, meu nanico?

O homúnculo[12] riu-se, ou melhor, fez uma careta mostrando dentinhos alvos e agudos, ao passo que deitava para Cirino olhar inquisidor e altivo.

– O senhor vê, doutor – continuou Pereira –, esta criaturinha de Cristo ouve perfeitamente tudo quanto se lhe diz e logo compreende. Não pode falar... isto é, sempre pode dizer uma palavra ou outra, mas muito a custo e quase a estourar de raiva e de canseira. Quando se mete a querer explicar qualquer coisa, é um barulho dos seiscentos, uma gritaria dos meus pecados, onde aparece uma voz aqui, outra acolá, mais cristãzinhas no meio da barafunda[13].

– É que não lhe cortaram a língua – observou Cirino.

– Não tinha nada que cortar – replicou Pereira. – De nascença é o defeito e não pode ser remediado. Mas isto é um diabrete, que cruza este sertão de cabo a rabo, a todas as horas do dia e da noite. Não é verdade, Tico?

O anão abanou a cabeça, olhando com orgulho para Cirino.

– Mas é filho aqui da casa? – perguntou este.

– Nhor, não; tem mãe à beira do rio Sucuriú, daqui a quarenta léguas, e envereda de lá para cá num instante, vindo a pousar pelas casas, que todos o recebem com gosto, porque é bichinho que não faz mal a ninguém. Aqui fica duas, três

VI. Pedaço.

VII. Ridicularizar.

e mais semanas e depois dispara como um mateiro[VIII] para a casa da mãe. E uma espécie de cachorrinho de *Nocência*. Não é, Tico?

Fez o mudo sinal que sim e apontou com ar risonho para o lado da moça.

Pereira, depois de todas aquelas explicações que o anão parecia ouvir com satisfação, disse, voltando-se para este, ou melhor, abaixando-se em cima de sua cabeça:

– Agora, meu filho, vai ao curral grande e apanha *para mim*[IX] uma mãozada[X] de folhas de laranjeira da terra... daquele pé grande que encosta na tronqueira[14].

Mostrou o homúnculo com expressivo gesto que entendera e saiu correndo.

Ia Cirino deixar o quarto, não sem ter olhado com demora para o lugar onde estava deitada a enferma, quando Pereira o chamou:

– Ó doutor, *Nocência* quer beber um pouco de água... Fará mal?

– Aqui não há limões-doces? – indagou o moço.

– É um nunca acabar... e dos melhores.

– Pois, então, faça sua filha chupar uns gomos.

Pereira, depois de ter paternalmente arranjado e dispostos os cobertores ao redor do corpo da menina, acompanhou Cirino que, parado à porta de saída, estava mirando as primeiras estrelas da noite.

– Vosmecê achou, doutor – perguntou o mineiro com voz um tanto trêmula –, algum perigo no que tem aquele anjinho?

VIII. Veado do mato.

IX. Esse "para mim" é acréscimo obrigatório em certas locuções do sertão.

X. Mão grande; porção boa.

– Não, absolutamente não – respondeu Cirino. – Verá o senhor que, daqui a três dias, sua filha não tem mais nada.

– Malditas febres!... Quando não derrubam um cristão, o amofinam anos inteiros... Eu não quisera que minha filha ficasse esbranquiçada, nem feia... As moças quando não são bonitas, é que estão doentes... Ah! mas ia me esquecendo dos limões-doces... Que cabeça!...

Adiantou-se Pereira no terreiro e, pondo as mãos junto à boca, chamou com voz forte:

– Ó Tico!

Prolongado grito respondeu-lhe a certa distância.

O mineiro pôs-se a assobiar com modulações à maneira dos índios.

Houve uns momentos de silêncio; depois veio correndo o anão e, chegando-se para perto, mostrou por sinais que não ouvira bem o recado.

– Uns limões-doces, já!... *Nocência* está com sede...

Disparou o pequeno como uma seta, sumindo-se logo na densa escuridão que já se espessara entre as árvores do pomar.

## VII
# O Naturalista

*A minha filosofia toda resume-se em opor a paciência às mil e uma contrariedades de que a vida está inçada.*

HOFFMANN[1], *O Reflexo Perdido.*

SERENA E QUASE LUMINOSA corria a noite. No puro campo do céu, cintilava com iriante[2] brilho um sem-número de estrelas, projetando, na larga fita da estrada do sertão, misteriosa e dúbia claridade.

Pelo caminhar dos astros havia de ser quase meia-noite; e, entretanto, a essa hora morta, em que só vagueiam à busca de pasto os animais bravios do deserto, vinham a passo lento, pelo caminho real, dois homens, um a pé, outro montado numa besta magra e já meio estafada.

Mostrava o pedestre ser, como de feito era, um simples camarada, e vinha com grossa e comprida vara na mão tangendo diante de si lerdo e orelhudo burro, sobre cujo lombo se erguia elevada carga de canastras e malinhas, cobertas por um grande ligal[3].

Quem estava montado e cavalgava todo encurvado sobre o selim, com as pernas muito estiradas e abertas, parecia entregue a profunda cogitação. Devia ser homem bastante alto e esguio e, como o observamos, apesar da hora avançada da noite, com olhos de romancista, diremos desde já que tinha rosto redondo, juvenil, olhos gázeos[4], esbugalhados, nariz pequeno e arrebitado, barbas compridas, escorridas, bigode e cabelos muito louros. O seu traje era o comum em viagem: grandes botas, paletó de alpaca folgado, e chapéu do chile desabado. Trazia, entretanto, a tiracolo, umas quatro ou cinco caixinhas de óculos ou quaisquer outros instrumentos especiais, e na mão segurava um pau fino e roliço, preso a uma sacola de fina gaze cor-de-rosa.

Homem de meia-idade, de fisionomia vulgar e balorda[5], era o camarada, e, pelos modos e impaciência com que fustigava o animal de carga, indicava não estar afeito ao gênero de vida que exercia.

Em silêncio e na ordem indicada, caminhava a tropinha: o burro carregado na frente, logo atrás o inábil recoveiro[6]; em seguida, fechando a marcha, o viajante encarapitado[7] na magra cavalgadura.

Houve momento em que, depois de algumas pauladas de incitamento, pareceu querer o cargueiro protestar contra o tratamento que tão fora de hora recebia e, fincando os pés na areia, resolutamente parou.

Provocou a relutância, porém, uma chuva de verdadeiras cacetadas que ecoaram longe e se confundiam com os brados e pragas do camarada.

– Burro do diabo! – berrava ele. – Mil raios te partam, bicho danado! Arrebenta de uma vez!... Vá para os infernos! Entrega a carcaça aos urubus!

Durante uns bons minutos, o cavaleiro, que fizera parar o seu animal, esperou pacientemente qualquer resultado: ou que a renitente[8] azêmola[9] se desse afinal por convencida e avançasse, ou então estourasse.

– *Juque*[10] – disse ele de repente com acento fortemente gutural e que denunciava a origem teutônica – se porretada chove assim no seu lombo, você gosta?

O homem a quem haviam dado o nome de Juca, modificação familiar de José, voltou-se com arrebatamento:

– Ora, *Mochu*[11], isto é um perverso sem-vergonha, que deve morrer debaixo do pau. Esta vida não me serve!...

– Mas, *Juque* – replicou o alemão com inalterável calma –, quem sabe se a cangalha não está ferindo a pobre criatura?

– Qual! – bradou o camarada –, isto é manha só. Conheço este safado, este infame, este...

E, levantando o varapau, descarregou tal paulada no traseiro do animal que lhe fez soltar surdo gemido de dor.

– *Juque* – observou o patrão em tom pausado –, quem sabe se na frente há pau caído ou pedra, que não deixa ele ir para diante?

– Pedra, *Mochu*, e pau na cabeça até rachá-la, é que precisa este ladrão...

– Vê, *Juque* – insistiu o alemão.

– Ora, *Mochu*...

– Vê, sempre...

Saiu resmungando o camarada de detrás do burrego e deu a volta.

Na frente avistou logo o ramo quebrado que Pereira deixara cair no meio da estrada para desviar os acompanhadores de Cirino.

– Uê! Uê! – exclamou com muita surpresa –, aqui esteve alguém e pôs este sinal para que não se passasse...

– Eu não disse a você – replicou o cavaleiro com voz até certo ponto triunfante. – Asno tem razão: para diante há alguma coisa.

– Mas na vila – contestou José – nos disseram que o caminho vai sempre direitinho, sem atrapalhação nenhuma...

– Na vila disseram isso – confirmou o outro.

– E então?

– E então? – repetiu o alemão.

Houve uns segundos de silêncio.

Depois, o cavaleiro acrescentou com a mesma imperturbável serenidade, e como que achando explicação muitíssimo natural:

– Na vila muita gente não sabe caminho. É...

– Mil milhões de diabos – interrompeu o camarada todo frenético – levem o gosto de andar por esses matos do inferno a horas tão perdidas! Eu bem disse a *Mochu*: ninguém viaja assim. Isto é uma calamidade...

– *Juque* – atalhou por seu turno o patrão – o que é que adianta estar a berrar como um danado?... Olhe, antes, se por aí você não vê algum caminho do lado.

Obedeceu o outro e sem dificuldade achou a entrada da picada que levava à morada de Pereira.

– Está aqui, *Mochu*, está aqui! – anunciou ele com alegria. – É um trilho que corta a estrada e vai dar nalguma casa pertinho...

Mudando repentinamente de tom, observou com voz tristonha:

– Contanto que até lá não haja alguma légua de beiço...

– Ah! eu não lhe disse – respondeu o alemão. – Agora toque burro devagarinho; ele anda que nem vento.

Pareceu o animal compreender o alcance moral da vitória que acabara de colher e prestes enveredou pela trilha com alento novo e até desusada celeridade[12].

A razão é que também daí a pouco sorvia[13] ele, teimoso e marralheiro[14] bicho, como soem[15] ser os da sua espécie, a bela água do ribeirão, em que se haviam refrescado as cavalgaduras de Cirino e de Pereira.

## VIII
# Os Hóspedes da Meia-Noite

*Sei, sim, sei que é meia-noite!*

XAVIER DE MAISTRE[1], *Viagem ao Redor do Meu Quarto.*

NÃO TARDOU MUITO QUE os dois noturnos viajantes começassem a ouvir os latidos furiosos dos cães que, no terreiro de Pereira, denunciavam aproximação de gente suspeita junto à casa entregue à sua vigilante guarda.

– Por aqui perto fica algum rancho, *Mochu* – avisou o camarada –; havemos enfim de descansar hoje... Mas, que gritaria faz a cachorrada!... São capazes de nos engolir antes que venha alguém saber se somos cristãos ou não... Safa! Que canzoada!... Ó *Mochu,* o senhor deve ir na frente... rompendo a marcha...

– Você – respondeu o alemão – bate neles com cacete...

– Nada – retrucou José com energia – isso não é do ajuste... Quem está montado, caminhe adiante... Ainda por cima agora essa!

Depois de resmonear algum tempo, exclamou:

– Ah! espere, já me lembrei de uma coisa... O filho do velho é mitrado...[2]

E, dizendo estas palavras, de um só pulo montou na anca do cargueiro, que, ao sentir aquele inesperado acréscimo de peso, parou por instantes e com surdo ronco procurou lavrar um protesto.

– *Juque* – observou o alemão sem a menor alteração na voz – assim burro quebra cadeira. Depois morre... e você tem de levar as cargas dele às costas...

Quis o camarada encetar[3] nova discussão, mas a esse tempo chegavam ao terreiro, onde o ataque furioso dos cães justificou a medida preventiva de José, o qual entrou, todo encolhido atrás das cargas, a gritar como um possesso:

– Ó de casa! Eh! lá, gentes! Ó amigos!

Aumentou a algazarra da cachorrada por tal modo, que os tropeiros de Cirino, pousados no rancho próximo, acordaram e bradaram juntos:

– Que diabo é isto? Temos matinada[4] de lobisomens?

Abriu-se nesse momento a porta da casa e apareceu Cirino à frente de Pereira, trazendo este uma vela que amparava, com a mão aberta, da brisa noturna.

– Quem vem lá? – clamaram os dois a um tempo.

– Camarada e viajante – respondeu com voz forte e simpática o alemão, achegando-se à luz e tratando de descer da cavalgadura. – Quem é o dono desta casa?

– Está aqui ele – respondeu Pereira levantando a vela acima da cabeça para dar mais claridade em torno de si.

– Muito bem – replicou o recém-chegado. – Desejo agasalho para mim e para o meu criado e peço muitas desculpas por chegar tão tarde.

Aproximara-se também o José, cuidando logo, no meio de muxoxos e pragas, de pôr em terra a carga do burrinho, o qual amarrara pelo cabresto a uma vara fincada no chão.

– Mas – observou Cirino – que faz o senhor por estas horas mortas a viajar?...

– Deixe o homem entrar – atalhou Pereira – e acomodar-se com o que achar... Pois, meu senhor, desapeie. Bem-vindo seja quem procura teto que é meu.

– Obrigado, obrigado – exclamou com efusão[5] o estrangeiro.

E, apresentando a larga mão, apertou com tal força as de Cirino e Pereira que lhes fez estalar os dedos.

Em seguida, penetrou na sala e tratou logo de arranjar os objetos que trazia a tiracolo, colocando-os cuidadosa e metodicamente em cima da mesa, no meio dos olhares de espanto trocados por quantos o estavam rodeando.

Na verdade, digna de reparo era aquela figura à luz da bruxuleante[6] vela de sebo; compridas pernas, corpo pequeno, braços muito longos e cabelos quase brancos, de tão louros que eram.

– Será algum bruxo? – perguntou a meia voz Cirino a Pereira.

– Qual! – respondeu o mineiro com sinceridade – um homem tão bonito, tão bem limpo![I]

Entrara José com uma canastra ao ombro e, descarregando-a no canto menos escuro do quarto, julgou dever, sem mais demora, declinar[7] a qualidade e importância da pessoa que lhe servia de amo.

– O senhor aqui é doutor – disse ele apontando para o alemão e dirigindo-se para Cirino…

– Doutor?! – exclamou este com despeito.

– Sim, mas doutor que não cura doenças. É *alamão* lá da *estranja*, e vem desde a cidade de São Sebastião do Rio de Janeiro caçando *anicetos*[8] e picando *barboletas*…

– *Barboletas*? – interrompeu com admiração Pereira.

– *Acuí cuí*![II] Por todo o caminho vem apanhando bichinhos. Olhem… aquele saco que ele traz…

– O meu camarada – avisou com toda a tranquilidade e pausa o naturalista – é muito falador. Os senhores tenham paciência… Ande, *Juque*, deixe de tagarelar!…

I. Bem-vestido.

II. Afirmação usada pelo povo, correspondente a sim.

– Não – protestou Pereira levado de curiosidade –, é bom saber com quem se lida... Então o senhor vem matando *anicetos?* Mas para quê, Virgem Santíssima?...

– Para quê? – retrucou o camarada descansando as mãos na cintura. – O patrão e eu já temos mandado mais de dez caixões todos cheinhos lá para as terras dele...

– Depois o país fica sem borboletas – respondeu Cirino, num assomo[9] de despeitado patriotismo.

– Mas, como é que o senhor se chama? – perguntou Pereira, voltando-se para o alemão que estava virado para a parede a contemplar um desses grandes e sombrios lepidópteros[10], da espécie dos esfinges.

– *Juque* – disse ele sem lhe importar a interpelação e acenando para o camarada –, depressa... um alfinete, dos grandes... dos maiores...

– Temos história –avisou José, fazendo expressivo sinal a Cirino – o senhor vai ver...

O naturalista, de posse de um comprido acúleo, fincou-o com segura e adestrada mão bem no meio do inseto, o qual começou a bater convulsamente as asas e a girar em torno do centro a que estava preso.

– A pita! A pita! – exclamou o patrão. – Vamos, *Juque*.

Satisfez José o pedido, depois de abrir uma malinha, onde já estavam enfileirados e espetados vinte ou trinta bonitos bichinhos.

– É uma satúrnia... e não comum – murmurou o alemão, fisgando num pedaço de piteira o novo espécime, sobre o qual derramou algumas gotas de clorofórmio, de um vidrinho que sacou dum dos muitos bolsos da sobrecasaca.

– O senhor é viajante zoologista, não é? – perguntou Cirino, depois que viu terminada a operação.

O interrogado levantou a cabeça com surpresa e respondeu todo risonho:

– Sim, senhor; sim, senhor! Como é que o senhor o soube? Viajante naturalista, sim senhor! Eu vejo que o senhor é muito instruído… Muito bem, muito bem! Muita instrução!

E, abrindo uma carteira de notas, escreveu logo umas linhas tortuosas.

– Ah! este também é doutor – disse Pereira com certo orgulho por hospedar em sua casa sabichão de tal quilate.

– Oh, doutor? doutor!? Muito bem, muito bem. Doutor que curra?[11]

– Sim, senhor – respondeu com gravidade o próprio Cirino.

– Ah!… Ah! muito bem.

Pereira, porém, voltara à carga.

– Mas, como é que o senhor se chama?

– Meyer – respondeu o alemão –, para o servir.

– Maia?[III] – perguntou o mineiro.

– Não, senhor, Meyer; sou da Saxônia, na Alemanha.

– Isto deve ser o mesmo que Maia na terra dele – observou Pereira, abaixando um pouco a voz.

O camarada José, no entretanto, trouxera para dentro todas as malas e canastras e sem cerimônia alguma intrometeu-se na conversação.

– Este *Mochu* – disse – vem de muito longe só por causa destas histórias de barboletas, e com o negócio ganha coco[12] grosso… Quanto a mim…

– *Juque* – atalhou Meyer com fleuma[13] – vai *bota*[14] os animais no pasto.

III. O ditongo *ei*, pronunciando-se em alemão *ai*, muito natural é a pergunta de Pereira e as confusões que amiudadas vezes faz com esse nome.

– Não – disse Pereira –, solte-os no terreiro até raiar o dia; roerão o que acharem; há por aí muito resto de milho nos sabugos...

– Pois é o que fiz – declarou o camarada –; mas como lhes dizia, sou carioca do Rio de Janeiro, chamo-me José Pinho e venho de bem longe acompanhando este *alamão*, que é um homem muito de bem.

– É verdade? – indagou Pereira, olhando para Meyer.

Este esbugalhou mais os olhos e confirmou tudo com um sim gutural que ecoou em toda a sala.

– Ele o que tem – continuou José – é que é muito teimoso. Eu lhe digo, sempre: *Mochu*, isto de viajar de noite é uma tolice e uma canseira à toa... Qual! pensa lá no seu bestunto[15] que assim é melhor. Também a gente anda por estas estradas afora como se fosse alma do outro mundo a penar... algum currupira...[16] ou boitatá...[17] Cruzes!

– Pois, senhor *Maia* – disse Pereira –, tome posse desta sala, e faça de conta que é sua... Se quiser uma rede...

– Muito obrigado, muito obrigado! Minha cama é canastra. Não se incomode...

– Amanhã então conversaremos – concluiu Pereira, esfregando as mãos de contente.

Prometia-lhe na verdade a companhia boas ocasiões de dar largas à volubilidade, sobretudo com o tal José Pinho, filho da corte do Rio de Janeiro e, pelo que parecia, tagarela de grande força.

– Assim, pois – disse Pereira –, durmam bem o restante da noite.

E abriu a porta para se retirar.

– Ui! – exclamou ele olhando para o céu. – Doutor, já passa muito da meia-noite... Com a breca, o Cruzeiro está virado de uma vez...

Cirino, que tornara a deitar-se na marquesa, com presteza calçou as botas e tomou uns papeizinhos que de antemão preparara e pusera num canto da mesa.

– Não faz mal – disse –, já estou com tudo pronto e em tempo havemos de dar o remédio. Vá o senhor deitar um pouco de café num pires e acorde sua filha, caso esteja dormindo, como é muito natural depois do suador.

Saiu então Pereira, levando a vela e, acompanhado de Cirino, deu volta à casa para buscar a entrada dos aposentos interiores.

Ficaram, pois, o alemão e seu criado em completa escuridão; ambos, porém, já espichados a fio comprido, um em cima das canastras, tendo por travesseiro roliça maleta, outro sobre o ligal aberto e estendido no meio do aposento.

– Ó *Mochu* – perguntou José, que mastigava qualquer coisa –, está já ferrado?

– Ferrado? – replicou Meyer, levantando a cabeça. – Que é isso agora?

– Pergunto se já pegou no sono?

– Pois, *Juque*, se eu falo, como é que posso estar dormindo?

– Então não quer petiscar?

– Comer, não é?

– Está visto.

– Oh! se tivesse!… Pensava agora nisso…

– Pois eu estou manducando… Quer um pouco?

– Que é que você me dá?

– Rapadura com farinha de milho… Está deveras de patente!… Gostoso como tudo…

– Então, *Juque*, passe-me um pouco.

Levantou-se o ofertante com toda a boa vontade e às apalpadelas começou a procurar a cama do patrão, o que só conseguiu depois de ter esbarrado na mesa e numas cangalhas velhas atiradas a um canto da sala.

Afinal agarrou num dos pés do naturalista, a quem entregou uma nesga de rapadura e uns restos de farinha embrulhados em papel, pitança[18] mais que sóbria, que foi devorada com satisfação pelo bom do saxônio.

## IX

# O Medicamento

*Não tendes que labutar com doente muito grave, e eis o serviço que de vós espero...*

Hoffmann, *A Porta Entaipada.*

*Quem me poderá dizer por que me parece tão duro o leito?... Por que passei esta noite que se me figurou tão longa, sem gozar um momento de sossego?... Surge a verdade: em meu seio penetraram as agudas setas do amor.*

Ovídio, *Elegia II.*

Quando Cirino entrou no quarto de Inocência, já estava ela acordada. Sentara-se o pai à cabeceira da cama, a cujos pés se acocorara Tico, o anão, sobre uma grande pele de onça.

– Então – perguntou o médico tomando o pulso à mimosa doente –, como se sente?

– Melhor – respondeu ela.

– Suou bastante?

– Ensopei três camisas.

– Muito bem... Agora a senhora está com a pele fresquinha que mete gosto. Isto de sezões, não é nada, se a gente acode a tempo e o sangue não tem maus humores. Mas quando tomam conta do corpo, nem o demo com ela pode. Que é do café? – pediu ele em seguida a Pereira.

– Já vem já... Homem, vou eu mesmo buscá-lo, lá à cozinha. A Maria Conga está ficando uma verdadeira lesma. Venha para aqui e espere-me um nadinha.

Levantando-se então da cadeira, indicou-a a Cirino, a quem fez sentar antes de sair.

Ficou este, pois, ao lado da menina e, como sobre o lindo rosto batesse de chapa a luz colocada numa prateleira da parede, pôs-se a contemplá-la com enleio[1] e vagar, ao passo que da sua parte o anão lhe deitava olhares inquietos e algo sombrios.

Pousara Inocência a cabeça no travesseiro e, para ocultar a perturbação de se ver tão de perto observada, fingia dormir. Pelo menos, tinha as grandes pálpebras cerradas e o rosto sereno; mas arfava-lhe[2] apressado o peito e, de vez em quando, fugaz rubor lhe tingia as faces descoradas.

Pereira tardava; e Cirino, com os olhos fixos, a fisionomia meditativa e um pouco de palidez, que denunciava a íntima comoção, não se fartava de admirar a beleza da gentil doente.

Uma vez, entreabriu ela os cílios e a medo atirou um olhar que se cruzou com o do mancebo, olhar rápido, instantâneo, mas que lhe repercutiu direito no coração e lhe fez estremecer o corpo todo.

Sem saber por que, batia-lhe o queixo, e um arrepio de frio lhe circulava nas veias.

– Sente mais febre? – perguntou Cirino muito baixinho.

– Não sei – foi a resposta, e resposta demorada.

– Deixe-me ver o seu pulso.

E, tomando-lhe a mão, apertou-a com ardor entre as suas, retendo-a, apesar dos ligeiros esforços que, para a retrair, empregou ela por vezes.

Nisto, entrou Pereira. Inocência fechou com presteza os olhos e Cirino voltou-se rapidamente, levando um dedo aos lábios para recomendar silêncio.

– Está dormindo – avisou com voz sumida.

– Ora – disse Pereira no mesmo tom –, a tal Maria Conga deixou entornar a cafeteira, de maneiras que precisei fazer outra porção. Demorei muito?

– Não – respondeu Cirino com toda a sinceridade.

– Mas agora –observou Pereira –, é mister acordar a pequerrucha.

– Não há outro remédio.

Chegou-se o pai à cama e, com todo o carinho, chamou:

– *Nocência*! *Nocência*!

E como não a visse despertar logo, sacudiu-a com brandura até lhe ver abrir uns olhos espantados.

– Apre! Que sono! – disse o bondoso velho. – Num instante que fui lá dentro?!... Vamos, são horas de tomar a mezinha.

Deitara Cirino sulfato de quinina no café e diluía-o vagarosamente.

– Olhe, dona – aconselhou ele –, beba de um só trago e chupe, logo depois, uns gomos de limão-doce.

– Então é muito mau? – choramingou a doente.

– É amargo; mas num gole mecê toma isto.

– Papai – recalcitrou[3] a moça –, não quero... eu não quero.

– Ora, filhinha do meu coração, não se *canhe*[I]; é preciso... Amanhã há de você sentir-se boa; não é, doutor?

– Com certeza, se tomar esta poção – assegurou Cirino.

– Depois, quando eu ir lá à vila, hei de trazer para você uma coisa bonita... uns lavrados[II]. Ouviu?

I. Acanhar-se, amofinar-se.

II. Contas de ouro.

– Nhor, sim.

– Ande, Tico – acrescentou o mineiro voltando-se para o anão –, vai depressa buscar limão-doce; na cozinha há um meio *cascado*[III].

– Tome, dona – implorou por seu turno Cirino, aproximando o pires da boca da mimosa medicanda.

Levantou uns olhos súplices e, agarrando resolutamerte o remédio, bebeu-o todo de um jato.

Depois, deu um suspiro de enjoo e ficou com os lábios entreabertos, à espera que o adocicado sumo do limão lhe tirasse o amargor do medicamento.

– Então – exclamou Pereira –, era maior o medo que a coisa em si! Você tomou a dose numa relancina[4].

– Amanhã de manhã, ou melhor, hoje de madrugadinha, temos que engolir outra dose – declarou Cirino. – Depois, a dona, poderá levantar-se.

– Ainda outra? – protestou Inocência com gesto de amuo[5].

– Nhã, sim; é de toda a *percisão* –, replicou o amoroso médico, modificando pela suavidade da voz a dureza das prescrições.

– Decerto – corroborou também Pereira.

– Depois, deve mecê deixar de comer carne fresca, ervas, ovos ou farinha de milho por um mês inteiro, e de provar leite por muito tempo. Há de sustentar-se só de carne de sol bem seca, com arroz quase sem sal e por cima tomará café com muito pouco doce[IV].

– Fica ao meu cuidado – asseverou Pereira – olhar para o *rejume*[V].

III. Em toda a província de Mato Grosso e em geral no interior diz-se "cascar" por "descascar". Dizem até "cascar um boi" por efolá-lo, tirar-lhe o couro.

IV. Açúcar.

V. Corruptela de "regime".

– Agora, durma bem e não se assuste de lhe aparecer zoeira nos ouvidos e até de se sentir mouca[6]. Isto é da mezinha; pelo contrário, é muito bom sinal.

– Estes doutores sabem tudo – murmurou Pereira, dando ligeiro estalo com a língua.

Não se descuidou Cirino, antes de se retirar, de novamente tomar o pulso e, à conta de procurar a artéria, assentou toda a mão no punho da donzela, envolvendo-lhe o braço e apertando-o docemente.

Saiu-se mal de tudo isso; porque, se tratava da cura de alguém, para si arranjava enfermidade e bem grave.

Com efeito, de volta à sala dos hóspedes, não pôde mais conciliar o sono e, sem que houvesse conseguido fruir[7] um só momento de descanso, viu raiar a aurora. Parecia-lhe que o peito ardia todo em chamas a subirem-lhe às faces, abrasando-lhe o pensamento.

Aquele venusto[8] rosto que contemplara a sós; aqueles formosos olhos, cujo brilho a furto percebera; aquele colo alabastrino[9] que a medo se descobrira; aquelas indecisas curvas de um corpo adorável; todo aquele conjunto harmonioso e encantador que vira à luz de frouxa vela, fatalmente o lançavam nesse pélago[10] semeado de tormentas que se chama paixão!

Efeitos de tão temível mal já ia o mísero sentindo. Inquieto se revolvia (fato virgem!) no duro leito, ao passo que a respiração isocrônica[11] e ruidosa do companheiro de hospedagem, o alemão Meyer, respondia ao sonoro ressonar do gárrulo[12] José Pinho.

## X
# A Carta de Recomendação

*Aquele bom velho, cuja benévola hospitalidade não tinha limites, julgara do seu dever tratar do melhor modo possível a Waverley, fosse ele o último camponês saxônio... Mas o título de amigo de Fergus fê-lo considerar como precioso depósito, merecedor de toda a sua solicitude e da mais atenta obsequiosidade.*

WALTER SCOTT, *Waverley*.

QUANDO MEYER ABRIU os olhos, já achou Cirino de pé, arranjando uma canastrinha.

– Oh! – exclamou ele em tom de louvor – o senhor madruga muito.

– É verdade – replicou o outro, um tanto melancólico.

– E *Juque* ainda dorme!... Este *Juque* parece mais um tatu do que um homem... Todo o dia o estou acordando...

E, juntando o feito ao dito, foi o pachorrento amo sacudir o criado. Depois de se espreguiçar à vontade, sentou-se este no couro em que dormira, e pôs-se a esfregar com todo o vagar os olhos papudos, ainda cheios de sono.

– Deus esteja com vossuncês – disse ele entre dois bocejos. – Ora, *Mochu*, o senhor acordou-me no melhor do sono. Estava sonhando que voltara para o Rio de Janeiro e ia acompanhando uma música pelo Largo do Rossio afora. Conhece o Largo do Rossio? – perguntou a Cirino.

– Não – respondeu-lhe este.

– Xi! Que largo! Hem, *Mochu*?

E novo bocejo cortou-lhe a descrição da louvada praça.

– *Juque* – exclamou Meyer coçando a barba com ar alegre – o dia hoje está claro e bonito. Havemos de apanhar pelo menos umas doze borboletas novas.

– E quanto me dá, *Mochu*, se eu agarro vinte e cinco?

– Vinte e cinco? – repetiu o alemão com alguma dúvida.

– Sim, vinte e cinco... e até mais, vinte e seis. Diga, quanto me dá?

– Oh! eu dou a você dois mil-réis.

– Está dito, fecho o negócio. Eu cá sou assim, pão pão, queijo queijo; tão certo como chamar-me José Pinho, seu criado, carioca de nascimento e batizado na freguesia da Lagoa, lá para as bandas do Brocó, e...

– Agora – interrompeu Meyer –, vá buscar água para lavar a cara, e tire sabão e pente na canastra.

– Olhe, senhor doutor – continuou o camarada, sentado sempre e voltando-se para o lado de Cirino –, esta minha vida é levada de seiscentos mil diabos. Nós saímos do Rio já há mais de dois anos; não é, *Mochu*?

– Vinte e três meses – retificou Meyer.

– Pois bem; desde esse tempo estamos a viajar, como se fosse penitência de confissão. E não é só isso, não, senhor. Todos os dias ando pelo menos nove léguas, correndo aqui e acolá, dando voltas, caindo, atrás dos bichos voadores...

– *Juque!* – tentou atalhar Meyer –, olhe...

– Pois é o que lhe digo – prosseguiu José Pinho. – Tenho hoje uma raiva daquelas porcarias todas... Nem sei por que Nosso Senhor Jesus Cristo foi criar essa súcia[1] de criaturas sem préstimo... Enfim, Ele é quem sabe... Quanto a mim, se pudesse, atacava fogo em todas as lagartas, porque da lagarta é que nascem esses *anicetos,* que estão enchendo mundos... Mas, veja, senhor doutor, lá na terra deste homem (coitado, é bem bonzinho e me estima muito!), valem esses bichos mais do que ouro em pó... Também, se o *Mochu* não gostasse de mim, *havera* de ser muito ingrato... Outro como eu não encontra mais, não, senhor... Tenha a santa paciência... não há segundo... não, senhor, isto é o que lhe posso afiançar.

No meio desse fluxo de palavras, Meyer fora em pessoa procurar na canastra o pente e o sabão.

Mostrando os objetos ao falador, ordenou com energia:

– Cale a boca, *Juque,* cale a boca, tagarela! Vá buscar água já; senão... não levo você ao mato hoje.

Levantou-se de pronto José Pinho e meio a resmungar saiu, tomando uma grande bacia de folha de flandres já velha, amarrada à argola de uma das canastras.

– Este camarada – disse Meyer depois de algum silêncio e para explicar o seu procedimento – é uma pessoa muito boa... fiel e inteligente. Mas... fala demais. É-me precioso, porque apanha borboletas com muito talento e jeito.

Entrando José Pinho e ouvindo o final do elogio, depôs, com ar de grave importância, a bacia no chão.

Diante dela, e depois de tirar do nariz os óculos, colocou-se logo Meyer, ou antes, acocorou-se e, em relação ao tronco, tão compridas eram as suas pernas de alemão, que, inclinado por sobre a água, lhe ficava a cabeça à altura dos joelhos.

Levou a ablução[2] uns largos minutos e foi com os cabelos grudados ao casco e escorrendo água que ele se levantou, justamente quando entrava Pereira.

Nesse momento, assumira o tipo daquele homem proporções do mais pasmoso grotesco[3]; entretanto, tão vária é a apreciação de cada um, tão caprichoso o julgamento individual, que o mineiro, acercando-se de Cirino, disse baixinho:

– Vosmecê já reparou, amigo, como este *estranja* é figura bonita? Tão *arvo*! e que olhos que tem!... As mulheres hão de perder a cachola por causa deste bicharrão... Então, senhor *Maia* – continuou interpelando em voz alta o seu espécime de beleza masculina –, que tal passou aqui a noite?

– Oh! Senhor Pereira!... Desculpe, se o não vi... Estava sem óculos. Já lhe respondo... espere um bocadinho.

E ainda todo molhado, correu a tomar os óculos, que assentou em cima dos salientes lúzios[4].

– Agora, muito bem... Dormi, meu bom amigo, como quem não tem pecados...

Então observou Cirino, quase mau grado seu – tenho-os eu; porque, da meia-noite para cá, não pude mais pregar olho...

– Isto é volta de algum namoro – replicou Pereira, batendo-lhe com força no ombro e rindo-se.

Cirino descorou ligeiramente.

– Sim, vosmecê é moço... deixou lá por Minas algum rabicho, e de vez em quando o coração lhe comicha... Está na idade...

– Pode muito bem ser – apoiou Meyer com toda a gravidade.

– Não é? – insistiu Pereira. – Ora, confesse... não lhe fica mal... Isso é volta de enguiço...[5]

– Juro-lhes – balbuciou Cirino.

– Oh! se é – confirmou José Pinho, que julgou dever meter o bedelho na conversa. – Eu, no Rio de Janeiro... Negócio de saias é de pôr um homem tonto. Não lhes conto nada, mas uma vez...

Voltou-se o alemão para ele com calma, e, interrompendo-o:

– *Juque*, vá ver onde estão burrinhos e não bote sua colher, quando gente branca está falando com o seu patrão.

E, como o camarada quisesse retorquir:

– Ande, ande – verberou[6], sempre sereno – discussão nunca serviu para nada.

Deu José meia dúzia de muxoxos abafados e foi-se embora, praguejando entre dentes.

Novamente supôs Meyer dever desculpá-lo.

– Bom homem – disse –, bom homem... porém fala terrivelmente!...

– Mas agora me conte – perguntou Pereira, com ar de quem queria certificar-se de coisa posta muito em dúvida – deveras o senhor anda palmeando[7] estes sertões para fisgar *anicetos?*

– Pois não – respondeu Meyer com algum entusiasmo –, na minha terra valem muito dinheiro para estudos, museus e coleções. Estou viajando por conta do meu governo, e já mandei bastantes caixas todas cheias... É muito precioso!...

– Ora, vejam só – exclamou Pereira. – Quem *havera* de dizer que até com isso se pode bichar![8] Cruz! Um homem destes, um doutor, andar correndo atrás de vagalumes e voadores do mato, como menino às voltas com cigarras! Muito se aprende neste mundo! E quer o senhor saber uma coisa? Se eu não tivesse família, era capaz de ir com vosmecê por esses fundões afora, porque sempre gostei de lidar com pessoas de qualidade e instrução... Eu sou assim... Quem me conhece, bem sabe... Homem de repentes... Vem-me cá uma ideia muito estrambótica às vezes, mas embirro e acabou-se; porque, se há alguém esturrado[9] e teimoso, é este seu criado... Quando empaco, empaco de uma boa vez... Fosse no tempo de solteiro, e eu me botava com o senhor a catar toda essa bicharada dos sertões. Era capaz de ir dar com os ossos lá na sua terra... Não me olhe pasmado, não... Isso lá eu era... Nem que tivesse de passar canseiras como ninguém... O caso era meter-se-me a tenção[10] nos cascos... Dito e feito; acabou-se... Fossem buscar o remédio onde quisessem... mas duvido que o achassem.

– Como vai a doente? – perguntou distraidamente Cirino, cortando aquela catadupa[11] de palavras.

– Ora, estou muito contente. Já tomou nova dose, e parece quase boa. Está com outra feição. O senhor fez um milagre...

– Abaixo de Deus e da Virgem puríssima – concordou Cirino com toda a modéstia.

– O senhor não cura? – perguntou Pereira a Meyer.

– *No,* senhor. Sou doutor em filosofia pela universidade de Iena, onde...

– Isso é nome de bicho? – atalhou o mineiro.

– *No,* senhor. É uma cidade.

– Ninguém diria... Pois, senhor *Maia* – continuou Pereira apontando para Cirino – ali está um com quem moléstias não brincam.

– Ah! – rouquejou o alemão, abrindo ainda mais os olhos. – Estimo muito conhecê-lo como notabilidade... Nestes lugares aqui é muito raro...

– Se é! – exclamou Pereira. – Felizmente passou por cá nem de propósito, para pôr de pé a menina... uma filha minha... Caiu-me a talho de foice e...

Não pôde Cirino furtar-se a um movimento de vanglória. Com ar grave interrompeu:

– Não fale nisso, senhor Pereira; o caso era simples. Febre das enchentes... não vale quase nada. Vi logo o que era de urgência: um simples suador, duas ou três doses de sulfato de quinina... e ficou tudo sanado... É simplicíssimo... O estômago não estava sujo... não havia necessidade de vomitório...

Ouvira Meyer estas indicações terapêuticas com os olhos muito fitos em quem as dava: depois, voltando-se para Pereira, disse com um aprobatório aceno de cabeça:

– *Pom* médico! *pom* médico!

Desse momento em diante, votou Cirino ao alemão a mais decidida da simpatia; e Pereira, presenciando o congraçamento daqueles dois homens, de si para si ilustres e incontestáveis sabichões, sentiu-se feliz por abrigá-los a um tempo em sua humilde vivenda.

– Então – disse o mineiro voltando à questão das borboletas –, com o que o seu governo paga-lhe bem, não, senhor *Maia*?

– Suficientemente... demais, todas as autoridades deste belo país muito me ajudam. Tenho muitos ofícios... cartas de recomendação. Olhe, quer ver? *Juque, Juque*! – chamou Meyer, sem reparar que o criado há muito se fora do quarto – dê-me... É verdade, foi levar os burrinhos à água... Não faz mal... Mostro-lhe já tudo...

E, procurando entre as cargas uma malinha coberta de pano impermeável, abriu-a e tirou um maço de cartas cuidadosamente numeradas e amarradas com fitas de diversas cores.

– Isto é para Miranda, em Mato Grosso. Isto para Coxim, Cuiabá... para Poconé, Diamantino... isto são cartas cujos donos não encontrei, e que hão de voltar para as pessoas que as escreveram.

– E são muitas? – perguntou Pereira.

– Três ou quatro. Vejamos... uma é para o senhor João Manuel Quaresma, em Oliveira; outra, para o senhor Quintana, no Pitangui; esta, para o senhor Martinho dos Santos *Perreira*, em Piumhi...

– Que é? – perguntou o mineiro, levantando-se de um pulo e mostrando muita admiração. – Leia outra vez... leia por favor...

Meyer obedeceu.

– Mas este nome é o meu! – exclamou Pereira. – Esta carta então é para mim…

– Hu, hu! – gaguejou o alemão boquiaberto. – É muito *currioso* isto!

– Sou eu, sou eu mesmo! – continuou o mineiro abrindo os diques à volubilidade. – Está claro, claríssimo!… Quando me escreveram, pensavam que eu ainda morava lá em Piumhi. Pois, se nunca contei a ninguém em que buraqueira me vim meter… Abra a carta sem susto… Oh! Senhora Sant'Ana, que dia hoje! Quem diria? Uma carta! Uma carta nestas alturas! Pode ler, senhor *Maia*… Estou doido por saber quem se deu ao trabalho de me escrever… Martinho dos Santos Pereira, de Piumhi… sou eu! Que dúvida: não há dois. Veja só o nome… pelo amor de Deus, o nome de quem me *direge* a carta.

Rompeu o alemão com alguma dúvida e escrúpulo o selo; correndo com os olhos a lauda escrita, procurou a assinatura e pausadamente leu "Francisco dos Santos Pereira".

– Gentes! – bradou o mineiro no auge da alegria – meu irmão… o Chiquinho!… E eu que o fazia morto e enterrado!… Nosso Senhor o conserve por muitos anos!… O Chiquinho!… Já se viu coisa *ansim?*… Como se anda neste mundo, hem, senhor Cirino? Quem *havera* de dizer que este homem, que aqui chegou ontem por acaso e alta noite, havia de trazer na canastra uma carta de um irmão que não vejo há mais de quarenta anos?!… Ora esta!… São voltas deste mundo… As pedras se encontram… Foi em 1819… não, em 20… Mas… depressa; leia a carta… Vamos ver o que me diz o Chiquinho… Coitado!… deve estar bem velhinho… Da família passava por ser o de mais juízo… também era o mais velho de todos nós… O Roberto, o caçula… Seja o senhor muito bem-vindo nesta casa… Depois de tantos anos, trazer-me notícias da minha gente!

Cortou Meyer aquele movimento de efusão que prometia ir longe, começando a ler com todo o vagar ou, melhor, a soletrar a carta, cujos garranchos, que não letras, por vezes se viu obrigado a encostar aos olhos para poder decifrar.

"Martinho (dizia a despretensiosa epístola[12]) dirijo-te estas mal traçadas linhas só para saber da tua saúde e dizer que o portador desta é um senhor de muita leitura e vai para os sertões brutos, viajando e estudando países e povos. Veio-me do Rio de Janeiro muito recomendado. Peço que o agasalhes, não como a um transuente[13] qualquer, mas como se fosse eu em pessoa, teu irmão mais velho e chefe da nossa família…"

– Pobre mano! – exclamou Pereira meio choroso.

"É homem (continuou Meyer) de bastante criação. Adeus, Martinho. Eu estou estabelecido na Mata do Rio, numa fazendola. Tenho cinco filhos, três machos e duas *famílias*[1] estas casadas, e que me deram netos; já faz bastante tempo. Não estou muito quebrado de forças. Há mais de oito anos que não tenho notícias tuas. Soube que o Roberto tinha morrido no *Paranan…*"

– Roberto?!… Coitado do Roberto! – atalhou Pereira com voz angustiosa.

E, repentinamente, representando-lhe a memória os tempos da infância, arrasaram-se-lhe os olhos de lágrimas.

"Sem mais aquela (concluiu Meyer), adeus. Felicidade e saúde. Teu irmão, Francisco dos Santos Pereira."

– Deveras – disse o mineiro depois de breve silêncio, adiantando-se para o alemão e apresentando-lhe a destra aberta –, o senhor me deu um fartão de alegria. Toque nesta mão e, quan-

1. Filhas.

do ela se levantar para bulir num só cabelo de sua cabeça ou de alguém da sua família, qualquer que seja o agravo que me possam fazer, seja ela cortada logo por Deus, que nos está ouvindo.

– Obrigado, senhor Pereira – respondeu com animação o outro, retribuindo o aperto de mão e corroborando-o com um concerto de garganta.

– Sim, senhor – continuou o mineiro. – Esta carta vale, para mim, mais que uma letra do imperador que governa o Brasil. É o que lhe digo, senhor *Maia*...

– Meyer – corrigiu o alemão, apoiando com força na última sílaba – Meyer.

– Ah! é verdade. É preciso traduzir Meyer, Meyer. Agora já atinei com a coisa. Mas como ia lhe dizendo, esta casa é sua. Meu irmão, o meu irmão mais velho deu-me ordem para que eu o recebesse como se fosse ele mesmo em pessoa, o Chico;... acabou-se. O senhor é como se fosse dos meus. Não há que ver, é o que ele quer. Entendi logo; o mais é ser muito bronco e, com o favor de Deus, não me tenho nesta conta. O senhor ponha e disponha de mim, da minha tulha[14], das minhas terras, meus escravos, gado... tudo o que aqui achar. Parta e reparta... Quem está falando aqui, não é mais dono de coisa nenhuma;... é o senhor... Meu irmão me escreveu, é escusado pensar que não sei respeitar a vontade de meus superiores e parentes. É como se recebesse uma ordem do punho do senhor Dom Pedro II, filho de Dom Pedro I, que pinchou os emboabas[II] para fora desta terra do Brasil e levantou o Império nos campos do Ipiranga, lá para os lados de São Paulo de Piratininga, onde houve em seu tempo colégio de padres e fradaria grossa[III], e donde os mamalucos

II. Portugueses.

III. Em quantidade.

saiam para ir por esses mundos afora bater índios brabos e caçar onças, botando bandeiras até na costa do Paraguai e no salto do Paraná, tanto assim que deram nas reduções[IV] e trouxeram de lá uma imundície[V] de gente amarrada, por sinal que muitos amolaram a canela em caminho, e só chegaram uns cento e tantos, tão magros que...

Enfiava Pereira todas estas frases com surpreendedora rapidez, ao passo que Meyer o contemplava extático[15], à espera que a torrente de palavras lhe desse tempo e ocasião de exprimir algum vocábulo de agradecimento.

Só, porém, minutos depois, e a custo, é que ele pronunciou um áspero e retumbante:

– Obrigado!

E acrescentou em seguida:

– Mas o senhor fala que nem cachoeira. E não cansa?

– Qual! – replicou o mineiro com ufania[16]. – A gente da minha terra é de seu natural calada; eu, não; mesmo porque fui criado em povoados de muita civilidade...

Tomando esse novo tema, começou novamente a discorrer, mostrando visível contentamento por achar na estimável pessoa do senhor Guilherme Tembel Meyer um ouvinte de força, incapaz de pestanejar e cuja fixidez de olhos era prova evidente de que tomava interesse por todos os assuntos possíveis de conversação.

IV. *Reduções*: era o nome que tinham as aldeias formadas pelos padres jesuítas no Paraguai. Pelo ano de 1630 subiam a vinte com 70.000 habitantes.

V. *Imundície*: grande quantidade. Montoya, no seu livro *Conquista Espiritual*, conta que 140 castelhanos do Brasil com 1.500 tupis, todos muito bem armados com escopetas, e em boa ordem militar, entraram pelas povoações e levaram 7.000 prisioneiros, número evidentemente exagerado.

## XI
# O Almoço

*Comam e bebam; nada de cerimônias comigo. Minha casa é franca; eu também. Façam provisão de alegria e de mim disponham sem constrangimento.*

PLAUTO[1], *Miles Gloriosus.*

LEVANTOU-SE DE REPENTE Cirino da marquesa em que se sentara.

– Estou com vontade de amanhã seguir viagem...

– Quê, doutor? – protestou Pereira. – Partir já? isso nunca... Vosmecê ainda não curou de todo minha filha. Pago-lhe todos os prejuízos da sua estada aqui... se for preciso.

– Oh! senhor Pereira – reclamou por seu turno o jovem – isso quase me ofende...

– Desculpe-me, e muito; mas, antes de duas semanas, não o deixo sair daqui.

– Porém...

– Doentes não lhe hão de faltar. A minha rancharia vai ser visitada como se fosse casa de presepe, e o senhor não poderá dar vazão aos que o vierem procurar. Olhe, hoje mesmo mandei avisar o Coelho, e daqui a pouco está ele cá, rente como pão quente. Atrás do primeiro, virá uma chusma[2] dos meus pecados... Então quer deixar *Nocência* como ainda está?...

– Verdade é – balbuciou Cirino.

– Pois então? Nem pensar nisso é bom. Deixe-se estar por minha conta; vosmecê há de aqui arranjar os seus negócios.

– Já que o senhor o diz... Eu tinha receio de vexá-lo. Uma vez que até cá venham doentes...

– Hão de vir, esteja sossegado...

– Ficarei – decidiu Cirino – quanto tempo for do seu agrado.

– Ora, muito que bem – exclamou Pereira, esfregando as mãos com sincera satisfação – estou como quero. Quanto ao senhor *Maia*..., Meyer, quero dizer, este há de criar raízes nesta casa...

– Isso também não: tenho tempo marcado pelo meu governo...

– Bem, bem; mas, em todo caso, fará uma boa temporada conosco. É pena que o Manecão não chegue, porque apressávamos o casório e arranjávamos uma festança como nunca se viu nestes matarrões... Mas estou aqui a dar com a língua nos dentes, sem pensar que os nossos estômagos ainda esperam sua matula[1]. O almoço não pode tardar; é um pulo só... Se consentem vou ver lá dentro.

Ao dizer estas palavras, saiu da sala, voltando pouco depois acompanhado de Maria, a velha escrava, que trazia a toalha da mesa e a competente cuia de farinha.

– À mesa! – gritou Pereira. – Almoço hoje com vosmecês. Senhor Meyer, o senhor comerá d'ora em diante comigo e com a menina, lá no interior da casa; ouviu?

E, voltando-se para Cirino.

– Bem sabe – explicou logo – como se fosse o Chiquinho.

Depois de pronta a mesa, sentaram-se os três alegremente.

– Olhe, senhor Meyer – disse o mineiro, servindo o ale-

1. Matolagem [provisão de alimentos].

mão – isto é feijão-cavalo e do melhor. Misture-o com arroz e ervas; deite-lhe uns salpicos de farinha...

Começou o naturalista a mastigar com a lentidão de um animal ruminante, interrompendo de vez em quando o moroso[3] exercício para exclamar:

– Delicioso, com efeito! Muito delicioso.

Comia Cirino pouco e em silêncio.

– Na Alemanha – observou Meyer contemplando um grão de feijão – a maior fava não chega a este tamanho. Aqui, a fava de lá teria polegada e meia pelo menos. Um almoço, assim, havia de custar na Saxônia dois táleres[4], ou pelo câmbio que deixei no Rio de Janeiro, dois mil e quinhentos réis...

Interrompeu-o Pereira com gesto cômico.

– Dois mil e quinhentos? Ora, que terra essa! Como é que se chama?

– Sac-sônia – respondeu o alemão com gravidade.

– Saco-sonha! – exclamou Pereira. – Não conheço... Mas, então lá muita gente há de andar a morrer de fome...

– Pelos últimos cálculos – replicou Meyer com várias pausas durante as quais introduzia enormes colheradas da mistura que lhe aconselhara o anfitrião – é sabido que em Londres morrem no inverno oito pessoas à míngua, em Berlim cinco, em Viena quatro, em Pequim doze, em Iedo sete, em...

– Salta! – atalhou Pereira exultando de prazer. – Então viva cá o nosso Brasil! Nele ninguém se lembra até de ter fome. Quando nada se tenha que comer, vai-se no mato e fura-se mel de jataí e manduri, ou chupa-se miolo de macaubeira. Isto é cá por estas bandas; porque, nas cidades, basta estender a mão, e logo chovem esmolas... Assim é que entendo uma terra... o mais é desgraça e consumição...

– Decerto! – corroborou[5] o alemão – o Brasil é um país muito fértil e muito rico. Dá café para meio mundo beber e ainda há de dar para todo o globo, quando tiver mais gente... mais população...

– Bem eu sempre digo – acudiu Pereira tocando no ombro de Cirino e deitando-lhe uns olhos de triunfo. – Lá fora é que nos conhecem, nos fazem justiça... Não acha, patrício? Homem, agora reparo...vosmecê está tão calado!... meio casmurro, que é isso? sempre aquele negócio?

De fato, Cirino, depois que ouvira o convite a Meyer para conviver no interior da casa de Pereira, tornara-se sombrio, inquieto, meditabundo[6]. O corpo ali estava, mas a sua imaginação vigiava zelosa o quartinho onde repousava aquela menina febricitante, tão bela na sua fraqueza e palidez enferma.

– Se são mulheres – ponderou Pereira – deixe-se disso; não há maior asneira... É fazenda que não falta.

No meio dos exercícios mandibulares, julgou Meyer que o seu hospedeiro considerava o sexo feminino do ponto de vista meramente estatístico e acreditou conveniente assentar melhor a ideia, um tanto vagamente aventada[7].

– Na raça eslava – disse dogmaticamente – a proporção é de duas mulheres para um homem; na germânica, há aproximadamente número equivalente; na latina, de dois homens para uma mulher. Na França, a proporção para o lado masculino é de...

– Mas o senhor contou? – interrompeu Pereira. – Deixe-lhe dizer uma coisa: eu cá não engulo araras...

– *Ni* eu – afirmou Meyer com alguma surpresa e energia –; nem sei como o senhor me vem falar nessas aves agora... Se as considera como caça, deve saber que os trepadores têm a carne dura, preta e...

Riu-se Pereira do equívoco e, explicando-o, continuou a discutir com o seu interlocutor, que não discrepava uma linha dos seus princípios de método e escrupulosa polidez.

– Pode o senhor falar um ano inteiro – disse o mineiro para concluir – mas quanto a mim, não entendo patavina das suas contas e jiga-jogas[8]. Quem me tira da tabuada, bota-me no mato... E agora, vamos agradecer a Deus Nosso Senhor Jesus Cristo o ter-nos dado esta comida, ainda que insuficiente e mal temperada.

E, unindo o exemplo à palavra, levantou-se e, de mãos postas ao peito, orou em voz baixa, com unção, no que foi imitado pelos dois hóspedes.

– Esteja convosco o Senhor – disse ao terminar, em voz alta, persignando-se[9].

– Amém – responderam Cirino e Meyer.

– Agora – anunciou o mineiro, saindo da mesa – vou dar um giro pela minha roça, onde estão na capina três negros cangueiros[II], um dos quais é o meu fazendeiro[III]; depois, hei de visitar uns conhecidos meus, avisando-os da sua chegada, doutor. Ah! – acrescentou todo desfeito em amável sorriso – falta mostrar-lhe minha filha, senhor Meyer.

– Sua filha! – exclamou o alemão. – Então tem filhos?

– Sim, senhor. Não se lembra que o seu vulto[IV] é o do mano Chiquinho? Pois então? Que maior prova lhe posso dar de confiança e amizade?... Não é verdade, senhor Cirino?

– Sem dúvida – balbuciou a custo o mancebo.

– Minha filha chama-se *Nocência* e só hoje é que se levantou da cama... Esteve doentinha... Assim mesmo, não sei se as maleitas a deixaram... O corpo é às vezes caroável[V] dessas malditas e...

II. Sem préstimo.

III. "Fazendeiro", no sertão de Mato Grosso, é não o proprietário das terras, mas o capataz, o feitor.

IV. Pessoa.

V. Acostumado, afeito.

– Isto está ao meu cuidado – atalhou Cirino com alguma pressa. – Ainda ao meio-dia há de ela tomar quina...

– Vosmecê faça o que for melhor... Quer vir, senhor Meyer?

– Pois não! pois não! – respondeu amavelmente o alemão.

– É a única pessoa da família que tenho aqui, além de um marmanjão que está agora na carreira[VI] por essas estradas, agenciando a vida... Então, vamos! Venha também – continuou ele voltando-se para Cirino – um cirurgião é quase de casa.

Saíram, pois, os três. Pereira, na frente, seguiu o oitão da direita, e, abrindo uma tranqueira do cercado dos fundos, entrou pela cozinha, onde a velha preta Conga estava lavando pratos e arrumando louça branca numa prateleira.

VI. Trabalho.

# XII
## A Apresentação

*Quem, porém, mostrava mais surpresa e admiração era Sancho Pança. Nunca, em dias de sua vida, vira perfeição igual.*

CERVANTES, *Dom Quixote*, CXXIX.

*Ao bálsamo, fazem as moscas que nele morrem perder a suavidade do perfume. Uma parvoíce, ainda que pequena e de pouca dura, dá motivo a não se ter em conta nem sabedoria nem glória.*

ECLESIASTES[1], X.

DEPOIS DE ATRAVESSAREM um quarto bastante escuro, chegaram os visitantes à sala de jantar, vasto aposento ladrilhado, mas sem forro, a um canto do qual estava a filha do mineiro, mais deitada do que sentada numa espécie de canapé[2] de taquara.

Tinha os pés sobre uma bonita pele de tamanduá-bandeira, onde se acocorara, conforme o hábito, o anão a quem Pereira chamara Tico.

Ao ver chegar tanta gente, abriu a formosa menina uns grandes olhos de espanto; quis toda enleada[3] erguer-se, mas não pôde e, corando ligeiramente, teve como que um delíquio[4] de fraqueza.

Aproximara-se logo Cirino com vivacidade.

– A dona – disse ele para Pereira – está tão fraca que mete dó.

Chegou-se o pai juntamente com Meyer e, tomando as mãos da filha, perguntou-lhe com voz meiga e inquieta:

– Sente-se pior, meu benzinho?

– Nhor, não – respondeu ela.

– Pois então!... É preciso não entregar o corpo à moleza... Abra os olhos... Olhe... está aqui este homem (e apontou para Meyer) que é *alamão* e trouxe uma carta do tio de mecê, o Chico, lá da Mata do Rio. Quero mostrar que, para mim, vale tanto como se fosse algum parente muito chegado. Por isso é que venho apresentá-lo...

Ela nada articulou.

– Vamos, diga: Tenho muito gosto em conhecê-lo... diga.

Com vagar e acanhamento, repetiu Inocência essas palavras, ao passo que Meyer lhe estendia a mão direita, larga como uma barbatana de cetáceo e franca como o seu coração.

– Gosto, muito gosto tenho eu – disse ele com três ou quatro sonoros arrancos de garganta. – Só o que sinto é vê-la doente... Mas o doutor não nos deixará ficar mal; não é, senhor Cirino?...

E apoiou esta pergunta com um *hem?* que ecoou por toda a sala.

– A senhora – respondeu o interpelado – precisaria tomar por alguns dias um pouco de bom vinho do Porto, em que se pusesse casca de quina do campo... Mas, onde achar agora vinho? Só na vila de Sant'Ana...

– Vinho? – perguntou Meyer.

– Sim.

– Vinho do Porto?

– Melhor ainda.

– Pois tudo se arranja. Na minha canastra, tenho uma garrafa do mais superfino e com a maior satisfação a ofereço à filha do meu *pom* amigo, o senhor Pereira.

– Oh! Senhor Meyer – agradeceu este com efusão – não sabe quanto lhe fico...

– Qual! não tem obrigação nenhuma! Não, senhor! Além do mais, sua filha é muito bonita, muito bonita, e parece boa deveras... Há de ter umas cores tão lindas, que eu daria tudo para vê-la com saúde... Que moça!... Muito bela!

Estas palavras que o inocente saxônio pronunciara *ex abundantia cordis*[5] produziram extraordinário abalo nas pessoas que as ouviram.

Tornou-se Pereira pálido, franzindo os sobrolhos e olhando de esguelha[6] para quem tão imprudentemente elogiava assim, cara a cara, a beleza de sua filha; Inocência enrubesceu que nem uma romã; Cirino sentiu um movimento impetuoso, misturado de estranheza e desespero, e, lá da sua pele de tamanduá-bandeira, ergueu-se meio apavorado o anão.

Em nada reparou Meyer e, com a habitual ingenuidade, prosseguiu:

– Aqui, no sertão do Brasil, há o mau costume de esconder as mulheres. Viajante não sabe de todo se são bonitas, se feias, e nada pode contar nos livros para o conhecimento dos que leem. Mas, palavra de honra, senhor Pereira, se todas se parecem com esta sua filha, é coisa muito e muito digna de ser vista e escrita! Eu...

– O senhor não quer retirar-se? – interrompeu Pereira com modo áspero.

– Pois não! – replicou o alemão.

E como despedida acrescentou, dirigindo-se para Inocência:

– Chamo-me Guilherme Tembel Meyer, seu humilde criado, e estimo muito conhecê-la por ser a senhora filha de um amigo meu e prender a gente com o seu lindo rosto...

Estendeu então a mão, fez um movimento de cabeça, e acompanhou ao mineiro que já ia saindo, branco de cólera concentrada.

– E que me diz o senhor deste homem? – perguntou a Cirino a meia voz e puxando-o de parte.

– Reparei muito nos seus modos – respondeu-lhe o outro no mesmo tom.

– Nem sei como me contenha… Estou cego de raiva… Que presente me mandou o Chico!… É uma peste, este diabo melado…[I] Vê uma rapariguinha e enche logo as bochechas para lhe dizer meia dúzia de pachouchadas[7] e graçolas… Não está má esta!… É um perdido. Nada… Isto não me cheira bem: vou ficar de olho nele…

– Faz muito bem – apoiou Cirino.

– Vejam só – continuou Pereira, retendo o seu interlocutor para deixar Meyer distanciar-se – em boas me fui eu meter!… Se não fosse a tal carta do mano… juro-lhe que hoje mesmo o *cujo* dançava ao som do cacete… Malcriadaço! Uma mulher que daqui a dois dias está para receber marido… Deus nos livre que o Manecão o ouvisse… Desancava-o logo, se não o cosesse a facadas… Vejam só, hem?… Sempre é gente de outras terras… Cruz! Também vi logo… um latagão bonito… todo faceiro… *havera* por força de ser rufião[II].

Ouvia-o Cirino em silêncio.

– E mulher – prosseguiu o mineiro com raivosa volubilidade – é gente tão levada da breca, que se lambe toda de gosto com ditinhos e requebros desta súcia de embromadores. Com elas, digo eu sempre, não há que fiar… Má hora me trouxe este *alamão*… Mil raios o rachem!… E logo o

I. Chamam-se "melados" os animais cuja cor é quase aça [esbranquiçada].
II. Namorador.

Chico... Tenho agora que ficar de alcateia... meter-me em tocaia[III] e fazer fojos[8] para que o bracaiá[IV] não me entre no galinheiro. Ora que tal!

– Também, breve se vai ele embora – lembrou Cirino a modo de consolo.

– Que o demo o leve quanto antes – replicou Pereira. – Já estou todo infernizado[V] com o tal homem...

Neste momento, como que de propósito, voltava-se Meyer para os dois:

– Senhor Pereira – disse ele – ficarei em sua casa talvez umas duas semanas. Os burrinhos vão engordar no seu pasto e eu hei de fazer compridas viagens nesta sua fazenda, apanhando tudo o que nela encontrar... Ouviu?

Reprimiu o interpelado um gesto de viva contrariedade e, levado pelo instinto e dever de hospitalidade, de pronto respondeu, embora secamente:

– Fique duas semanas, ou dois meses ou dois anos. Já lho disse: a casa é sua, e palavra de mineiro não volta atrás. Quem está aqui, não é o senhor, é meu irmão mais velho.

Agarrando então com força na mão de Cirino, acrescentou em voz surda e angustiada:

– Olhe, doutor; veja só isto! Que lhe dizia eu?... Ah! meu Meyer, quer se engraçar comigo, não é? Mas cá fico... e, uma vez avisado, nem dois, nem três me botam poeira nos olhos... Não é com essa! *Nocência* nasceu filha de pobre, mas, graças a Maria Santíssima, tem ainda pai com braço forte e muito sangue nas veias para defendê-la dos garimpeiros e cruzadores de estrada... Ele que não brin-

III. Fazer esperas.

IV. Gato do mato [jaguatirica].

V. Encolerizado, frenético.

que com o Manecão; é homem de cabelinho na venta e se lhe bota a mão em cima, esfarela-lhe os ossos, como se fora veadinho do campo enroscado por sucuri...

Ia, contudo, Meyer, de todo ponto alheio ao temporal provocado por suas inconsideradas palavras; e, sem dúvida, estimulado em suas reminiscências pela vista da menina que acabava de admirar, cantarolava entre dentes uma velha valsa alemã, dançada talvez com alguma loura patrícia em épocas já remotas e de menos rigorismo científico.

## XIII
# Desconfianças

*Muitas vezes, somos iludidos pela confiança; mas a desconfiança faz que sejamos por nós mesmos enganados.*

Príncipe de Ligne[1].

Quando o nosso saxônio entrou na sala em que estavam as suas cargas, vinha tão contente do gasalhado recebido, da firmeza do tempo e das futuras caçadas de borboletas, que despertou a atenção do seu camarada José.

Estava este encostado a uma canastra, a esgaravatar, de faca comprida em punho, a planta dos pés, verificando se alguma pedrinha da estrada não se havia incrustado na grossa e já insensível sola.

– Homem – disse ele com familiaridade – *Mochu* está hoje muito alegre... Viu passarinho verde?

– *Passarrinho* verde? – perguntou Meyer. – Que é isso? Não vi *passarrinho* nenhum... Vi uma moça muito bonita...

– Olé... melhor ainda... Conte-me isso... e quem é ela.

– E a filha cá do senhor Pereira.

– Parabéns! parabéns! – exclamou José com toda a indiscrição. – Moça bonita é fruta rara por estas matarias e brenhas do inferno... Quanto a mim, ainda não botei o olho senão em velhas cocorocas[2] e serpentões...[3] Outra coisa é no Rio... Não se lembra *Mochu*, da procissão de São Jorge?... Aí é que sai à rua uma tafularia[4] de deixar a gente tonta de uma vez, de queixo caído. Umas tão alvas!... Outras cor de café com leite... crioulas chibantes[5].

– *Juque* – repreendeu o alemão revestindo-se de ar severo – não tome confiança com gente que não é da sua classe...

– Mas eu não disse nada de mau, *Mochu* – desculpou-se o criado, recolhendo-se meio enfiado ao silêncio e voltando ao exame dos pés.

Quem estava em cima de um braseiro, era Pereira. Decididamente, aquele hóspede o punha a perder, proclamando assim com a trombeta da fama que vira Inocência e com ela conversara, que a achava do seu gosto... uma rapariga já noiva! Quantas incongruências[6], que perigos, ó Santos do Paraíso!

Tornava-se caso de muita prudência. Qualquer passo menos pensado acarretaria consequências irremediáveis,

Necessário é penetrar-se a força dos sentimentos que sobressaltavam o mineiro, para bem aquilatar os transes por que passava e achar natural que seguisse uma linha de proceder toda de dúvida e vacilações.

Se, de um lado, criava involuntária admiração por Meyer e, rodeando-o, em sua imaginação, do prestígio de uma beleza irresistível, via aumentar o seu receio em abrigar tão perigoso sedutor; do outro, sentia as mãos presas pelas obrigações imperiosas da hospitalidade, a qual, com a recomendação expressa de seu irmão mais velho, assumia caráter quase sagrado. Juntem-se a isto os preconceitos sobre o recato doméstico, a responsabilidade de vedar o santuário da família aos olhos de todos, o amor extremoso à filha, em quem não depositava, contudo, como mulher que era, confiança alguma, as suposições logo ideadas[7] acerca da impressão que naturalmente aquele estrangeiro produzira no coração da sua Inocência, já quase pertencendo ela a outrem, e as colisões[8] que previu para manter inabalável a sua palavra de honra, palavra dada em dois sentidos agora antagônicos – um mundo enfim de cogitações e de terrores. E tudo isto revolvendo-se na cabeça de Pereira, refletia-se com sombrios traços de inquietação em seu rosto habitualmente tão jovial.

– Por que razão é – perguntou ele a José Pinho para desviar aquela conversa que tanto o magoava – que vosmecê chama *Mochu* ao senhor Meyer?

Sorriu-se o carioca com ar de superioridade e respondeu desembaraçadamente:

– Ah! É um modo de falar…

– Como assim?

– Já lhe ponho tudo em pratos limpos… Vosmecê não lhe chama senhor?

– Chamo.

– Pois, então?… Eu também lhe chamo assim… mas falo em francês[9], *Mochu* quer dizer senhor, nessa língua.

– Ah! – replicou Pereira dando-se por convencido – então é isso? Pensei que fosse outra coisa…

– *Juque* – avisou Meyer, que estava a remexer nas canastras – prepare tudo; nós vamos ao mato agora mesmo…

– Venha comigo – propôs o mineiro com voz insinuante. – Eu lhe apontarei lugares onde há dessa bicharia miúda, coisa nunca vista.

– Com muito gosto – concordou o alemão.

E voltando-se para o camarada:

– Ande, *Juque* – ordenou ele – bote a pita para fora, caixas de folha de flandres, clorofórmio, rede pronta… Depressa homem, depressa!

José Pinho, instigado por estas palavras, entrou a voltear de um lado para o outro, como que atarantado com o excesso de serviço.

– Minhas lentes – pediu o naturalista – o saco para as ervas, o canudo para os bichos de casca grossa… Depressa… Vou ajudá-lo.

E, por seu turno, começou a tirar das canastras os objetos de que necessitava, enfiando a tiracolo dois ou três talabartes[10] finos que sustentavam umas caixinhas encouradas. Numa delas, havia um copo de prata com a competente corrente; noutra, um faqueiro de peças dobradiças e de metal do príncipe[11]. Também assentou ao flanco uma frasqueira defendida de choques externos por um trançado fino de vime e que continha aguardente, comprada de fresco na vila de Sant'Ana do Paranaíba.

Não contente com o peso de todos esses apêndices à sua pessoa, cingiu largo talim[12] com uma espécie de patrona[13] de folha de flandres e que sustentava um grande facão inglês, um revólver e uma espada de caça.

Depois de ter vagarosamente arranjado sobre si cada uma destas peças, com grande espanto de Pereira e até de Cirino, substituiu Meyer os óculos habituais por outros, de vidros afumados[14], muito grandes e convexos, destinados a proteger-lhe amplamente os olhos dos ardores do Sol. Muniu-se, além disso, de outro singular meio de preservação: uma rodela ampla de pano branco forrado de verde, que aumentava as abas do chapéu do chile, descansando em parte sobre elas.

Com esse trajo ficou decerto a mais estapafúrdia[15] figura que algum cristão encontrar podia naquelas trezentas léguas em derredor; entretanto, Pereira sentiu-se ofendido com aqueles cuidados de prevenção meramente científica, que lá no seu bestunto qualificava de faceirice feminil:

– Veja só – disse ele para Cirino – como este maricas gosta de se enfeitar!... Você não me engana, não, senhor *alamão* das dúzias...

Mirava-se nesse momento o naturalista, para verificar se lhe faltava alguma coisa.

– Estou pronto – exclamou afinal – e muito desejoso de entrar no mato.

– Ponham-te a tinir os carrapatos – resmoneou Pereira.

– Ah! – disse Meyer – e as minhas luvas?... *Juque*, procure na canastra número 2, à esquerda, no segundo canto.

Sacou o camarada umas grandes luvas de lã, brancas, muito largas, já usadas e sujas, nas quais o alemão enfiou de um jato as mãos espalmadas.

– Agora, sim! – anunciou ele com satisfação.

E, dando um sonoro e prolongado *hum*!, empunhou a rede de apanhar borboletas.

Depois, levando um dedo à testa:

– Ah! – exclamou – e o vinho! Não me ia esquecendo?... O vinho para sua filha, senhor Pereira, sua linda filha.

Encolheu o mineiro com furor os ombros e disse em aparte a Cirino:

– Fez-se de esquecido só para falar na menina... Veja bem. Este calunga[16] não me bota areia nos olhos.

E acrescentou alto, recebendo a garrafa que o camarada José Pinho tirara de uma das canastras:

– Agradeço o seu presente, senhor Meyer, mas se... lhe faz a menor falta... a pequena há de curar-se sem isto...

– Não, não, não, não – respondeu o saxônio com uma série de negativas que pareciam não dever ter fim.

– Neste mundo – rosnou Pereira mais para si do que para ser ouvido – ninguém mete prego sem estopa; mas com sertanejos... não se brinca.

Cirino tomara a garrafa.

– Isto – afirmou ele – acaba com certeza a cura.

E, esquivando-se de pronunciar o nome e a qualidade da pessoa de quem estava tratando:

– Ela há de ter hoje algum apetite e poderá levantar-se um pouco, pois já tomou o seu caldinho.

– Então, ao meio-dia – recomendou Pereira muito baixinho a Cirino – vosmecê mande chamar a nossa doente e dê-lhe a mezinha. Ouviu? Já avisei lá dentro...

Cirino abanou a cabeça, tomando ar misterioso.

– Eu cá estarei de olho vivo no bichão... Parece-me suçuarana[I] à espreita de veadinhas campeiras... Não terá este vinho algum feitiço?

Contestou o outro com energia tal possibilidade.

– Eu sei lá – continuou Pereira. – Estes namoradores são capazes de muita coisa... Nunca ouviu contar histórias de pirlas[II] e beberagens... hem? diga-me, nunca?

– Sossegue, senhor Pereira – acudiu Cirino – hei de examinar o líquido... tenho certeza de que não haverá novidade.

– Muito que bem... Então, ao meio-dia em ponto... chame a Maria Conga ou o Tico. *Nocência* há de arrastar-se até cá... e o doutor lhe dará a dose...

– Ela sair já? – objetou Cirino com admiração. – Não, senhor; em tal não consinto... Irei dar-lhe o remédio... Não me custa nada...

Pereira ficara meio perplexo.

– Não sei...

E com súbita resolução:

– Pois bem, virei da roça até cá... Se eu não aparecer, en-

I. Espécie de onça.

II. Pílulas.

tão o senhor dê um pulo e faça-lhe tomar a poção... Quanto a este *alamão melado*, levo-o para longe e não o trago senão bem tarde e tão moído do passeio que só há de pensar em dormir.

Dava-se com Pereira um fato natural e comezinho[17] nas singularidades do mundo moral.

À medida que as suspeitas sobre as intenções do inocente Meyer iam tomando vulto exagerado, nascia ilimitada confiança naquele outro homem que lhe era também desconhecido e que a princípio lhe causara tanta prevenção quanto o segundo.

É que as dificuldades e colisões da vida, quando se agravam, tão fundo nos incutem a necessidade do apoio, das simpatias e dos conselhos de outrem, que qualquer aliado nos serve, embora de muito mais proveito fora bem pensada reserva e menos confiança nesses auxiliares de ocasião.

## XIV
# Realidade

*Cordélia* – *Há de o tempo desvendar*
*o que hoje esconde a discreta hipocrisia.*

Shakespeare[1], *O Rei Lear*, Ato i.

Depois que Cirino viu sumir-se Pereira com os dois companheiros além do laranjal da casa, seguindo em direção à roça por uma vereda pedregosa e cheia de seixos rolados, nos quais iam as patas dos animais batendo; depois que teve certeza de que ficara só naquela vivenda, entrou em grande agitação.

Ora passeava pelo quarto rápida e inquietamente; ora media-o com passo lento em muitas direções; ora, enfim, saía para o terreiro e ali, com a cabeça descoberta, ficava a olhar atentamente para diversos lados, abrigando com a mão aberta os olhos dos vivíssimos raios do Sol.

Prometia o dia ser muito cálido. Por toda a parte chiavam as estrídulas[2] cigarras, e ao longe se ouvia o metálico cacarejar das seriemas nos campos.

Às vezes, encarava Cirino o Sol; depois tapava os olhos deslumbrados e, tomado de vertigem, voltava para a sala, onde recomeçava os seus passeios.

Por que, porém, não descansava aquele mancebo? Ele, que armara uma rede de tucum tão fresca e de malhas abertas, a qual, balouçando-se levemente à brisa, parecia convidá-lo à confortante sesta.

Por que não imitava os bacorinhos que, entrando familiarmente pela sala adentro, se haviam abrigado dos ardores do dia e, deitadinhos debaixo de uns jiraus, já ressonavam, presa de gostoso sono?

Tudo quanto vivia apetecia a sombra e o repouso. Fora, o Sol reverberava violento em seus fulgores, e as sombras das árvores iam cada vez mais diminuindo. Até uma égua com o esguio e peludo poltrinho deixara o distante pasto e viera abrigar-se, à proteção da casa, junto à qual parara, já meio a cochilar.

À enervadora ação do calor estival[3], juntavam sua influência as monótonas modulações de umas chulas[4] e modinhas[5], cantadas ao som da viola de três cordas pelos camaradas de Cirino, acomodados no rancho junto ao paiol de milho.

A tudo, entretanto, resistia o jovem, e com ascendente desassossego consultava o seu relógio de prata, tirando-o cada instante do bolso.

Passaram-se segundos, minutos e horas. Afinal soltou ele um suspiro de alívio:

– Meio-dia!... Cuidei que nunca havia de chegar!...

Saindo todo reanimado para o terreiro, chamou com voz forte:

– Maria... Ó Maria Conga!...

Ninguém lhe respondeu. Só do lado da cozinha ladraram uns cães.

Depois de esperar algum tempo, rodeou Cirino toda a casa, como fizera com Pereira e, encostando-se à cerca que impedia a aproximação do lanço dos fundos, tornou a chamar:

– Ó Maria?... Maria!... Está dormindo, minha velha?

Vendo que os gritos ficavam sem resposta, saltou então o cercado e foi caminhando para a porta da cozinha, devagar, porém, e como que a medo.

– Ó Maria?!... Minha tia!... Olá! Ó de casa! – chamava ele.

Afinal apareceu não a velha escrava, mas o anão Tico, que pareceu, com imperioso movimento de cabeça, indagar a causa daquele intempestivo alarma.

– Que é da Maria Conga? – perguntou Cirino chegando-se a ele.

Com moderada gesticulação, mas muito expressivamente, deu Tico a entender que a preta fora ao córrego lavar roupa.

– E não há mais ninguém em casa? – inquiriu o outro.

Mostrou o anão, com singular expressão de orgulho e de despeito, que ali estava ele e deitou um olhar de cólera para o imprudente curioso.

– Bem – replicou Cirino sorrindo-se – vá você então dizer à sinhá dona, que já chegou a hora de tomar o remédio. Trago o vinho, e é preciso quanto antes preparar café.

Desapareceu Tico, fazendo um aceno ao intitulado médico para que esperasse fora.

– Ora – exclamou este com aborrecimento e tom de chacota – aqui ao Sol?... Não está má esta!... E tal o mestre nanico?...

Sem mais cerimônia entrou, pois, na casa, penetrando no quarto que ficava entre a cozinha, teatro da atividade de Maria Conga, e a sala de jantar, onde se dera a apresentação de Meyer a Inocência.

Daí a pouco, ouviu passos arrastados e aos seus olhos apareceu Inocência embrulhada em uma grande manta de algodão de Minas, de variegadas cores, e com os longos e formosos cabelos caídos e puxados todos para trás. Os grandes e aveludados olhos orlados de fundas olheiras, e o quebrantamento do semblante, muita fraqueza denunciavam ainda; entretanto, as cetinosas faces como que se apressavam a tomar cores, à semelhança de rosas impacientes de desabrochar e expandir-se vivas e alegres.

Ao chegar à porta, não a transpôs; mas, encostando-se à grossa trave que fazia de umbral, ali ficou parada, indecisa, com o olhar turbado e esquivo.

Ao vê-la, deu Cirino com timidez alguns passos ao seu encontro; depois, por seu turno, estacou[6] junto a uma cadeira de comprido espaldar, antigo e sólido traste trazido por Pereira da sua casa de Piumhi.

Após longa pausa, em que por vezes se cruzaram incertos os olhares, perguntou com esforço:

– Então... minha senhora... como está?... Sente-se melhor?

– Melhor, obrigada – respondeu Inocência com voz aflautada[7] e muito trêmula.

– Comeu já alguma coisa?

– Nhor, sim... uma asa de frango, mas com... bastante vontade.

– Sente o corpo moído?

– A canseira está passando... ontem muito mais...

A pouco e pouco, fora Cirino recuperando o sangue frio e se aproximara da moça, que mais se apegou à umbreira, como que a procurar abrigo e proteção.

De um lado da porta ficou ela; do outro, Cirino; ambos tão enleados e cheios de sobressalto que davam razão às olhadas de espanto com que os acareava Tico, empertigado[8] bem defronte dos dois, em suas encurvadas perninhas.

– Pois chegou a hora de tomar o remédio...

– Já, seu doutor? – implorou Inocência.

– Nhã, sim.

– Eu não tenho mais nada...

– É para cortar de uma vez as sezões... Olhe, se elas voltassem... era um grande desgosto para mim...

– Mas é tão mau – objetou ela.

– Não é bom deveras... mas bem melhor é voltar à saúde...Com um bocadinho de coragem, a gente engole tudo sem muito custo... Já que lhe amarga tanto... beberei também um pouco...

– Oh! não! – protestou Inocência.

– É para lhe mostrar... que quero sentir... o que mecê sente.

Fez-se a menina da cor da pitanga, levantou uns olhos surpresos e voltou logo o rosto para fugir dos olhares ardentes de Cirino.

– A mezinha? – pediu ela por fim toda comovida.

– Ah! é verdade! – exclamou Cirino. – Ande, Tico: vá buscar café à cozinha. Lave bem um pires... percebeu?

O anão fitou o moço com altivez e não se mexeu.

– Você é surdo?

– Não – respondeu Inocência. – Tico, às vezes, por manha é que se faz *ansim* de mouco.

Voltando-se então para o homúnculo, insistiu com voz meiga e carinhosa:

– Vai, Tico; é para mim, ouviu?

Transformou-se repentinamente a fisionomia do anão. Pairou-lhe nos lábios inefável[9] sorriso, meneou[10] a cabeça duas ou três vezes com a força de uma afirmação; mas, colérico, enrugou a testa e moveu olhos inquietos e duvidosos.

Inocência teve que repetir o recado.

– Já lhe disse, Tico: vai buscar o café.

A esta quase ordem não ousou ele resistir, mas saiu devagarzinho, voltando-se várias vezes antes de entrar na cozinha, onde muito pouco se demorou.

Neste entrementes[11], tomara Cirino o pulso de Inocência e, sem pensar no que fazia, quebrando a débil resistência da menina, cobrira-lhe de beijos o braço e a mãozinha que havia segurado.

– Meu Deus! – balbuciou ela – que é isto?... Olhe, aí vem o Tico.

Recuou então o mancebo e, para melhor disfarçar a comoção, adiantou-se para o anão que vinha trazendo na mão direita uma vasilha de folha de flandres, e na outra um pires com colher.

– Muito bem – disse ele – ponha tudo em cima da mesa.

E, preparando rapidamente o medicamento, apresentou-o a Inocência, que sem hesitação o sorveu todo.

– Deixe-me um pouco – exorou[12] com ternura Cirino – um pouco só... Se é tão mau... sofra eu também.

– Não – respondeu ela com alguma energia – por que *havera* de mecê sofrer?

E, ou por efeito do inexprimível e desconhecido abalo que experimentava no estado de debilidade a que chegara, ou por ser aquela a hora em que costumava a febre salteá-la, o certo é que teve de encostar-se ou, melhor, agarrar-se ao umbral para não cair a fio comprido no chão.

– Oh! – exclamou com angústia Cirino – a senhora vai desmaiar.

Transpondo então o limiar da porta, tomou nos braços a pálida donzela, sem relutância encostou a desfalecida cabeça ao seu ombro e, com o hálito ofegante, aos poucos lhe foi fazendo voltar às faces o precioso sangue.

– Estou melhor – balbuciou ela procurando afastar a cabeça de Cirino.

– Não faça de forte à toa – acudiu este. – Vamos até aquela cadeira.

E, com toda a lentidão e cuidado, foi levando a convalescente até sentá-la, desembaraçando-a, depois, dos muitos cabelos que, todos revoltos, lhe haviam invadido o colo e se esparziam[13] sobre o rosto.

– Quanto cabelo! – exclamou Cirino meio risonho.

Com muita atenção seguira Tico as peripécias de toda aquela cena. Ao ver Inocência perder quase os sentidos, soltou um grito surdo de desespero; depois, foi seguindo-a até a cadeira e, ajoelhado diante dela, contemplou-a com inquietação.

Cirino quis aproveitar a ocasião para um congraçamento.

– Então está com cuidado, senhor Tico?... Não é nada... sua ama fica boa logo... Não é o que você quer?

Ao ouvir esta interpelação, levantou-se o anão e correspondeu ao simpático anúncio do moço com um olhar de desprezo e pouco caso, como que a dizer:

– Não se meta comigo, que não quero graças com você, médico de arribação!

– Agora – disse Cirino voltando-se para Inocência – vai mecê beber dois goles deste vinho... Verá logo, que *sustância* há de sentir dentro do corpo.

Desarrolhou, então, com a ponta da comprida faca que tirou do cinto, a garrafa de vinho oferecida por Meyer, e num caneco de louça branca apresentou à moça um pouco do roborante[14] líquido.

Molhou a doentinha os lábios e gratificou o obsequioso[15] mancebo com um sorriso encantador.

Decididamente lhe agradava aquele médico: curava do seu corpo enfermo e entendia-lhe com a alma. Raros homens que não seu pai e Manecão, além de pretos velhos, ela tinha até então visto; mas a ela, tão ignorante das coisas e do mundo, parecia-lhe que ente algum nem de longe poderia ser comparado em elegância e beleza a esse que lhe ficava agora em frente. Depois, que cadeia misteriosa de simpatia a ia prendendo àquele estranho, simples viajante que via hoje, para, sem dúvida, nunca mais tornar a vê-lo?

Quem sabe se a meiguice e bondade que lhe dispensava Cirino não eram a causa única desse sentimento novo, desconhecido, que de chofre[16] nascia em seu peito, como depois da chuva brota a florzinha do campo?

A muito obriga a gratidão.

Rápidos correram esses pensamentos pela mente de Inocência, ao passo que as suas pupilas se iam erguendo até se fixarem em Cirino, límpidas, grandes, abertas, como que dando-lhe entrada para ele ler claro o que se lhe passava em sua alma.

– Sinto-me tão bem – disse ela com metal de voz muito suave – tão leve de corpo, que parece nunca mais hei de ficar mofina.

– Não, não, decerto! – exclamou Cirino – nunca mais. Além disso, aqui estou e...

Com a sua chegada, interrompeu Maria Conga, a velha negra, aquele começo de diálogo. Vinha da fonte com volumosa trouxa de roupa que entrou a estender em compridos bambus, assentes horizontalmente sobre forquilhas fincadas no chão.

Despedindo-se então Cirino de Inocência:

– Agora – lhe disse ele risonho e pegando-lhe a mão – sossegue um pouco; depois tome um caldo e... queira-me bem.

– Gentes! Por que lhe não *havera* de querer? – perguntou ela com ingenuidade. – Mecê nunca me fez mal...

– Eu – retrucou Cirino com fogo – fazer-lhe mal? Antes morrer... Sim...dona... da minha alma, eu...

E, sem concluir, disse repentinamente:

– Adeus!

Depois, com passo lento, foi se retirando e passou diante da janela junto à qual ficara Inocência sentada.

– Olhe! – recomendou ele recostando-se ao peitoril – cuidado com o sereno...

– Nhor, sim…
– Não beba leite…
– Mecê já disse.
– Coma só carne de sol…
– Já sei…
– Então, adeus… adeus, menina bonita!

E, a custo, despegou-se daquele lugar, onde quisera ficar, até que de velhice lhe fraqueassem as pernas.

## XV
# Histórias de Meyer

*Grande felicidade é ter um filho prudente e instruído; mas, quanto a filhas, é para todo o pai carga bem pesada.*

MENANDRO, *Os Primos.*

COM A TARDE VOLTARAM Meyer, José Pinho e Pereira e, pouco depois deles, três avelhentados[1] escravos; estes dos trabalhos agrícolas, aqueles de grandes excursões entomológicas[2].

Vinha o mineiro meio risonho e em altos gritos acordou Cirino, que, deitando-se a dormir, sonhara todo o tempo com a graciosa doente.

– Olá, amigo! olá, doutor! – chamou Pereira com voz retumbante – isso é que é vida, hem? Enquanto nós trabalhamos, eu e o *Mochu* do José, você está nessa cama de veludo!...

– É verdade – concordou o moço – apenas os senhores se foram, estendi as pernas e até agora enfiei um sono só...

– E o remédio da menina? – perguntou Pereira abaixando a voz.

– Ora, senhor, e eu que me esqueci!... Não faz mal... se ela não teve febre... Ah! espere... agora me lembro!... Eu lho dei... estou ainda tonto de sono.

Riu-se Pereira.

– Estes doutores matam a gente, como se fosse cachorro sem dono... Num momento, lhes passa da cachola se deram ou não mezinhas e venenos a cristãos...

Vendo que Meyer saíra da sala, mudou repentinamente de tom, prosseguindo em voz baixa e muito rapidamente:

– Então, sabe que o tal *alamão* levou todo o dia só querendo puxar conversa sobre a menina?

– Deveras?

– É o que lhe digo... E... eu com as mãos atadas por aquele oferecimento de levá-lo a comer lá dentro!... Nada, nem que desconfie e se arrenegue dos meus modos... não me pisa em quarto de família... Deus te livre!...

Com efeito, à hora da ceia, Meyer manifestou surpresa de comer na mesma sala; não que tivesse motivos para desejar outro qualquer local; mas, metódico como era, gravara na mente a promessa de Pereira e, por delicadeza, supunha dever lembrar-lha.

As desculpas que o mineiro apresentou foram arranjadas de momento e ajudadas vitoriosamente por Cirino, carregando este com a responsabilidade de haver recomendado à enferma muito sossego, quase completa solidão.

De modo muito expansivo se manifestou também o reconhecimento de Pereira.

– Estou conhecendo – disse ele em aparte e apertando a mão de Cirino – que o doutor é homem sério e com quem se pode contar... Deixe estar... o Manecão há de ser amigo seu... Isso há de sê-lo... Pessoas de bem devem conhecer-se e estimar-se... Ora, veja o tal *cujo*... que temível, hem?... Não faz mal, há de ter o pago.

Se Pereira se mostrava contrariado e inquieto, muito pelo contrário, parecia o naturalista nadar em mar de rosas.

– Senhor doutor – declarou ele a Cirino à mesa da ceia – por muitos motivos estou em extremo contente com a minha estada aqui... Hoje achei mais bichinhos curiosos do que em todas as zonas por que tenho andado.

– Vosmecê nem imagina – interrompeu Pereira dirigindo-se para Cirino – o que faz este senhor quando está dentro do mato. Ainda há de quebrar o pescoço nalgum barranco a que se atire, pois caminha sempre com as ventas para o ar... Não sei como não tem ambos os olhos furados... não repara em galhos nem em nada... só o que quer é agarrar *anicetos*... Já o avisei umas poucas de vezes; agora, sua alma, sua palma...

Judiciosas eram as advertências do mineiro e bem cabidas; tanto assim que numa das tardes seguintes voltou Meyer todo arranhado e com um gilvaz[3] tão grande, que imediatamente deu nas vistas de Cirino.

– Que foi isso, senhor Meyer? – perguntou ele com admiração. – O senhor andou por aí afora aos trambolhões com alguma onça?

– Oh! não é nada – respondeu fleumaticamente o alemão.

– E a sua roupa vem suja de barro... toda rota...

Desatou Pereira a rir.

– Isto são histórias deste homem... Bem lhe dizia eu que mais dias menos dias isso havia de acontecer. Meu amigo não sabe do ditado:...Fia-te na Virgem e não corras, verás o tombo que levas!... Também foi um dia em que me ri a mais não poder. Tomei um fartão... Imagine vosmecê que o tal senhor Meyer, como já lhe contei, anda pulando dentro da mata como se fosse veado mateiro... O José Pinho, que é mitrado, vai sempre pela estrada limpa...

– Preguiçoso – atalhou Meyer a modo de observação.

– Juízo tem ele – prosseguiu o mineiro –; mas, como ia dizendo, cá o senhor com seus arrancos e saltos parece anta disparada. Em aparecendo bichinho voador, zás-trás que darás, lá vai ele logo sem olhar para os paus, podendo pisar em cobras e espinhos, com aquela rede na mão, e tanto faz que engalfinha sempre algum animalejo... Hoje fui para a roça, e o homem furou o mato, enquanto José buscou uma sombrinha e entrou logo a roncar como um perdido...

– Eu, não senhor – protestou José Pinho, que queria ouvir a história.

– *Vóce* sim – corroborou Meyer com severidade – preguiçoso!... Ande... dê cá a pita.

– Pois bem – continuou Pereira – daí a duas horas voltou *Mochu* neste estado pouco mais ou menos; mas trazia uma caixa cheia de bichos do mato...

– Ah! – perguntou Cirino – e são bonitos?

– Não há mais nada – suspirou Meyer com tom dolente[4] – o trabalho ficou perdido!... Eu tinha apanhado cinco espécies novas... Uma queda...

– Deixe-me contar o caso – atalhou Pereira. – Oh! eu ri-me... ri-me.

E, para confirmar a asserção[5], pôs-se novamente a dar gargalhadas, que foram acompanhadas por José Pinho e até por Meyer, da parte deste com menos expansão contudo.

– Apareceu-me o *Mochu* muito contente com a sua caixa, como se tivesse o rei na barriga. Era uma *imundície* de besouros, cascudos e cigarras, que o senhor nem pode imaginar... Havia de tudo. Depois, quando voltávamos da roça, enxergou ele num pau podre um *aniceto* vermelho e foi correndo a apanhá-lo. Eu bradei-lhe: "Olhe, que aí tem barranco; a árvore é podre e oca, e vosmecê rola pelo despenhadeiro, que nem a sua alma se salva". Qual! O homem é teimoso, como um cargueiro empacador... Eu gritava-lhe: "Tome tento, *Mochu*!" Sem atender a nada, começou a caminhar em cima da cipoada que cobria a boca de um *percipício*, fundo como tudo neste mundo... Quando ia botar a mão no tal bicho encarnado, encostou-se ao pau e… zás!… afundou-se, dando um grito esganiçado que parecia de cotia. Mal teve tempo de agarrar-se aos cipós e lá ficou entre a vida e a morte, chamando "*Juque, Juque*!…" Eu, quando vi isso, mandei a toda pressa buscar à roça uma vara comprida e, se ela não chega logo, o senhor Meyer e toda a sua bicharada rolavam de uma vez por aqueles fundões.

– Não – retificou o alemão – bicho rolou; caixa abriu e tudo lá se foi no fundão…

– Pois bem, o *Mochu* segurou-se com unhas e dentes ao pau e nós puxamos devagarinho, devagarinho, com um medo, um medo!… Maria Santíssima!…

Fazendo breve pausa:

– O mais engraçado ainda não chegou – avisou o mineiro, – Ah! vosmecê vai tomar uma boa data[I] de riso. Quando o *Mochu* ganhou pé em terra, pôs-se a pular como um cabrito doido, por aqui, por acolá, pulo e mais pulo, e gritando como se o estivessem esfolando… Estava… ah! meu Deus!… estava cheio de formigas *novatas*![II]

– Sim – exclamou Meyer com desespero – formiga de pau podre!… *Mein Gott*…[6] Eu rasgo a roupa… eu pulo… eu gemo… fico nu, como quando minha mãe me botou no mundo!… Horrível!… Formiga do diabo!… Faz calombo em todo o meu corpo!… Muita dor!…

Com reiteradas e estrondosas gargalhadas acolheram Pereira, Cirino e José Pinho essas enérgicas imprecações[7].

– Pudesse – observou o mineiro – isso curá-lo da mania de não ouvir os outros que conhecem as coisas.

I. Porção, quantidade.

II. A dentada dessas formigas é em extremo dolorosa. Provém o seu nome de que "novatos" são aqueles que se deixam morder por elas.

E, voltando-se para Cirino:

– Verdade é que o corpo dele... Que corpo, senhor doutor, tão *arvo*!... ficou todo empolado que foi preciso esfregá-lo com folhas de fumo. Depois, tomou um banho no ribeirão...

– Tudo estava muito bom – observou Meyer – se caixa não abre e atira no buraco meu trabalho...

– Ora, ficará para amanhã – consolou filosoficamente o camarada.

Pereira, acalmado o frouxo de riso, aproximara-se de Cirino e lhe falava a meia voz:

– Ah! doutor, tive uma vontade de deixar este *alamão* sumir-se no socavão!...[8] Se não fosse meu hóspede, enfim, e recomendado de meu mano, palavra de honra pinchava-o de uma vez no inferno... Não sou nenhum *pinoia*...[III]

– Mas por quê? – indagou Cirino simulando admiração...

– O senhor ainda pergunta?... Porque o homem não me faz senão falar em *Nocência*... Outra vez, disse-me que ela era muito bonita e mil bobagens... perguntou se estava casada, se não; que era preciso casar as mulheres para bem delas... Eu lá sei o que mais?... Isso é um bruto perdido... um namorador!...

– Qual, senhor Pereira!...

– É o que lhe digo!... Por acaso sou cobra de duas cabeças[IV] que não veja?!... Ah! que peso! uma filha!... Ah!... E, então, uma menina que já está apalavrada... Isto é uma *anarquia*![V] Que diria meu genro, o Manecão?...

III. Homem fraco.

IV. É crença popular que umas cobrinhas que vivem dentro da terra fofa têm duas cabeças e não têm olhos.

V. Desmoralização.

– Não poderá dizer nada – retrucou o moço. – E, que diga, não faltará quem queira sua filha...

– Louvado Deus, não, decerto! Eu é que não quero que ela ande de mão em mão... Ou casa com o Doca, ou...

– Ou... o quê? – perguntou Cirino com inquietação, mas fingindo pouca curiosidade.

– Ou mato a quem lhe vier transtornar a cabeça... Comigo ninguém há de tirar farofa!... E não hei de ter mil cuidados, quando vejo este *estranja* estar com suas macaquices a dar no fraco das mulheres?

– Por ora, nada fez ele...

– Por ora... só leva a falar na pobre menina, que a senhora Sant'Ana guarde de todo o mal!... Pudesse eu adivinhar e, macacos me mordam, se punha os olhos em cima de *Nocência*. Nem que viesse com cartas e ordens do senhor Dom Pedro II... Chamei o José Pinho – prosseguiu ele em voz baixa – e dei-lhe uns toques.

– Então – disse-lhe eu –, seu amo é o diabo com mulheres, hem? – Ele, que é muito ladino[VI], respondeu-me logo: "Nhor, não". Assuntei a embromação[VII]:

– Qual, você, carioca, tem levado areia nos olhos.

– Eu?... não é capaz.

– Então você não tem visto o que faz seu amo?

– Tem sido um santo – retrucou o espertalhão. – No Rio, sim.

– Na corte?

– Nhor, sim; na corte. Ia todas as noites a uma casa de bebidas, assim uma espécie de venda de muito luxo e lá estava horas perdidas petiscando e conversando com senho-

VI. Qualificativo muito usado em todo o interior do Brasil.

VII. A mentira, o engano.

ras de vida alegre, muito bonitas, *bem limpas*... algumas com o pescoço e os braços todos à mostra...

– Contou-lhe isso? – atalhou Cirino com alguma dúvida e sobressalto.

– Contou – afirmou Pereira com furor. – Vejam só que homem, hem? É um mequetrefe!...[9] Esta noite e de ora em diante, venho dormir nesta sala a ver se ele se mexe da cama. Ah! se eu pudesse!... caia-lhe de cala-boca[VIII] em cima, que lhe deixava as costelas em lascas.

Acabavam as imprudentes histórias de José Pinho de pôr a última pedra ao edifício da desconfiança que tão depressa erigira a imaginação de Pereira em desconceito de Meyer. O que nelas havia de verdade, eram apenas algumas horas de lazer, consagradas, durante a estada no Rio de Janeiro, pelo naturalista ao consumo de grandes copázios de cerveja no café *Cidade de Coblenz*, e nas quais entretivera risonhos, bem que inocentes colóquios com pessoas do sexo amável, frequentadoras daquele estabelecimento e de costumes não lá muito rigorosos.

VIII. Em Minas assim chamam um cacete curto e grosso.

## XVI
# O Empalamado[1]

*Ao homem não faltam importunações. Quanto à vossa capacidade, bem a conhecemos.*

Molière, *O Médico à Força.*

Conforme o prometido, trouxe Pereira a rede para a sala dos hóspedes e, encetando um modo de vigilância muito especial, ainda que perfeitamente inútil em relação à pessoa suspeitada, associou os sonoros roncos do valente peito à ruidosa respiração de Meyer.

Se, contudo, não tivessem seus olhos a venda da confiança ou, melhor, se o sono não os acometesse sempre com tamanha imposição, decerto em breve houvera estranhado a cruel agitação em que vivia Cirino e que este não podia mais encobrir.

Na verdade, o seu modo de passar as noites era de fazer nascer suspeitas no espírito mais indiferente e desprevenido. Ou se revolvia na cama, dando mal abafados suspiros, ou então saía para o terreiro, onde se punha a passear e a fumar cigarros de palha uns após outros, até que os galos, alcandorados na cumeeira da casa e nas árvores mais próximas, anunciassem as primeiras barras do dia.

Desabrida paixão enchia o peito daquele infeliz; dessas paixões repentinas, explosivas, irresistíveis, que se apoderam de uma alma, a enleiam por toda a parte, a prendem com mil braços e a sufocam como as serpentes de Minerva[2] a Laocoonte[3]. Conhecedor, como era, dos hábitos do sertão, do jugo absoluto dos preconceitos, do respeito fatal à palavra dada, antevia tantas dificuldades, tamanhos obstáculos diante de si, que, se de um lado desanimava, do outro mais sentia revoltado o nascente e já tão violento afeto.

– Deus me ajudará – pensava consigo mesmo –; o que só quero é a amizade de Inocência... Há dias que não a vejo... se não puder mais vê-la... dou cabo da vida...

Sublevava-se o seu coração, girava-lhe o sangue com vertiginosa rapidez nas veias e vinha toldar-lhe a vista, trazendo ondas de rubro calor ao descorado rosto.

– Nossa Senhora da Abadia – implorava ele puxando os cabelos com desespero – valei-me neste apuro em que me acho! Dai-me pelo menos esperanças de que aquela menina poderá um dia querer-me bem... Nada mais desejo... Possa o fogo que me consome abrasar também o seu peito...

Costumava a fervorosa prece dirigida à santa da especial devoção de toda a província de Goiás acalmar um pouco o mancebo, que alquebrado[4] de forças pegava no sono para, instantes depois, acordar sobressaltado e cada vez mais abatido.

Também estava sempre de pé, quando Pereira costumava saltar da rede.

– Oh! – observou ele da primeira vez – isto é que se chama madrugar.

– Pois é contra o meu costume – replicou Cirino – todas estas noites tenho passado mal...

– Na verdade vosmecê não está com boa cara...

– Creio que me entraram no corpo as maleitas.

– Essa é que é boa! Então o doutor foi *emprestar*[1] da doente a moléstia?... Olhe, é preciso pôr-se forte, porque hoje mesmo há de lhe chegar uma boa *máquina*[5] de doentes...

– Melhor...

– Já está tudo espalhado por aí da sua chegada, e a romaria não há de tardar.

– Cá a espero...

– Naturalmente virá primeiro o Coelho... É boa ocasião de pagar a sua dívida... Não tenha receio de puxar mais no preço...

– Daqui mesmo pretendo despachar um próprio[6] para me ver livre dessa obrigação...

– Isso mostra que o senhor é pessoa de brio... Não é como certa gente que conheço...

Ao dizer estas palavras, voltara-se Pereira para Meyer a contemplá-lo atentamente.

Estava, na verdade, o alemão digno de exame, posto ainda de parte outro qualquer motivo que não o de simples curiosidade.

Dormia com as pernas e braços abertos e caídos para fora do estreito leito das canastras; tinha o queixo muito levantado pela posição incômoda da cabeça, deixando a boca meio aberta ver uma fieira de excelentes dentes.

1. Emprestar de alguém, por tomar emprestado ou pedir emprestado, é locução muito corrente em todo o sertão de São Paulo, Minas Gerais e Mato Grosso. É legítimo galicismo, que corresponde exatamente ao verbo *emprunter*.

Recordo-me da admiração com que ouvi uma pessoa da vila de Miranda, aliás de alguma leitura, dizer-me: – Venho ter com o senhor para lhe *emprestar* 20$000. – Mas não preciso – retorqui-lhe. – Não; quem precisa sou eu. Eu empresto do senhor. – Ah! O senhor vem pedir-me emprestados 20$000, não é? – Pois foi o que eu lhe disse desde o princípio. – Não querendo encetar uma discussão filológica, saquei do bolso o dinheiro pedido, o qual, para fazer justiça a quem *emprestava*, foi pontualmente pago no prazo prometido.

– Está roncando, hem? – murmurou o mineiro. – Cavouqueiro...[7] a mim você não engana... mas é o mesmo!

Iam as prevenções de Pereira tomando proporções de ideia fixa, e Meyer, na simplicidade da ignorância, como que de propósito ministrava elementos para que elas mais e mais se fossem arraigando[8].

Assim, ao almoço, lembrou-se de perguntar entre duas enormes colheradas de feijão:

– E sua filha, senhor Pereira? Como vai? É melhor?

– É melhor o quê, *Mochu*? – exclamou o pai com modo esquivo.

– A saúde dela é melhor?

– Está melhor; está, está – respondeu Pereira muito secamente. – Está boa... vai fazer uma viagem...

– Viagem; para onde?... Até a vila?

– Homem, *Mochu* – observou o mineiro um tanto desabrido – vosmecê está que nem mulher velha, tudo quer saber...

Meyer, nessa repreensão, que lhe causou vexame e alguma admiração, só enxergou censura justa à sua curiosidade, falta que confessou com toda a nobreza, bem que agravando a situação.

– É verdade, senhor Pereira – concordou ele. – A boa educação não manda o que eu fiz... mereço, porém, desculpa, mereço... Sua filha é tão interessante... que me lembro sempre dela... Tenho comigo uns presentezinhos...

– Guarde-os – rosnou Pereira, abafando a reflexão num acesso de tosse.

E, para evitar o prosseguimento de semelhante assunto, deu por finda a refeição, levantando-se da mesa.

– Aí vem o Coelho, doutor – exclamou ele, olhando para fora. – Chi! como está amarelo!... Há tempos que o não via... já parece alma do outro mundo... É o tal em quem falamos... Aperte-o, porque é mofino como tudo...

E, interpelando a quem chegava gritou:

– Bons olhos o vejam!... Se não fosse, amigo senhor Coelho, ter médico em casa, nunca *havera* de vê-lo por cá; não é verdade?

– Ora – respondeu o outro com um gemido – ando sempre tão doente. Nem faz gosto viver assim... Mas que é dele, o homem?

– Está aqui...

– Já me disseram que faz milagres. Deixou nome para lá das Parnaíbas... Sabia?

– Lá que tivesse deixado nome, não: mas que é cirurgião de patente, tenho certeza, porque, num abrir e fechar de olhos, me pôs de pé uma pessoa cá de casa.

– Se ele me curar... não sei mesmo como lhe agradecer.

– É pagar-lhe – concluiu Pereira, tratando logo de advogar os interesses do hóspede.

– Sim, hei de... pagar-lhe – confirmou o outro com alguma hesitação.

– Em todo caso, desça do animal.

Pouco depois, entrava na sala e cumprimentava a Cirino e a Meyer a pessoa a quem o mineiro chamara Coelho. Era homem já de idade, muito mais quebrantado[9] por enfermidades que pelos anos; tinha a testa enrugada, as bochechas meio inchadas e balofas, os lábios quase brancos e os olhos empapuçados.

– Qual dos senhores é o doutor? – perguntou ele.

– Sou eu – respondeu Cirino, revestindo-se de convicto ar de importância, enquanto Meyer apontava para ele, cedendo direitos que talvez pudesse contestar.

Interveio Pereira com amabilidade:

– Sente-se, senhor Coelho, sente-se. Não se ponha logo a falar de moléstias... Isto não vai de afogadilho... Descanse um pouco... Olhe, já almoçou?

– O pouco que como – retrucou o outro – já está comido.

– Pois bem, ponha-se primeiro a gosto; depois, então, converse com o doutor... Diga-me: que há de novo pela vila?

– Que eu saiba, nada... Também há mais de ano que de lá nenhuma notícia tenho... Já não se me dá do que vai pelo mundo... Quem não goza saúde, perde o gosto de tudo... É mesmo uma calamidade...

Enquanto Coelho, em toada monótona, desfiava outras queixas no mesmo sentido, tirara Cirino da canastra o seu Chernoviz e algumas ervas secas que depôs em cima da mesa.

– O senhor – declarou ele voltando-se para o doente – está empalamado...

– É verdade, senhor doutor.

– Eu, que não sou *físico*[10] – observou Pereira – diria logo isso...

– Chi, compadre! – atalhou Coelho com impaciência e pedindo silêncio.

– O senhor – continuou Cirino com entono[11] – teve maleitas muitos anos áfios[II]; depois, começou a sentir fastio e o estômago embrulhado; inchou todo e em seguida desinchou... Aos poucos, foi perdendo a *sustância* e o talento[III].

– Tal qual! – murmurou Coelho, seguindo com cautelosa atenção a marcha do diagnóstico.

– Agora, o senhor não pode comer que não sinta afrontação, não é?

– Muita, senhor doutor.

– Este homem – disse Pereira para Meyer – leu bastante nos livros...

II. Emprega-se, às vezes, no sertão em lugar de "a fio".

III. Como já dissemos, "talento" é empregado como sinônimo de força física, robustez.

– Veio-lhe depois uma canseira, e, quando o senhor anda, dão-lhe uns suores e tremuras por todo o corpo... O baço está ingurgitado[12] e o fígado também... De noite fica o senhor sem poder tomar respiração, mais sentado que deitado... Às vezes tosse muito, uma tosse sem escarrar, como quem tem um pigarro seco...

– Tal qual! – repetiu o enfermo com unção e quase entusiasmo.

– Pois bem – terminou Cirino – como já lhe disse, o senhor está empalamado.

– E não há cura? – perguntou Coelho meio duvidoso.

– Há, mas o remédio é forte.

– Contanto que faça bem...

– Muita gente – replicou Cirino – tenho já curado em estado pior que o senhor mas, repito, o remédio é violento...

– Tomarei tudo – afirmou Coelho. – Há anos que faço um horror de mezinhas e de nenhuma delas tiro proveito. Vamos ver.

Cirino neste ponto mudou o tom de voz e olhando para Pereira:

– O senhor sabe – observou ele – que o meu modo de vida é este...

Com um movimento de cabeça aplaudiu o mineiro aquela entrada em matéria.

O mesmo não pensou Coelho, que tartamudeou[13]:

– Ah!... Estou pronto... Sou pobre, muito pobre...

Pereira piscou um olho com malícia.

– Costumo – continuou Cirino – receber o pagamento em duas *ametades*...

Depois acrescentou, um tanto vexado:

– Se falo nisto agora com esta pressa, é porque também tenho precisão urgente de dinheiro... Não acha, senhor Meyer?

– Pois não, pois não – concordou o alemão. – Tem todo o direito.

– Meu amigo – corroborou Pereira – o doutor não trabalha para o bispo; tem que ganhar honradamente a vida.

– Então, como lhe dizia – prosseguiu o outro dirigindo-se para Coelho – o senhor pagar-me-á no princípio da aplicação e no fim. Assim, não há enganos... Serve-lhe?

– Que remédio! – suspirou Coelho. – Eu lhe darei... até trinta mil-réis... ou... quarenta...

– Qual! – retorquiu Cirino. – O meu preço é um só.

– E a quanto monta?

– A cem mil-réis[IV].

– Cem *mim* réis! – exclamou Coelho aterrado[14].

– Cinquenta no princípio, cinquenta no fim.

Gemeu o doente lá consigo.

– Ora o que é isto para você, compadre? – interveio Pereira. – Um atilho de milho para quem tem tulhas cheias a valer!...[V]

– Nem tanto, nem tanto assim – objetou Coelho.

– Deixe-se de histórias – continuou Pereira. – Se vosmecê não tivesse bons patacos, eu diria logo ao nosso amigo: "Olhe que este é dos nossos, não tem onde cair morto" e ele o *havera* de curar de graça... não é?

– Decerto, decerto – declarou Cirino com muita prontidão.

– Mas com vosmecê o caso é *defronte*![VI] Doutra maneira, por que razão havia um cirurgião de andar por estes socavões? Também quer *bichar* um pouco... É muito justo...

IV. É o preço por que um curandeiro queria curar um empalamado, por cuja fazendola passamos em julho de 1867, nesse mesmo sertão de Sant'Ana.

V. Corresponde ao dito popular no Rio Grande do Sul: "que é um boi para quem tem uma estância?"

VI. Diferente.

– Cinquenta... mil... réis – balbuciava Coelho – assim de pancada...

– Se o médico o cura – disse Meyer intrometendo-se – é negócio da China.

Nada dizia Cirino por dignidade própria. Estava folheando o Chernoviz, cujas páginas mostravam contínuo manusear, algumas até enriquecidas de notas e observações à margem.

Assim no artigo *opilação ou hipoemia intertropical* havia ele escrito ao lado: "É o que se chama no sertão *moléstia de empalamado*". E, no fim, abrira grande chave para encerrar esta ousada e peremptória sentença: "Todos estes remédios de nada servem. Sei de um muito violento, mas seguro. Foi-me, há anos, ensinado por Matias Pedroso, curandeiro da vila do Prata, no sertão da Farinha Podre, velho de muita prática e que conhecia todas as raízes e ervas do campo".

– Pois bem – disse Coelho depois de grande hesitação – está o negócio fechado. Mas, olhe que entrará no pagamento o preço das mezinhas, e as visitas hão de ser feitas em minha casa...

– Não há dúvida – concordou Cirino –; irei à sua fazenda todos os dias... Não é longe daqui?

– Nhor, não... duas léguas pequenas, pela estrada.

– Bem. O senhor, em voltando a casa, meta-se logo na cama.

Coelho fez sinal que sim.

– Amanhã – continuou o moço – deve tomar estes pós que lhe estou mostrando. Divida isto em duas porções; há de fazer-lhe muito efeito; depois descanse dois ou três dias, se acaso se sentir muito fraco; em seguida...

E, parando de repente, encarou Coelho alguns instantes:

– O senhor quer mesmo curar-se?

– Oh! se quero!

– E tem confiança em mim?

– Abaixo de Deus, só mecê pode salvar-me.

– Então, tomará às cegas o que eu lhe receitar?

– Até carvão em brasa.

– Olhe bem o que diz... Não gosto de começar a tratar para depois parar...

– Não tenha esse medo comigo... Viver como vivo, antes morrer...

– Então – continuou Cirino com pausa – acabados os dias de sossego, há de o senhor engolir uma boa *data* de leite de Jaracatiá[15].

– Jaracatiá?! – exclamaram com assombro o doente e Pereira.

– *Jarracatiá*?! – gaguejou por seu turno Meyer, arregalando os olhos. – Que é *jarracatiá*?

– Mas isso vai queimar as tripas do homem – observou o mineiro.

Cirino replicou um tanto ofendido:

– Não sou nenhum criançola, senhor Pereira. Sei bem o que estou dizendo. Este remédio é segredo meu, muito forte, muito daninho; mas não é nem uma, nem duas vezes, que com ele tenho curado empalamados. A coisa está no modo de dar o leite e na quantidade; por isso, é que não faço mistério, avisando contudo que com uma porçãozinha mais do que o preciso, o doente está na cova...

– Salta! – atalhou Pereira – tal mezinha não quero eu... antes ficar empalamado.

– Que é *jarracatiá?* – tornou a perguntar Meyer.

Coelho abaixou a cabeça e parecia estar refletindo na resolução que havia de abraçar.

Depois, com voz melancólica:

– O dito, dito – declarou – aceito tudo o que vosmecê me der. Agora, quanto fizer está bem-feito... Como é que devo tomar o jaracatiá??

– Em tempo lhe direi – replicou Cirino. – Fazem-se três cortes no pé da árvore e deixa-se correr o primeiro leite; eu mesmo hei de recolher o que for bom. Tenha toda a confiança em que o senhor ficará são... Bem sabe, ninguém em negócio de doença, mais do que em outro qualquer, pode nunca dizer: isto há de ser assim ou assado... Todos estamos nas mãos de Deus. Só Ele pode saber se a moléstia nos sairá do corpo ou nos há de atirar à sepultura. Todo o bom cristão conhece isto e deve conformar-se com a vontade divina... O que o médico faz é ajudar a natureza e dar a mão ao corpo, quando ele pode ainda levantar-se...

– Justo, justo! – apoiou Meyer, então todo empenhado em picar um formoso coleóptero[16].

– Assim também é que eu entendo – disse o mineiro.

– Mas, o que é *jarracatiá*, senhor Pereira? – insistiu o alemão.

Voltou-se o interpelado com impaciência:

– É uma árvore, senhor Meyer, árvore grande, de folhas cortadas, que dá umas espécies de mamõezinhos. Deitam leite muito grosso e queimam os beiços quando a gente não tem cuidado. É uma árvore, ouviu? Uma árvore![VII]

– Ah! – exclamou o alemão, concertando a garganta.

VII. A receita do leite de jaracatiá para a cura de hipoemia intertropical é verídica e causou-nos grande admiração, quando a ouvimos aconselhada por um médico do sertão.

Pareceu-nos tão absurda e violenta, que dissuadimos a pessoa que devia, conforme sua resolução, pô-la em prática daí a dias. Entretanto, um profissional abalizado, a quem contamos o caso, declarou-nos que fora de proveitosa aplicação naquela moléstia.

Nesta ocasião sacou Cirino da canastra outros remédios e passou-os a Coelho, dando-lhe minuciosas informações sobre o modo por que havia de usar deles.

– Tem muito enjoo, quando come? – perguntou o curandeiro.

– Muito, senhor doutor.

– Assim é, mas deixe estar; depois do leite de jaracatiá, volta-lhe a apetência. Nos primeiros tempos, o senhor só há de beber claras de ovos bem batidas. Depois, irá a pouco e pouco tomando mais alimento.

– Deus o ouça...

Levantou-se Pereira e, chegando-se à porta, anunciou:

– Aí vem gente... Estou ouvindo passos de animal montado... Sem dúvida é algum pobre *engorovinhado*[17] de doença. Isto de moléstias, não faltam no mundo. Também há tanta maldade, que não pudera ser por menos.

Depois de ligeira pausa, acrescentou em tom de surpresa e aborrecimento:

– Hi! meu Deus!... Nossa Senhora nos socorra... Sabem quem vem chegando?... É o Garcia; está com o mal![VIII] há mais de dois anos e não quer crer na desgraça... Pobre coitado, sem dúvida vem comprar o desengano... Tenho muita pena dessa gente... mas, deveras, não a quero ver em minha casa... Vamos, senhor doutor, despache o Garcia depressa. Com lázaros não se brinca. A Senhora Sant'Ana de tal nos livre! Nem olhar é bom.

E, Pereira, voltando-se para dentro, pediu apressadamente:

– Não deixe o homem desapear, doutor; ficava-me depois o desgosto de ter que lhe fazer alguma má-criação. Pelo amor de Deus, vá lá fora... Veja o que ele quer... e dê-lhe

VIII. Mal de São Lázaro [a lepra].

boas-tardes da nossa parte... Olhe, está chamando... Saia, doutor; saia!

Ouvia-se, com efeito, uma voz perguntar se estava em casa o senhor Pereira.

Este, vendo que Cirino não se apressava à medida dos seus desejos, ou temendo que o recém-chegado lhe entrasse na sala, sem demora apareceu à soleira da porta e, com manifesta sequidão, respondeu ao humilde cumprimento de chapéu e à meiga saudação que lhe era dirigida.

## XVII
# O Morfético

*O* Leproso – *Interesse? Ah! nunca inspirei senão compaixão...*

*O* Militar – *Quão feliz fora eu, se pudesse dar-vos algum consolo!...*

Xavier de Maistre, *O Leproso de Aosta.*

*Não devo ter sociedade senão comigo mesmo; nenhum amigo, senão Deus! Generoso estrangeiro, adeus, sê feliz. Adeus para sempre!*

*Idem.*

A pessoa que chegara, bem que tivesse descavalgado, não se adiantou ao encontro do dono da casa. Pelo contrário, como que recuou, conservando-se depois imóvel, encostado a um burrinho, cujas rédeas segurava.

De seu lugar, perguntou-lhe Pereira com expressão não muito prazenteira:

– Então, como vai, senhor Garcia?

– Como hei de ir – respondeu o interpelado. – Mal... ou, melhor, como sempre.

– Pois esteja na certeza de que muito sinto.

– Está aí o cirurgião? – indagou Garcia.

– Não tarda a vir vê-lo aqui fora... Olhe, é um instantezinho.

Palavras tão cruéis não pareceram fazer mossa[1] ao desgraçado.

– Esperá-lo-ei com toda a paciência – replicou melancólico.

– Já sei que volta hoje para casa – afirmou Pereira.

– Volto. Se a noite me pegar em caminho, ficarei no pouso das Perdizes.

– É verdade: lá há uma tapera. Mas o senhor não tem medo de almas do outro mundo? Dizem que o tal rancho velho é mal-assombrado.

– Eu? – exclamou o infeliz. – Só tenho medo de mim mesmo. Quisesse um defunto vir gracejar um pouco comigo, e de agradecido lhe beijava os dedos roídos dos bichos. Olhe, senhor Pereira – continuou com voz um tanto alta e agoniada – não levo a mal o senhor não me convidar para entrar em sua casa; não, no seu caso, havia de fazer o mesmo.

– Oh! Senhor Garcia! – quis protestar Pereira.

– Nada;... digo-lhe isto do coração... Na minha família, sempre tivemos nojo de lázaros... Sou o primeiro... O senhor nem imagina... Vivi muitos anos meio desconfiado... A ninguém contei o caso... De repente, arrebentou o *mal* fora. Já não era mais possível enganar nem a um cego... Ah! meu Deus, quanto tenho sofrido!...

– Permita Ele – interrompeu Pereira em tom compassivo – que este doutor tenha algum remédio... Bem vê... às vezes...

– Curar a morfeia?![2] – replicou Garcia com sorriso pungente de sarcasmo. – Não há esse *pintado*... que em tal pense...

– Então para que quer ver o médico?

– Só para uma coisa... Saber pelos livros que ele tem lido e pelo conhecimento das moléstias, se isto pega... É só o que quero... Porque então fujo de minha casa. Desapareço desta terra... e vou-me arrastando até tombar nalgum canto por aí... Dizem uns que pega... outros que não... que é só do sangue... Eu não sei...

E, abanando tristemente a cabeça, apoiou-se ao tosco selim.

Depois, ergueu os olhos para os céus, e exclamou:

– Cumpra-se tudo quanto Deus Nosso Senhor Jesus Cristo houver determinado!... Se o médico me desenganar, não quero que a minha gente fique toda... marcada... Irei para São Paulo...

Pereira cortou este doloroso diálogo:

– Está bem, patrício Garcia – disse – vou já mandar-lhe o homem... espere um pouco...

E, entrando, reiterou o pedido a Cirino, que se demorara a receitar a Coelho umas beberagens de *velame* e *pés-de-perdiz*, plantas muito abundantes naquelas paragens, de grandes virtudes diuréticas e que deveriam ser empregadas um mês depois da aplicação do leite de jaracatiá.

– Ande, doutor – instou[3] Pereira – vá lá fora ver o coitado do outro e despache-mo depressa. Estou todo *enfernizado* por vê-lo no meu terreiro.

Cirino saiu então e, caminhando com lentidão, parou a alguns passos do mal-aventurado Garcia, cujo rosto repentinamente se contraiu, enquanto tirava o chapéu com submissão e receio.

Vinha então a tarde descendo, e a luz do crepúsculo irradiava por toda a parte, tão melancólica e suave que, sem saber por que, a alma de Cirino de repente se confrangeu[4].

Com assombro o encarava o lázaro. Diante dele se erguera quem lhe ia apontar o caminho da eterna proscrição. Dos seus lábios ia cair a sentença última, irremediável, fatal!

Oh! quanta angústia no olhar daquele homem! Que pensamentos sinistros!? Quanta dor!

Também ficara ali atônito[5], boquiaberto, à espera que a palavra de Cirino lhe quebrasse o horroroso enleio.

– Então – disse este depois de breve pausa – que me quer o senhor?

– Doutor, balbuciou Garcia... primeiro que tudo quero... pagar-lhe;... trouxe algum... dinheiro... mas, talvez... seja... pouco.

Interrompeu-o Cirino:

– Não recebo dinheiro para tratar... da sua moléstia.

– Quer isto dizer – replicou com acabrunhamento Garcia – que ela não tem cura... Eu bem sabia, mas... é tão duro ouvir sempre isso!... Olhe, o meu mal é de pouco... está em princípio. Quem sabe... se o senhor não conhecerá alguma erva?...

– Infelizmente – respondeu Cirino – nem eu, nem ninguém conhece essa planta...

– Enfim!

E Garcia, fechando os olhos como que para concentrar as forças, continuou:

– Ah! doutor, eu sou um pobre homem... velho já e cansado... Por que não me veio a morte em lugar desta podridão que me está comendo as carnes?... Muito tempo a senti dentro de mim... Disfarcei, até ao dia em que minha neta... a filha do meu coração... a Jacinta... ela mesma, mostrou certo receio de me abraçar. Ah! senhor, quanto se sofre nesta vida!

E Garcia parou ofegante, empalidecendo muito.

– Dê-me água – exclamou ele – água... pelo amor de Deus!... Pudesse agora... ser o meu dia... A minha garganta... está que nem fogo!...

E agarrou-se aos arreios para não cair no chão.

Cirino correu a buscar água.

– Onde há de ser? – perguntou Pereira.

– Onde queira– respondeu o outro com pressa – veja que aquele cristão está sofrendo...

– Ah! leve a caneca de louça... Depois a quebraremos...

Com sofreguidão tomou o lázaro o vaso, bebeu de um trago e pareceu melhorar.

– Foi um vágado[6] – disse reassumindo aos poucos a calma. – Mas, como lhe contava, certeza tinha eu do mal. Agora, só quero saber uma coisa e vou-me de partida. Esse mal... pega, doutor?

– Pega – afirmou Cirino com tristeza.

– E que me resta fazer?

– Pedir à Senhora Sant'Ana paciência e a Nosso Senhor Jesus Cristo...

Garcia abanava a cabeça acabrunhado.

...que o proteja na sua vida de desgraças.

– Meu Deus – balbuciou o morfético a meia voz – dai-me forças... coragem para que eu faça o que devo fazer.

E, com súbita resolução:

– Cumpra-se a vontade do Altíssimo! – exclamou, enfim. – Doutor, obrigado! O pobre lázaro há de pedir ao Todo-Poderoso que neste mundo e no outro lhe pague as suas palavras de homem de letras... Adeus! Eu me vou para as terras de São Paulo... Talvez me junte à gente da minha espécie. Adeus...

E, a custo montando a cavalo, voltou-se para as pessoas que tinham de longe vindo assistir à consulta.

– Adeus – disse ele acenando com o chapéu – gente e patrícios. Senhor Pereira, senhor Coelho, mais senhores, adeus! Eu me boto de uma feita para lá das *Parnaíbas*...[1] Este sertão não me vê mais nunca!

1. Isto é, para lá do rio Parnaíba: *Para cá* ou *para lá das Parnaíbas* é frase muito usada no sertão em que corre aquele grande rio.

Acolheu o silêncio essas palavras de eterna despedida.

Garcia então, esporeando com o calcanhar o ventre da cavalgadura, a passo tomou rumo da estrada geral e sumiu-se numa das voltas do caminho, quando já vinha a noite estendendo o seu lúgubre manto.

## XVIII
# Idílio

*Mas, que luz é essa que ali aparece, naquela janela? A janela é o Oriente e Julieta o Sol. Sobe, belo astro, sobe e mata de inveja a pálida Lua.*

SHAKESPEARE, *Romeu e Julieta*, Ato II.

*Entretanto, desde algum tempo, sentia-se Virgínia agitada de mal desconhecido... Em sua fronte, não pousava mais a serenidade, nem o sorriso lhe pairava nos lábios... Pensa ela na noite, na solidão, e fogo devorador a abrasa toda.*

B. DE SAINT-PIERRE[1], *Paulo e Virgínia.*

SEM NOVIDADE DECORRERAM dias e dias, uns após outros; Cirino diagnosticando e curando ou, melhor, receitando; Meyer aumentando cada vez mais a sua bela coleção entomológica, sempre feitorizado por Pereira, que cautelosamente tratava de mantê-lo no suspeitoso círculo da sua apertada vigilância.

Confidente de todos os infundados e mal empregados receios era Cirino.

– O *alamão* – dizia o mineiro – não me deixa pôr pé em ramo verde, mas também trago-o vigiado que é um gosto... Se desconfiasse, teria medo até da sua sombra... Estou em brasas... Não sei por que não chega o Manecão Doca...

Quero arriar a carga no chão... Agora, mais do que nunca, devo casar *Nocência*... Estas mulheres botam sal na moleira de um homem. Salta! E ainda isto tudo não é nada.

– Então espera muito breve o Manecão? – perguntou o outro com ansiedade.

– Não pode tardar... por estes dois ou três dias quando muito... Vem de Uberaba e sem dúvida por lá arranjou todos os papéis... Dei a certidão do meu casamento... a do batismo da pequena... e adiantei dinheiro para as despesas... bem que ele refugasse[2] meio vexado.

– Então está tudo decidido? – perguntou Cirino com vivacidade.

– Boa dúvida!... Já lho tenho dito mais de uma vez. Hoje é coisa de pedra e cal... Se até trato o Manecão de filho... A honra desta casa é também honra dele.

– Mas sua filha?

– Que tem?

– Gosta dele?

– Ora se!... Um homenzarrão... desempenado. E, quando não gostasse, é vontade minha, e está acabado. Para felicidade dela e, como boa filha que é, não tinha que piar... Estou, porém, certíssimo de que o noivo lhe faz bater o coração... tomara ver o *cujo* chegado!

Já nesse tempo, como dissemos, Inocência de todo se restabelecera, bem que Cirino tivesse feito quanto possível render a enfermidade. Mas, quando o rubor da saúde voltou à acetinada cútis da sertaneja e o vigor ao esbelto corpo, não houve pretexto a que se apegar, e as entrevistas curtas e graves de médico foram cortadas, até mesmo para não desviar a atenção de Pereira da pessoa de Meyer.

Com o coração, pois, partido de dor, declarou que os seus cuidados e presença se tornavam completamente desnecessários.

Seguiram-se então semanas inteiras, sem que pudesse pôr os ansiosos olhos na formosa namorada, e por tal modo se exacerbou[3] a sua paixão que, para encobri-la e disfarçar a excitação nervosa, a falta de apetite e palidez externa, teve que recorrer a desculpas de moléstia; caiu realmente doente.

A incerteza em que se via, sem, pelo menos, saber se o seu afeto era ou não correspondido, dava-lhe acessos de violenta angústia, que a desoras[4] tocava as raias da exasperação[5].

Uma noite, em que havia luar embaciado[6] por ligeira bruma, tomou a sua aflição tal intensidade que ele decidiu fugir daquele local de sofrimentos e incertezas, logo na manhã seguinte.

Assente uma vez nesta resolução, ergueu-se do leito em que jazia prostrado pelo mais cruel desalento e, com algum custo, saiu para o terreiro, abrindo cautelosamente a porta da casa, a fim de não acordar os companheiros de quarto. Uma vez fora, sentou-se num tronco de madeiro e ali, ao ar fresco e acariciador da madrugada, entrou com mais tranquilidade a pensar no caso.

Seria uma hora depois de meia-noite.

Estavam os espaços como que iluminados por essa luz serena e fixa que irradia de um globo despolido; luz fosca, branda, sem intermitências no brilho, sem cintilações, e difundida igualmente por toda a atmosfera.

Haviam já os galos cantado uma vez, e, ao longe, muito ao longe, de vez em quando, se ouvia o clamor das anhumapocas[7].

Levantou-se de repente Cirino.

Depois de alguma vacilação, deu uma volta por toda a habitação, pulando os cercados, e tomou o rumo do frondoso laranjal, a cuja espessa sombra se abrigou por algum tempo.

Achegou-se, em seguida, à cerca dos fundos da casa e parou no meio do pátio, olhando com assombro para uma janela aberta.

Um vulto ali estava!... Era o dela; Inocência... Não havia duvidar.

A princípio, nenhum movimento fez; mas, depois, lentamente se foi retirando e aos poucos fechou o postigo.

Cirino deu um só pulo e de leve, muito de leve, bateu apressadas pancadas na tábua da janela.

– Inocência!... Inocência!... – chamou com voz sumida, mas ardente e cheia de súplica.

Ninguém lhe respondeu.

– Inocência – implorou o moço – olhe... abra... tenha pena de mim... Eu morro por sua causa...

Depois de breve tempo, que para Cirino pareceu um século, descerrou-se a medo a janela, e apareceu a moça toda assustada, sem saber por que razão ali estava nem explicar tudo aquilo.

Parecia-lhe um sonho.

Quis, entretanto, dar qualquer desculpa à situação e, fingindo-se admirada, perguntou muito baixinho e a balbuciar:

– Que vem... mecê... fazer aqui?... Eu... já... estou boa.

Da parte de fora, agarrou-lhe Cirino as mãos.

– Oh! – disse ele com fogo – doente estou eu agora... Sou eu que vou morrer... porque você me enfeitiçou, e não acho remédio para o meu mal.

– Eu... não – protestou Inocência.

– Sim... você que é uma mulher como nunca vi... Seus olhos me queimaram... Sinto fogo dentro de mim... Já não como... não vivo... O que só quero é vê-la... é amá-la... não conheço mais o que seja sono e, nesta semana, fiquei mais velho do que em muitos anos havia de ficar... E tudo, por quê, Inocência? Você bem sabe...

– Eu não sei, não – respondeu a pobrezinha com ingenuidade.

– Porque eu a amo... amo-a, e sofro como um louco... como um perdido...

– Ué – exclamou ela – pois amor é sofrimento?

– Amor é sofrimento, quando a gente não sabe se a sua paixão é aceita, quando se não vê quem se adora; amor é céu, quando se está como eu agora estou.

– E quando a gente está longe – perguntou ela – que se sente?...

– Sente-se uma dor, cá dentro, que parece que se vai morrer... Tudo causa desgosto; só se pensa na pessoa a quem se quer, a todas as horas do dia e da noite, no sono, na reza, quando se ora a Nossa Senhora, sempre ela, ela, ela!... o bem-amado... e...

– Oh! – interrompeu a sertaneja com singeleza – então eu amo...

– Você? – indagou Cirino sofregamente.

– Se é como... mecê diz...

– É... é... eu lhe juro!...

– Então... eu amo – confirmou Inocência.

– E a quem?... Diga: a quem?

Houve uma pausa, e a custo retrucou ela, ladeando a questão:

– A quem me ama.

– Ah! – exclamou o jovem – então é a mim... é a mim, com certeza, porque ninguém neste mundo, ninguém, ouviu? é capaz de amá-la como eu... Nem seu pai... nem sua mãe, se viva fosse... Deixe falar seu coração... Se quer ver-me fora deste mundo... diga que não sou eu, diga!...

– E como ia mecê morrer? – atalhou ela com receio.

– Não falta pau para me enforcar, nem água para me afogar.

– Deus nos livre! não fale nisso... Mas por que é que mecê gosta tanto de mim? Mecê não é meu parente, nem primo, longe que seja, nem conhecido sequer... Eu *lhe* vi apenas pouco tempo... e tanto se agradou de mim?

– E com você... não sucede o mesmo? – perguntou Cirino.

– Comigo?

– Sim, com você... Por que é que está acordada a estas horas? Por que é que não pode dormir?... que a cama lhe parece um braseiro, como a mim também parece?... Por que pensa em alguém a todo o instante? Entretanto, esse alguém não é primo seu, longe que seja, nem conhecido sequer?...

– É verdade – confessou Inocência com doce candura.

Depois quis emendar a mão:

– Mas quem lhe disse que vivo pensando em mecê?

– Inocência – implorou o moço – não queira negar, vejo que sou amado...

– Sempre amar! – observou ela, mais para si do que para quem a ouvia. – No ano que já passou e por ocasião da Senhora Sant'Ana[I], aqui vieram umas parentas minhas e caçoaram comigo, porque eu não as entendia; tanto assim que uma delas, a Nhã Tuca, me disse: "Deveras, mecê ainda não gostou de nenhum moço?" E eu respondi: "Não assunto[II] o que mecês estão a prosear". Aquilo era certo, e tão verdade como estar nosso Deus no paraíso... Hoje...

– E hoje?

– Hoje? – repetiu a moça. – Quem sabe se não era bem melhor não ter nunca gostado de ninguém?

– Isso não está na gente... É ordem lá de cima...

– Enfim, se for destino, que se cumpra.

Conservava-se Inocência ainda um pouco arredada da ja-

I. Por ocasião da festa.

II. Não percebo.

nela, de modo que Cirino, para lhe falar baixinho, tinha o corpo inclinado do lado de dentro. Segurava as mãos da namorada e puxava-a com doce violência, quando mostrava querer afastar-se.

Era o ardente colóquio dos dois cortado de frequentes pausas, durante as quais se embebiam recíprocos os olhares carregados de paixão.

– Deixa-me ver bem o teu rosto – dizia Cirino a Inocência. – Para mim, é muito mais belo que a Lua e tem mais brilho que o Sol.

E, apesar de alguma resistência, fraca embora, mas conscienciosa[8], que lhe foi oposta, conseguiu que a formosa rapariga se recostasse ao peitoril da janela.

– Amar – observou ela – deve ser coisa bem feia.

– Por quê?

– Porque estou aqui e sinto tanto fogo no rosto!... Cá dentro me diz um palpite que é pecado mortal que faço...

– Você tão pura! – contestou Cirino.

– Se alguém viesse agora e nos visse, eu morria de vergonha. Senhor Cirino, deixe-me... vá-se embora!... o senhor me atirou algum quebranto... aquela sua mezinha tinha alguma erva para *mim* tomar... e me virar o juízo...

– Não – atalhou o mancebo com força – eu lhe juro! Pela alma da minha mãe... o remédio não tinha nada!

– Então, por que fiquei... *ansim*, que me não conheço mais?... Se papai aparecesse... não tinha o direito de me matar?...

Foi-se-lhe a voz tornando cada vez mais baixa e sumiu-se num golfão de lágrimas.

Atirou-se Cirino de joelhos diante dela.

– Inocência – exclamou – pela salvação de minha alma lhe dou juramento: nada mau fiz par prender o seu coração… Se você me ama, é porque Deus assim mandou… Sou um rapaz de bons costumes… Até hoje nunca tinha amado mulher alguma… mas não sei como deixar de amar uma moça como você… Perdoe-me; se você sofre… eu também padeço muito… Perdoe-me…

Alçara[9] o mancebo um pouco a voz.

De repente Inocência estremeceu.

– Não ouviu ruído? – perguntou ela com terror.

– Não – respondeu Cirino.

– Alguém acordou lá dentro…

– Pois… então vá ver… o que é… Se não for nada, volte… Aqui a espero, escondido à sombra da parede…

Minutos depois, reapareceu a moça.

– Não vi nada – disse.

– Então foi abusão[10].

– É melhor que o senhor se vá embora.

– Não, Inocência, tenha pena de mim… Eu não poderei vê-la tão cedo e… preciso conversar… mesmo para arranjo da nossa vida… O Manecão não tarda…

– Ah! – exclamou ela com sobressalto – então mecê sabe…

– Sei; e desgraçadamente, breve está ele batendo aqui…

– Eu bem dizia que o senhor me *havera* de perder… Antes de o ter visto… casar com aquele homem, me agradava até… Era uma novidade… porque ele me disse que me levava para a vila… Mas agora esta ideia me mete horror! Por que é que mecê mexeu comigo? Sou uma pobre menina, que não tem mãe desde criancinha… Não há tanta moça nas cidades… nos povoados?… Por que veio bulir com o meu coração, que estava quietinho? Para que veio tirar o sono… a vontade de viver a quem era… tão alegre… que até hoje não pensou em maldade… e nunca fez dano a ninguém?

– E eu? – replicou com energia Cirino. – Pensa então que sou feliz?... Olhe bem uma coisa, Inocência, digo-lhe isto diante de Deus: ou hei de casar com você... ou dou cabo da vida... Quem arranjou tudo assim... foi o meu caiporismo... Se eu tivesse passado aqui antes daquele homem, que odeio, que quisera matar... nada impediria que eu fosse hoje o ente mais feliz do mundo!... Mais feliz aqui neste sertão, do que o imperador nos seus paços lá da corte do Rio de Janeiro! Eu já lhe disse... culpa não tive...

– Não há nada que nos possa salvar – atalhou a moça.

– Nada?... Talvez...

Soou nesse momento e repentinamente, do lado do laranjal, um assobio prolongado, agudíssimo, e uma pedra, arremessada por mão misteriosa e com muita força, sibilou nos ares e veio bater na parede com surda pancada, passando rente à cabeça de Cirino.

Deu Inocência abafado grito de terror e fechou rapidamente a janela, ao passo que o mancebo, esgueirando-se[11] com celeridade pela sombra, resoluto correu para o ponto donde presumia ter partido a pedra.

Não viu ninguém.

Por toda a parte, o ruído misterioso e peculiar a uma noite calma de verão.

Percorreu em todos os sentidos o pomar, e só ouviu a bulha[12] dos seus passos.

Afinal, de cansado, deixou o sítio e cautelosamente se dirigiu para o terreiro da frente.

Quando lá chegou, parou atônito.

O mesmo assobio, prolongado e finíssimo, desta feita talvez mais estridente, feriu-lhe os ouvidos.

## XIX
# Cálculos e Esperanças

*Apesar, porém, de jovem, apesar da violência do amor que a prendia a Julião, sabia ela conter os movimentos do seu coração e desconfiar de si mesma.*

WALTER SCOTT, *Peveril do Pico.*

LISA – *Contento que tenhas bastante resolução...*

LUCINDA – *Que queres que eu faça contra a autoridade de um pai? Se ele for inexorável aos meus pedidos?...*

MOLIÈRE, *O Amor Médico.*

DURANTE OS DIAS DE ESTADA nas terras de Pereira, as quais não tinham limites nem vizinhos senão dali a muitas léguas, aumentou Meyer a sua interessante coleção com extraordinária variedade de bichinhos e sobretudo borboletas.

Tal era a alegria de que se possuíra por esse fausto[1] motivo, que a cada momento a manifestava num tom de franqueza capaz de, por si só, convencer o mais descrente dos homens em questão de sinceridade.

– Senhor Pereira – dizia o naturalista – afianço-lhe que em parte alguma do Brasil estive ainda tão bem como em sua casa.

– Eu te entendo, maroto – rosnava o mineiro.

– Deveras!... Só o que sinto é que sua filha não nos aparecesse mais... Sinto muito, na verdade...

Sorriu-se Pereira com riso amarelo e replicou, apertando os punhos de raiva:

– *Mochu* sabe... isto são costumes cá da terra. As mulheres não são feitas para...

– Para quê? – perguntou Meyer, com pausa.

– Para prosearem com qualquer um...

– Que é *prosearem*?

– É conversar, dar de língua – explicou Cirino.

– Obrigado, doutor – retorquiu Meyer, agradecendo mais aquela indicação filológica que foi imediatamente enriquecer o seu caderno de notas. – *Prosear* é conversar. – Muito bem!... Pois é pena, senhor Pereira, porque sua filha é uma bonita senhora!

– Nesta arapuca não caio eu, seu tratante... Hei de toda a vida andar com olho em ti – murmurava o mineiro.

– É pena – confirmava Meyer duas e três vezes... – é pena...

Por certo não era esta a linguagem mais própria para desvanecer[2] as prevenções e receios de Pereira; ao invés, mais e mais recrescia a sua vigilância sobre Meyer, o que proporcionava ao verdadeiro culpado a liberdade de que carecia para tornar a ver o mal guardado tesouro.

Não foi todavia sem custo a nova conferência amorosa.

Ficara a pobre menina tão impressionada com o final da primeira entrevista, que, por alguns dias, mal saía do seu quarto.

Escrever-lhe Cirino, era de todo inútil, por isso que ela nunca aprendera a ler; e, depois, qual o meio de lhe fazer chegar às mãos qualquer papel ou recado?

Sobravam, portanto, razões para que o jovem se ralasse de impaciência e quase desesperasse da sorte.

Passava as noites em claro, metido no laranjal e procurando uma solução a tanta dificuldade; atordoavam-no ainda aqueles dois assobios que não podia explicar e sobretudo aquela pedrada tão bem dirigida, que por pouco talvez o houvesse estendido por terra.

Numa dessas noites de ansiedade, viu afinal reabrir-se a janela de Inocência.

A pobre-coitada, abrasada também de amor, queria respirar o ar da noite e beber na viração[3] do sertão um pouco de tranquilidade para sua alma não afeita ao tumultuar dos sentimentos que a agitavam e, quem sabe? verificar se por aí não andava rondando aquele que no seio lhe inoculara[4] tamanho desassossego, ímpetos tão desconhecidos e violentos, superiores a todas as suas tentativas de resistência.

Cirino, rápido como uma seta, rápido como aquela pedra arrojada tão vigorosamente, achou-se ao pé da janela e cobriu de beijos as mãos da sua amada.

– O grito? – balbuciou ela. – Dois gritos… e a pedrada… Que foi?

– Ah! não foi nada – respondeu apressadamente Cirino – fui ver no laranjal… era um macauã[I]. O que pareceu pedrada era um noitibó[II] que frechou para mim e veio dar com a cabeça na parede.

– Deveras? – perguntou ela incrédula.

– Deveras. A princípio, tomei também um grande susto. Depois, verifiquei que não passava de miragem. De noite, a gente em tudo vê maravilhas… Para mim, a única que vi era você, minha vida, meu anjo do céu…

I. Espécie de gavião.

II. Pássaro da noite.

Com este madrigal, encetou Cirino uma conversação como a da primeira noite, como a que balbuciam duas cândidas almas na eterna e sempre nova declaração de amor, desde que Adão e Eva a trocaram, à sombra das maravilhosas árvores do Éden.

Mostrou-se o moço receoso da rivalidade de Meyer. Riu-se ela e gracejou, com espírito e bondade, da figura do estrangeiro. Com toda a confiança, chegou a idear planos de risonho futuro:

– Agora, que sei o que é amar, direi a meu pai que já não quero o Manecão…

– E se ele insistir?

– Hei de chorar… chorar muito…

– Lágrimas, muitas vezes, de nada servem.

– Mas tenho cá comigo outro recurso…

– Qual é? – perguntou Cirino.

– Morrer!…

– Não!… Há outros… hei de dizer-lhe…

Tomou Inocência ar grave e meio ofendido.

– Escute, Cirino – observou ela – nestes dias tenho aprendido muita coisa. Andava neste mundo e dele não conhecia maldade alguma… A paixão que tenho por mecê foi como uma luz que faiscou cá dentro de mim. Agora começo a enxergar melhor… Ninguém me disse nada; mas parece que a minha alma acordou para me avisar do que é bom e do que é mau… Sei que devo ter medo de mecê, porque pode botar-me a perder… Não formo juízo como, mas a minha honra e a de toda a minha família estão nas suas mãos…

– Inocência – quis interromper Cirino.

– Deixe-me falar, deixe contar-lhe o que me enche o peito… Depois ficarei sossegada… Sou filha dos sertões; nunca li em livros, nem tive quem me ensinasse coisa alguma… Se eu o magoar, desculpe, será sem querer... Lembra-me que, há já um tempão, pararam aqui umas mulheres com uns homens e eu perguntei a papai por que é que ele não as mandava entrar cá para dentro, como é de costume com famílias... O pai me respondeu: "Não, *Nocência,* são mulheres perdidas, de vida alegre". Fiquei muito assombrada: "Mas, então, melhor, se são alegres hão de divertir-me." "Aquilo é gente airada, sem-vergonha", secundou ele. Tive tanto dó delas que mecê não imagina. Depois fui espiar... Hi! Diziam cada nome! Como se xingavam!... Bebiam cachaça... caíam tontas no chão... pitavam e cantavam muito alto, com modos tão feios, que me fizeram corar por elas! E são os homens que fazem ficar *ansim* as coitadas!... Antes morrer... Parece-me que Nossa Senhora há de ter pena dos que amam... mas desampara com certeza as que erram... Se não houver outro remédio, devemos lembrar-nos que as almas, quando se acaba tudo neste mundo, vão, pelos céus cheios de estrelas, passeando como num jardim... Se eu me finasse e mecê também, punha-se a minha alma a correr pelos ares, procurando a de mecê, procurando, procurando, e então nós dois, juntinhos íamos viajando ora para aqui, ora para ali, às vezes pelo Carreiro de São Tiago[III], às vezes baixando a este ermo, a ver onde é que botaram os nossos corpos... Não era tão bom?

Envolvida em sua pureza como num manto de bronze, entregava-se Inocência com exaltamento e sem reserva à força da paixão. E essa natureza pudica e delicada a tal ponto dominava a Cirino, que invencível acanhamento o prendia ante a débil donzela, alheia a todos os mistérios da existência.

Por isso, ao inflamado mancebo não acudia a ideia de saltar por aquela janela e menos a de praticar qualquer ação

III. Via Láctea.

desrespeitosa. Consumia o tempo em beijos nas mãos da namorada, em tagarelices de amor, protestos, juras e ilusões de futuro.

– Amanhã – dizia Cirino – hei de, com cuidado, assuntar a seu pai... falando no seu casamento... depois... hei de virar a conversa para mim...

– Papai – observou a menina – é muito bom... Mas tenho um medo dele!... Tem um gênio, meu Deus!...

– Quanto a mim... hei de falar bem claro e explícito... O que quero, é que você me seja constante.

Mas do sentimento de temor, que sobressaltava Inocência, também participava Cirino. Por isso, chegado o dia, não ousava tocar na melindrosa questão, bem que as contínuas queixas de Pereira contra Meyer lhe dessem ensejo[5] mais ou menos favorável para desembaraçadamente encetá-la. Com gosto adiava o momento decisivo e esperava perplexo qualquer incidente, que melhor servisse a seus planos.

Entretanto, apesar de se acumularem os dias sem que trouxessem modificação naquele estado de coisas, doce esperança pairava no fundo do seu coração, consentindo-lhe planos de venturoso porvir e feliz desenlace às dúvidas e sofrimentos em que vivia.

## XX
# Novas Histórias de Meyer

> *Disse-lhe Sancho: "Cada qual abra bem o olho e fique alerta, porque o diabo entrou na dança e, se lhe derem ensejo, ver-se-ão maravilhas. Virai-vos em mel, e as moscas vos comerão".*
>
> CERVANTES, *Dom Quixote*, Cap. XLIX.

UMA OCASIÃO, DE VOLTA do trabalho diário, atingiu a habitual irritação Pereira contra Meyer grande intensidade. Entrara cabisbaixo, sorumbático, e fez gesto a Cirino de que precisava falar-lhe a sós. Dali a pouco, saindo ambos, caminharam silenciosos pela estrada até a um regato que ficava a meio quarto de légua da casa.

– Que terá este homem hoje? – dizia Cirino consigo mesmo. – Talvez vá chegando o momento de tratar do assunto.

Voltou-se de repente Pereira e, com voz alterada, prorrompeu[1] em exclamações:

– Sabe, doutor, que não posso mais aturar esse *alamão*?... Aquilo é um mandingueiro[2], uma suçuarana, vinda do inferno para me botar a perder!... Meu irmão... meu irmão, que presente me fez você!...

– Mas, que houve? – perguntou Cirino.

– Olhe... se não fosse aquela carta, e a palavra que dei ao maldito... mil raios o partam, surucucu[3] do diabo! potro melado!... já um bom balázio lhe teria varado os miolos.

– Que novidades há então, senhor Pereira? – tornou a inquirir Cirino.

– Vim mesmo até aqui para tirar este peso do coração…

– Mas…

– Sabe o senhor que aquele *Mochu* é pior que um tigre preto?… Parece homem à toa, um punga[4], incapaz de matar uma pulga, não é?… Pois aquilo é uma alma danada… um sedutor…

– Sempre as suas desconfianças! – observou Cirino.

– Desconfianças, não: agora, certeza. Pois o que quer dizer o homem todo o dia… estar a lembrar-se da menina?… Procurar trazê-la à conversa? "Como está sua filha?" pergunta-me ele sempre. "Está boa, de uma vez para todas." E ele, toda a vida a insistir… Isto me põe o sangue a ferver, mas vou-lhe respondendo com bom modo… Hoje, saiu-se o *cujo* de seus cuidados e disse-me *como quem toma leite com farinha de milho*[1]: "Sua filha vai casar?" "Vai", respondi-lhe todo trombudo[5]. "Com quem?" Tive vontade de lhe dizer: "Não é da tua conta, seu bisbilhoteiro, seu biltre"[6], e atacar-lhe uma cabeçada, mas, como é meu hóspede, secundei-lhe enfarruscado[7]: "Com um homem do sertão, que há de amolar a faca na pele da barriga do mariola[8] que vier mexer com a mulher dele". O *alamão* não se deu por achado e, com todo o sem-vergonhismo, me retrucou: "Pois o senhor faz mal. A sua filha é muito mimosa e deveria casar com alguém da cidade". Então, perdi a paciência: "*Mochu*", lhe disse, "cada um manda em sua casa como entende: eu na minha, não quero ser anarquizado"; ele, quando me viu fulo de raiva, pediu-me mil desculpas, contou-me muitas histórias, isto, aquilo, aquilo outro, *et coetera*[9] e tal, que era

1. Como quem faz coisa muito simples.

para bem de minha filha e não sei mais o quê, numa língua que pouco entendi...

–Não fez bem – atalhou Cirino.

– Boa dúvida! Aquilo é uma alma danada... boa para as caldeiras de Pedro Botelho[10], um judeu... enfim, um caçador de *anicetos*: está dito tudo!... Mas ainda não lhe contei o mais... Parece que hoje estava mesmo com o diabo no corpo... Meteu-se no mato perto da minha roça, onde eu trabalhava com os meus cativos, e lá fazia um barulhão a quebrar galhos e romper o cipoal como se fosse anta. De repente ouvi uma gritaria muito grande. Era o tal Meyer com o camarada José Pinho a berrar como dois minhocões[II]. Corri a ver o que era e os achei muito contentes a olhar para uma *barboleta* grande, já fincada num pau de pita. O *alamão* pôs-se a pular como um cabrito. "É novo", me disse ele, "é novo!" "Novo o quê, *Mochu*?" "Este bicho, ninguém o descobriu antes de mim! É coisa minha... Entendeu? E vou botar-lhe o nome de sua filha!..." Quando ouvi aquilo, fiquei tão passado, que não pude engolir o cuspo da boca... Vejam só... o nome de *Nocência* numa bicharada!... Até parece mangação...[11] Agora, quero saber do doutor o que devo fazer... Venho pelo menos desabafar... Não posso meter uma bala naquele patife, como bem merecia... mas também é demais tê-lo em casa... é demais! Peço-lhe um conselho... Felizmente, sempre o trago arredado de casa, e a menina de nada desconfia; do contrário, como mulher que é, *havera* de me dar que fazer... Também não sei por que é que o Manecão não chega... só ele é quem havia de me livrar destes apuros... Uma vez que o tal *alamão* visse a rapariga com o noivo, deixava-a sosse-

II. Animais fantásticos do sertão que, segundo a crendice, dão gritos muito fortes. Acreditam alguns que sejam monstruosos sucuris.

gada... Não acha? Olhe, palavra de honra, isto *ansim* não é viver! Fui feito para dizer o que penso, tratar bem a todos... mas estes modos que tenho agora, só Deus sabe quanto me custam... Até o meu serviço vai sofrendo, porque muitas vezes largo a roça e ponho-me a correr atrás dos bichinhos, só para não deixar de olho o tal marreco[12], em lugar de feitorar o trabalho dos negros... O meu fazendeiro é um diabo ruim e já velho... Ah! meu irmão, que carga me você pôs em cima das costas!... Eu, então, que não nasci para esconder o que sinto cá dentro!...

E Pereira, de tão atribulado que trazia o espírito, deixou-se cair num cômoro[13] de terra.

Cirino, defronte dele, ficara de pé e pensativo.

Afinal, depois de breve dúvida, decidiu tentar fortuna e encetar a grave questão que lhe importava a felicidade.

– Senhor Pereira – disse bastante comovido – acho que o alemão faz mal em andar batendo língua em pessoa da sua família, e dou razão às suas inquietações...

– Ah! vosmecê é homem de confiança.

– Mas – continuou o moço a custo e parando em cada palavra – penso que num ponto tem ele alguma razão... É quando... lhe deu... conselho... que o senhor não casasse sua filha... assim... sem perguntar a ela... se... enfim, não sei... mas talvez o Manecão lhe não agrade...

Ergueu-se Pereira de um pulo e, aproximando a face, repentinamente incendida de cólera, junto ao rosto de Cirino:

– O quê? – exclamou com voz de trovão – eu... consultar minha filha?... Pedir-lhe licença... para casá-la?... O senhor está doido?... Ou está mangando comigo?... Ai... que também...

E vago lampejo de desconfiança lhe iluminou a chamejante pupila.

Compreendeu logo Cirino a perigosa situação e, sem demora, tratou de desfazer a má impressão que produzira.

– Ah! – disse com fingido riso – é verdade... Isto são costumes da cidade... aqui, no sertão, há outros modos de pensar... Desculpe-me, senhor Pereira, este Meyer é que está a confundir-me todas as ideias. Pois eu julgo... já que pede a minha opinião, que o senhor deve continuar a ter olho no estrangeiro... e eu hei de ajudá-lo, quanto estiver nas minhas forças.

A pouco e pouco, entrara o mineiro em si.

– Também agora – disse este depois de ligeira pausa – não há de ser por muito tempo... Há mais de um mês que ele aqui para e já me... contou que breve seguia viagem para Camapuã... Desenganou-se afinal... O tal meco[14] não chegará até lá... mas é o mesmo. Um destes dias, leva por aí algum tiro para lhe botar juízo na cachola, ou alguma facada que lhe ponha as tripas à mostra... Nem sempre há de ter cartas de irmão para sair-se bem da *rascada*... O diabo o leve para longe!... Voltemos, senhor Cirino... Já demais temos deixado o bicharoco sozinho.

E encaminhou-se para a vivenda, acompanhado de Cirino. Ia este desalentado; na realidade, bem rentes lhe ficavam cortadas as esperanças que o haviam animado na tentativa de oposição ao projetado casamento da amada com o terrível e fatal Manecão.

Ainda a meio do caminho, voltou-se Pereira e disse-lhe peremptoriamente:

– Deveras, senhor Cirino, aquelas suas palavras me buliram com o sangue todo... Ainda o sinto galopar nas veias...

## XXI
# *Papilio Innocentia*

*Considerai a arte da composição das asas da borboleta: a regularidade das escamas, cobrindo-as, como se fossem penas; a variedade das cambiantes cores; a tromba enrolada, com que suga o alimento no seio das flores; as antenas, órgãos delicados do tato, que lhe coroam a cabeça, cercada de uma rede admirável de mais de mil e duzentos olhos...*

Bernadin de Saint-Pierre,
*Harmonias da Natureza.*

Meyer, que estava sentado na soleira da porta com as compridas pernas encolhidas, ergueu-se precipitadamente ao avistar Cirino e correu ao seu encontro.

Trazia o coração no rosto, um coração cheio de alegria e triunfo.

– Oh! Senhor doutor – exclamou – venha, venha ver uma preciosidade... uma descoberta... espécie nova... não há em parte alguma... Ouviu? Coisa assim vale um trono... E fui eu que o descobri!... Nem sequer *Juque* me ajudou... pois estava deitado e dormindo... Não é verdade, senhor Pereira?

– Veja – murmurava o mineiro – que barulhada faz ele com o tal *aniceto*... Ao menos, se fosse um animal grande!

Exultava Meyer de orgulho.

– É uma espécie... nova... completamente nova! Mas já tem nome... Batizei-a logo... Vou-lhe mostrar... Espere um instante...

E, entrando na sala, voltou sem demora com uma caixinha quadrada de folha de flandres, que trazia com toda a reverência e cujo tampo abriu cuidadosamente.

Da própria garganta saiu um grito de admiração, que Cirino acompanhou, embora com menos entusiasmo.

Pregada em larga tábua de pita, via-se formosa e grande borboleta, com as asas meio abertas, como que disposta a tomar voo.

Eram essas asas de maravilhoso colorido; as superiores, do branco mais puro e luzidio; as de baixo, de um azul metálico de brilho vivíssimo.

Dir-se-ia a combinação aprimorada dos dois mais belos lepidópteros das matas virgens do Rio de Janeiro: Laertes e Adônis, estes, azuis como cerúleo[1] cantinho do céu, aqueles, alvinitentes[2] como pétalas de magnólia recém-desabrochada.

Era sem contestação lindíssimo espécime, verdadeiro capricho da esplêndida natureza daqueles páramos. Também Meyer não tinha mão em si de contente.

– Este inseto – prelecionou[3] ele como se o ouvissem dois profissionais na matéria – pertence à falange das *Helicônias*. Denominei-a logo, *Papilio Innocentia,* em honra à filha do senhor Pereira, de quem tenho recebido tão bom tratamento. Tributo todo o respeito ao grande sábio Lineu[4] – e Meyer levou a mão ao chapéu – mas a sua classificação já está um pouco velha. A classe é, pois, *Diurna;* a falange, *Helicônia*; o gênero *Papilio* e a espécie, *Innocentia*, espécie minha e cuja glória ninguém mais me pode tirar... Daqui vou, hoje mesmo, oficiar ao secretário perpétuo da Sociedade Entomológica de Magdeburgo, participando-lhe fato tão importante para mim e para a sábia Germânia.

Dizia Meyer tudo isto com legítima ufania e lentidão dogmática.

Depois, com mais volubilidade, e apesar de tropeçar amiudadas vezes em palavras, o que, para comodidade dos leitores, temos quase sempre deixado de indicar, continuou:

– Reparem, meus senhores, neste lepidóptero com os cuidadosos olhos da ciência. Tem quatro pés caminhantes; as antenas de terminação comprida e oval, cavada em forma de colher; os palpares[5] maiores do que a cabeça e escamosos; tromba toda branca e lábio quase nulo. Não perdi nem sequer um pouco do seu pó, porque o pó, um só grão de pó, vale tanto como uma pena de pássaro, e a comparação é perfeita, visto como cada uma destas escamas, à semelhança das penas, é atravessada por uma traqueia, por onde circula o ar. Oh! que achado! – prosseguiu ele. – Que triunfo para mim! A Sociedade Entomológica de Magdeburgo há de ficar orgulhosa... Sem dúvida alguma, farão uma sessão solene, extraordinária... *Mein Gott!*... Estou que não posso de alegria... Também, daqui a três ou quatro dias, vou-me embora desta casa...

– Deveras? – atalhou Pereira.

– Sim, senhor. Com esta descoberta fico satisfeito. O meu itinerário é para Camapuã; depois, vou a Miranda e talvez Nioaque... Hei de subir até ao Coxim e aí, ou embarco para Cuiabá no rio Taquari, ou sigo por terra pelo Piquiri.

– E o senhor volta para sua pátria?

– Boa dúvida!... Daqui a ano e meio, pretendo apresentar a minha coleção toda arranjada à Sociedade Entomológica...

– Homem – observou Pereira, com intenção que seu hóspede não podia nem de leve perceber – eu quisera já estar nesse dia. Daqui a ano e meio, que voltas terá dado o mundo?...

– Terá percorrido – respondeu Meyer gravemente – dezoito signos do zodíaco.

– Pois bem, eu queria ver isso... Já me tarda esse dia...

– Quando ele chegar – continuou o alemão com sinceridade e um tanto comovido – hei de lembrar-me com gratidão do tratamento que recebi... nos sertões do império... e hei de dizer... bem alto... que os brasileiros... são felizes... porque são morigerados[6] e têm muito boa índole... hospitaleiros como ninguém.

– Acrescente – interrompeu Pereira com algum azedume – que zelam com todo o cuidado a honra de suas famílias.

Obedeceu docilmente Meyer e repetiu palavra por palavra:

– E zelam com todo o cuidado a honra de suas famílias.

– Muito bem – replicou o mineiro – diga isso, e o senhor terá dito uma verdade.

## XXII
# Meyer Parte

*Adeus, pois, amigos: adeus, bela companhia!*
*Aos lares distantes cada qual de nós, por caminhos diversos, deve um dia chegar.*

CATULO[1], *Epigrama* XLVI.

NÃO HAVIAM DESCONTINUADO as visitas feitas a Cirino por enfermos de muitas léguas em torno. Tão frequentes e teimosos eram os casos de sezões ou maleitas, que a porção de sulfato de quinina que trouxera em suas canastras estava toda esgotada, pelo que se vira levado a substituí-lo, sem tanta confiança, porém, por plantas verdes do campo ou ervas secas, fornecidas por uns bolivianos que encontrara em Minas, vindos de Santa Cruz de la Sierra em peregrinação pelo interior do Brasil e a medicarem doentes, sem Chernoviz em punho, nem aqueles resquícios de conhecimentos terapêuticos que ostentava o nosso doutor.

Entre os enfermos que o vinham diariamente procurar, alguns acusavam moléstias cujas qualificações eram complicadas e estrambóticas; assim, declaravam-se salteados de engasgue, espinhela caída, mal de encalhe, tosse de cachorro, feridas brabas, almorreimas, erisipelas, até assombração e mau-olhado.

Quem se queixava de engasgue era o capataz de uma fazenda chamada do Vau, distante da casa de Pereira umas boas cinquenta léguas.

– Senhor doutor – disse o enfermo – a minha vida é um continuo lidar de sofrimentos. Estou com este mal vai fazer cinco anos no São João, por sinal que me veio com uma grande dor na boca do *estombagado*. Vezes há que não posso engolir nada, sem beber logo muitos *golos* de água, de maneira que me encharco todo e fico que mal me mexo de um lugar para outro.

– E a dor – perguntou Cirino – ainda a sente?

– Toda a vida – respondeu o capataz... – O que me *aflege* mais é que há comidas então que não me passam a goela... É um fastio dos meus pecados... Boto uns pedacinhos no bucho e parece-me que dentro tenho um bolo que me está a subir e descer pela garganta...

Receitou o médico umas doses de erva-de-marinheiro como emético[2], e fez mais algumas prescrições que o enfermo ouviu com toda a religiosidade.

No estado de perturbação moral em que se achava o jovem facultativo, natural é que fosse uma coisa por outra; mais importante, porém, era a fé que suas indicações incutiam. A fé, essa alavanca poderosa da medicina, esse contingente precioso que o espírito ministra aos ingentes[3] esforços da natureza na sua constante luta contra os princípios mórbidos.

O doente de espinhela caída acusava um peso muito forte e perene no peito e a impossibilidade de levantar as mãos juntas à mesma altura.

Prescreveu-lhe Cirino amargos do campo, genciana e quina, e ordenou-lhe certas cautelas firmadas na voz geral, mas com algum fundo de razão; *verbi gratia*[4]: engolir sempre a saliva e sobretudo deixar de fumar depois de comer.

O infeliz moço, ao passo que tratava de curar os outros, mais que ninguém precisava de quem nele cuidasse, pelo menos da alma.

Via não só Meyer fazendo os seus preparativos de partida, e em véspera de deixá-lo a sós com Pereira, podendo este descobrir afinal o engano em que havia laborado, como também a clínica quase esgotada, aconselhando-lhe a conveniência de transportar-se para outro ponto e continuar a interrompida jornada.

Tudo isto, e o amor a aumentar, a tirar-lhe todo o sossego, a emagrecê-lo, a consumi-lo a fogo lento...

Meyer, na realidade, desde o achado da sua magnífica borboleta, não pensava senão em partir.

– Oh! – dizia ele – eu quisera estar já em Magdeburgo... Quantas léguas, *Mein Gott!... Papilio Innocentia*... a minha glória! Que diz, senhor Cirino?...

– É verdade... mas quem sabe se o senhor não deveria ficar mais tempo aqui?... Talvez achasse outra borboleta nova...

– Não, é impossível... Era felicidade demais... Além disso, o dinheiro não me havia de chegar.

– Oh! posso emprestar-lhe...

– Muito obrigado... mas é de todo impossível a minha estada aqui... Veja o senhor: tenho ainda que ir a Camapuã, a Miranda, a Cuiabá para então voltar... E só me restam poucos meses... A Sociedade Entomológica de Magdeburgo conta comigo na primavera do ano que vem...

Metida uma vez essa ideia na cabeça, Meyer não deixou mais de falar na sua viagem um só instante e, para que a execução correspondesse ao prometido, mandou, na tarde seguinte, José Pinho, o camarada, alçar cargas às costas do burro, depois de as ter, ele próprio, arranjado e revistado com toda a cautela.

Julgou o carioca nesse momento dever lavrar um protesto:

– *Mochu* – disse ele – vai recomeçar com o seu modo de andar por essas estradas à noite... Afinal havemos todos de cair nalguma buraqueira, eu, o senhor, o burro, as cargas e os bichos; e não chegaremos, nem eu ao Rio de Janeiro, nem eles e o senhor à sua terra. Enfim, já estou cansado de o avisar.

No momento da partida, apresentava o naturalista aquele mesmo aspecto da célebre noite da chegada: eram aquelas mesmas frasqueiras a tiracolo, aquele mesmo ar tranquilo e bonachão com que viera, fora de horas, pedir pousada à casa de Pereira.

Este, ao ver o hóspede a cavalo e prestes a deixar para sempre a sua morada, sentiu-se possuído de alegria, mesclada, sem saber por quê, com surpresa repentina e íntima, de tal ou qual comoção. No fundo, achou de si para si as desconfianças mal empregadas, e deixou-se levar pela simpatia que em todos incutia o caráter naturalmente inofensivo e meigo do saxônio.

– Chegou – declarou Meyer – a hora da minha despedida.

E, sacudindo com força a mão e o braço do mineiro:

– Senhor Pereira, meu amigo, adeus!... nunca mais nos havemos de ver... mas hei de lembrar-me do senhor toda a vida... Quando eu estiver na minha pátria, daqui a milhares e milhares de léguas... pelo pensamento recordarei os dias felizes... que aqui passei.

– Oh! Senhor Meyer – balbuciou Pereira.

– Sim, felizes – continuou Meyer com muita lentidão – felizes porque correram... sem eu perceber que o tempo estava caminhando... De todo o Brasil fica em mim a lembrança... mas desta sua casa... essa lembrança é mais viva e mais forte.

Acompanhara o alemão o seu pensamento com acentuado gesto, acenando com o punho fechado para mostrar a lealdade daquelas impressões.

Voltando-se para Cirino, acrescentou:

– Senhor doutor, as suas receitas estão todas marcadas no meu caderno... O senhor pode enganar-se às vezes... mas as suas intenções são sempre boas... e isso basta para desculpá-lo... Eu...

Interrompendo o que ia dizendo, ficou instantes a olhar para Cirino e Pereira, que estavam igualmente silenciosos, e uma lágrima comprida deslizou-se-lhe pela face, sem que a fisionomia mostrasse a menor alteração.

– Adeus! – concluiu ele de repente.

– Boa viagem, senhor Meyer, boa viagem – disse Pereira, ajudando-o a montar a cavalo.

– Adeus! adeus... – repetiu ele.

E interpelando o camarada:

– *Juque*, vá na frente!... Toque pouco no burrinho... Nosso pouso é daqui a meia légua...

Deu Meyer então de rédeas e caminhou a passo, logo após de José Pinho, este munido de cabeçudo cacete, evidentemente hostil às costas do cargueiro entregue aos seus cuidados.

– Lá vai o homem – exclamou Pereira ao ver a tropinha pelas costas. – É um alívio... Ele, coitado, não era mau... mas não tinha modos... Safa, hei de me lembrar sempre do tal senhor Meyer! Foi uma campanha... Ué... Olhe, senhor Cirino... não está ele de volta?... Teria esquecido alguma bugiganga?

Com efeito reaparecia a trote o alemão em carne e osso, como quem vinha procurar ou dizer coisa de importância.

– Então que tem? – perguntou Pereira, adiantando-se e alçando a voz. – Deixou algum trem? Daqui a pouco é escurão[1].

1. "Escurão" é o finalizador do crepúsculo.

Meyer, no entanto, ia chegando e de certa distância entrou a explicar a razão da volta:

– Não deixei coisa alguma, senhor Pereira. Tão somente faltei a um dever...

– Qual é? – indagou o mineiro.

– Não me despedi de sua filha...

– Ah! – replicou Pereira com vivacidade... – não era preciso... tanto mais quanto ela... está dormindo... meio adoentada... Há pouco tinha muito peso na cabeça... Eu lhe hei de dizer... Não se incomode...

– Pois então – observou Meyer com muita gravidade – diga-lhe que tem em mim um criado, em toda a parte onde esteja... O seu nome ficou para sempre na ciência; e a estima em que a tenho é grande... É uma moça muito bela... digna de ser vista na Europa...

– Pois não, pois não – interrompeu Pereira – vá sem susto...

– Sim, eu me vou, adeus!

– Vá indo... olhe que o Sol dobra de repente aquele mato e a noite cai logo...

– Sim, sim, adeus – disse ele despedindo-se de uma vez.

E na estrada areenta, à luz do astro que descambava, foi-se tornando comprida a mais e mais a sombra do bom Meyer, à medida que ele marchava atrás do seu camarada, do cargueiro e da coleção entomológica.

## XXIII
# A Última Entrevista

*Está a máscara da noite sobre meu rosto; a não ser ela, verias as minhas faces tintas do rubor virginal.*

SHAKESPEARE, *Romeu e Julieta*, Ato II.

*Mais cresce a luz, mais aumentam as trevas das nossas desgraças.*

IDEM. ATO IV.

GRAVE MODIFICAÇÃO TROUXE a retirada de Meyer no sistema de viver daquela morada, onde se agitava um dos problemas mais comezinhos da natureza moral, mas que ali apresentava cores algum tanto carregadas, senão já sombrias.

Fora Pereira dormir no interior da casa, passando ali a maior parte do tempo. Assim, os encontros dos dois apaixonados tornaram-se de todo impossíveis; e, não tendo mais a atenção do mineiro o alvo que sempre colimara[1] durante a estada do alemão, começava, como era de prever, a voltar-se para Cirino, a quem confessou ter tratado Meyer com injusta prevenção.

– Hoje – dizia o mineiro – dói-me a consciência do modo por que desconfiei daquele homem… Quem sabe se tudo que eu parafusei não foi abusão cá da cachola? Senhor Cirino, quando a gente entra a dar volta ao miolo… é que vê que todos têm queda para malucos… Sim, senhor!… Hoje estou convencido que o tal *alamão* era bom e sincero… Olhou para a menina... achou-a bonitinha... e disse aquele despotismo de asneiras sem ver a mal... Em pessoa que não guarda o que pensa, é que os outros se podem fiar... Às vezes o perigo vem donde nunca se esperou... Enfim, não me arrependo muito de ter feito o que fiz... Receei... e tomei tento...

Amiudando-se estes e outros dizeres iguais, deram que refletir a Cirino. De uma hora para outra, compreendeu que as vistas inquisitoriais poderiam tornar a sua posição insustentável.

Por enquanto, tratou de encontrar-se com Inocência. Eram as dificuldades grandes; o meio único, tentar novamente as entrevistas noturnas; pelo que do laranjal não arredava pé, noites e noites inteiras, ficando ali com os olhos presos à janela da querida do coração.

Certa madrugada, viu afinal a sombra de Inocência.

Achou-se, num ápice, o mancebo junto dela e agarrou-lhe com violência nas mãos.

– Enfim – exclamou ele – eu a vejo.

– Meu pai – murmurou a moça, com voz tão fraca que mal se ouvia – pode acordar...

– Não importa – replicou Cirino desabrido – descubra-se tudo... não posso mais viver assim...

– Chi! – observou ela – cuidado!... Se ele nos acha aqui, mata-nos logo... Olhe, vá-me esperar junto ao corguinho[1] para lá do laranjal... daqui a nada vou ter com mecê... A porta está só encostada...

O moço fez sinal que obedecia e sumiu-se incontinenti na escuridão do pomar.

Àquela hora, dava a Lua de minguante alguma claridade à terra; entretanto, como que se pressentia outra luz a preparar-se no céu para irradiar com súbito esplendor e in-

1. Corregozinho.

fundir animação e alegria à natureza adormecida. Nos galhos das laranjeiras, ouvia-se o pipilar de pássaros prestes a despertar, um gorjeio íntimo e aveludado de ave que cochila; e ao longe um sabiá mais madrugador desfiava melodias que o silêncio harmoniosamente repercutia. Riscava-se o oriente de dúbias linhas vermelhas, prenúncio mal perceptível da manhã; nos espaços, pestanejavam as estrelas com brilho bastante amortecido, ao passo que fina e amarelada névoa empalecia[2] o tênue segmento iluminado do argênteo[3] astro.

Não era mais noite; mas ainda não era sequer a aurora.

Tão comovido se sentia Cirino, que teve de sentar-se, enquanto esperava por Inocência.

Esta não tardou: vinha vestida de uma saia de algodão grosseiro e, à cabeça, trazia uma grande manta da mesma fazenda, cujas dobras as suas mãos prendiam junto ao corpo. Estava descalça, e a firmeza com que pisava o chão coberto de seixinhos e gravetos, mostrava que o hábito lhe havia endurecido a planta dos pés, sem lhes alterar, contudo, a primitiva elegância e pequenez.

Parecia muito assustada, e, mau grado seu, dos olhos lhe rolavam lágrimas a fio.

O mancebo, apenas a avistou, correu-lhe ao encontro.

– Inocência – exclamou ele, notando um gesto de dúvida – nada receie de mim... Hei de respeitá-la, como se fora uma santa... Não confia então em mim?...

– Sim! – disse ela apressadamente. – Por isso é que vim até cá... Entretanto, estou com a cara ardendo... de vergonha...

E levando uma das mãos de Cirino às suas faces:

– Veja, Cirino, como tenho o rosto em brasa... Por que é que mecê veio bulir comigo?... Eu era uma moça sossegada... agora, se mecê não gostasse mais de mim... eu morria...

– Não – afirmou o moço, com energia –, se disso depende a sua vida, você há de viver uma eternidade…

– Deveras?

– Eu lhe juro… É mais fácil apagarem-se de repente estas estrelas todas, do que eu deixar de amá-la…

– E Manecão? – perguntou ela com terror.

– Oh! esse homem, sempre esse nome maldito!…

– Há de ser meu marido…

– Isso nunca, Inocência… É impossível!… Tudo pode acontecer, menos isso… E se fugíssemos?… Olhe, amanhã, a estas mesmas horas ou mais cedo, trago para aqui dois bons animais… Você monta num, eu noutro… batemos para Sant'Ana e, a galope sempre, havemos de chegar a Uberaba… onde acharemos um padre que nos case… Vamos, ouviu?

– E mecê havia de me estimar toda a vida?

– Sempre… Diga, sim… diga pelo amor de Deus, e estamos salvos… diga!…

– E meu pai, Cirino? Que *havera* de ser?… Atirava-me a maldição… eu ficava perdida… uma mulher de má vida… sem a bênção de meu pai… Não… mecê está me tentando… Não quero fugir… Antes a desgraça para toda a existência… mas fique eu sendo o que meu nome diz que sou… Já muito peco, fazendo o que faço… Mecê é moço da cidade; não lhe custa enganar uma criatura como eu… Até…

– Pois bem – interrompeu Cirino – você não quer?… não falemos mais nisso… Não hei de querer, senão aquilo que achar bom… E se eu, por fim, me decidir a falar a seu pai?

– Deus nos livre! – retorquiu ela aterrada. – Pensei a princípio que pudera ser; mas depois vi que era pior… Mecê não conhece o que é palavra de mineiro… ferro quebra, ela não… Manecão há de ser genro dele…

– Quem sabe, Inocência? Hei de falar tanto... pedir com tanta humildade.

– Ché, que esperança!... de nada serviria...

– Então, que fazer? – bradou o moço. – A que santa agarrar-nos? Por que é que o céu nos quer tanto mal?

E, ocultando a cabeça entre as mãos, desatou a chorar ruidosamente. Inocência, por seu lado, encostou a fronte ao ombro do amante, e ambos, unidos, choraram como duas crianças que eram.

Foi ela quem primeiro rompeu o silêncio

– Ah! meu Deus, se o padrinho quisesse!...

– Seu padrinho? – perguntou Cirino. – Quem é?... quem é ele?

– Um homem que mora para lá das Parnaíbas, já nos terrenos Gerais.

– Onde?... É longe?...

– Meio longe, meio perto... Mecê não conhece o Pauda?[II]

– Conheço... A dezesseis léguas do rio Paranaíba...

– Pois é aí que padrinho para...[III] À esquerda da fazenda do Pauda, numas terras de sesmaria...

– E como se chama ele?

– Antônio Cesário... Papai lhe deve favores de dinheiro e faz tudo quanto ele manda... Se dissesse uma palavra, Manecão *havera* de ficar atrapalhado...

– Oh! – exclamou Cirino com confiança – estamos salvos então!... Amanhã mesmo, monto a cavalo e toco para lá... Daqui à vila são sete léguas... Até lá, umas dezessete... É

II. Talvez seja o nome deste fazendeiro Pádua. Entretanto é geralmente conhecido por Pauda.

III. Mora.

um passeio... Chego... conto-lhe tudo... ponho-me de rastos aos seus pés... e...

– Mas – interrompeu Inocência – não lhe fale em mim, ouviu? Não lhe diga que tratou comigo... que comigo *mapiou*... Estava tudo perdido... Invente umas histórias... faça-se de rico... nem de leve deixe assuntar que foi por meu juízo que mecê bateu à porta dele... Hi! com gente desconfiada, é preciso saber negacear...[4]

– Oh! meu Deus – disse Cirino no auge da alegria – estamos salvos!... Não há dúvida... Vejo agora como há de tudo acontecer... Depois de um dia ou dois de parada na casa, desembucho o negócio. O velho escreve uma carta a seu pai e, pelo menos, se não se arredar logo o Manecão?... ganha-se tempo... Eu já quisera estar montado na minha besta tordilha queimada, a bater a estrada por aí afora... Dois dias para ir, dois para voltar, dois ou três de pousada... Com pouco mais de uma semana, estou de volta, trazendo ou a felicidade ou a caipora de uma vez. Não!... Tenho fé em Nossa Senhora da Abadia... Ela nos ajudará... e juntos havemos ainda de cumprir a promessa que já fiz...

– Que *permessa* foi? – perguntou Inocência com curiosidade.

– Irmos nós daqui até a vila, a pé, botar duas velas bentas no altar de Nossa Senhora.

– Sim – confirmou a moça com fogo – eu juro... Fosse até ao fim do mundo!...

– Oh! minha santa do paraíso – exclamou o moço apertando-a de encontro ao peito – quanto você me ama!!

E assim abraçados, quedaram eles inconscientes, enquanto a aurora vinha clareando o firmamento e desferindo para a terra raios indecisos como que a sondarem a profundidade das trevas; enquanto os pássaros chilravam[5] à surdina, preparando as gargantas para o matutino concerto; enquanto o orvalho subia da terra ao céu, molhando o dorso das folhas das grandes árvores e suspendendo, às das rasteiras plantinhas, gotas que cintilavam já como diamantes.

Ao longe, à beira de algum rio, as aracuãs levantavam a sonora grita, e o macauã atirava aos ares os pios prolongados da áspera garganta.

– É dia – observou Inocência, desprendendo-se dos braços de Cirino.

– Já! – exclamou este, amuado.

– Meu Deus, e eu que tenho de ir até casa... vou-me embora...

– Então, partirei hoje mesmo – disse o moço.

– Sim...

– E na semana que vem, estou de volta...

– Pois bem... Leve com mecê esta certeza: a minha vida ou a minha morte depende do padrinho...

– A minha também – replicou o mancebo, beijando com fervor as mãos de Inocência...

– Deixe-me... deixe-me – implorou ela. – Adeus, estou com um medo!... Felizmente ninguém me viu...

Nesse momento e, como que para responder à asseveração, de dentro do pomar partiu aquele fino assobio que tanto assombrara os amantes na primeira das suas entrevistas.

Inocência quase caiu por terra.

– Meu Deus! – balbuciou ela – que agouro!... Quem sabe se não é gente?

Ao assobio seguiu-se uma espécie de gargalhada, que gelou o sangue nas veias dos dois míseros.

Agarrou-se a menina a Cirino.

– É alma do outro mundo – murmurou ela, persignando-se.

Não perdera o mancebo o sangue-frio. Invocando a São Miguel, fez o sinal da cruz na direção dos quatro pontos cardeais; depois, suspendeu a moça em seus braços e, transpondo a toda a pressa o pomar, foi depô-la junto à porta de casa, porta que estava entreaberta, naturalmente, pelo vento.

Quase desmaiara Inocência; entretanto, reunindo as forças, pôde entrar, e cautelosa correu o ferrolho interior.

Mais sossegado a esse respeito, voltou Cirino ao laranjal e, como da primeira vez, pôs-se a percorrê-lo em todos os sentidos, indagando, à nascente claridade do dia, se era ente humano ou fantasma quem dele parecia fazer joguete.

No momento em que passava por junto de uma laranjeira mais copada, viu de repente certa massa informe cair-lhe quase na cabeça e, no meio de folhas e ramos quebrados, vir ao chão com surdo grito de angústia.

– Cruz! T'esconjuro! – bradou o moço.

E, como uma visão, passou-lhe por perto uma criaturinha, desaparecendo logo entre os troncos das árvores.

Ali esteve Cirino com os cabelos eriçados[6], os olhos fixos, os braços hirtos[7] de terror, os lábios secos a tartamudear um exorcismo, e as pernas a tremer que nem varas verdes.

Uma voz, a certa distância, arrancou-o desse espasmo.

Era Pereira; com a mão encostada à boca, interpelava no terreiro a um dos seus escravos.

– Faz fogo, José!... Se for alma do outro mundo ou lobisomem, a bala não pega... Se for gente, melhor...

E um tiro troou[8].

E sibilou uma bala aos ouvidos de Cirino, indo cravar-se numa árvore próxima.

Por outra, não esperou ele. Com o favor da escuridão que ainda reinava, deslizou rápido e foi buscar a frente da casa, quando já iam acordando os camaradas.

Mal chegara à sala, apareceu-lhe Pereira à porta.

– Que foi isso? – perguntou Cirino, compondo a fisionomia.

– Lá sei – respondeu o mineiro. – Uma matinada de gritos no laranjal, que parecia um inferno... A pequena ficou toda que parecia querer morrer de medo. Desconfio que a alma do coletor[IV] andou hoje rondando-me a casa... Não seja presságio de mal... A Senhora Sant'Ana nos proteja.

– Pois eu cá dormi como um chumbo – disse Cirino – acordei com um tiro...

– E não há de poder enfiar outra soneca; daqui a um nadinha, está o Sol batendo no terreiro.

Com efeito, depressa caminhara o alvorecer, e debaixo daquelas vivas impressões acordaram aqueles que haviam conciliado o sono, na morada de Pereira.

IV. Esse coletor, de que fala Pereira e cuja alma anda, no dizer dos sertanejos, vagando pelas solidões de Sant'Ana, era um empregado público, que foi processado e preso depois de provada a concussão praticada no exercício das suas funções. Faleceu na prisão e, como o Estado lhe sequestrou todos os bens, caíram em abandono a excelente casa e fazenda que formara a umas trinta léguas da vila.

## XXIV
# A Vila de Sant'Ana

*Debaixo do céu há uma coisa que nunca se viu: é uma cidade pequena, sem falatório, mentiras e bisbilhotice.*

LAVERGNE[1].

NESSE MESMO DIA, montou Cirino a cavalo e despediu-se de Pereira por uma semana ou pouco mais, dando por motivo de tão inesperada viagem não só a necessidade de visitar alguns doentes mais afastados, senão também procurar, quer na vila, quer mesmo nos campos da província de Minas Gerais, uns remédios e símplices[2] que lhe iam faltando.

– Daqui a um terno de dias estarei de volta – disse ao partir.

Desde a casa de Pereira até ao Albino Lata é tão ensombrada e agradável a estrada, que essas três léguas lhe foram muito fáceis de vencer.

Ali, porém, começam campos dobrados e soalheiros[3] que, num estirão de quatro léguas, até a vila de Sant'Ana tornam penosa a viagem, sobretudo quando são percorridos sob os ardentes raios do Sol do meio-dia.

Exaltam-se e irritam-se os incômodos do espírito, no momento em que o físico começa a sofrer.

Quando Cirino passou por aquelas campinas desabrigadas, abrasado de calor, desanimou completamente do êxito da empresa a que se atirara. Tanta esperança o alvoroçava[4] quando ia seguindo a vereda encoberta e amena, quanto desalento sentia agora; e, descoroçoado[5], deixava que o animal o fosse levando a passo vagaroso e como que identificado com a disposição de ânimo do cavaleiro.

– Que vou eu fazer? – pensava quase alto… – Como encetar aquela conversa?

Tamanha era a dúvida que o salteava, que chegou quase a blasfemar contra a amada do seu coração.

– Maldita a hora em que vi aquela mulher!… Seguia eu sossegado o meu rumo… botaram-me a perder os seus olhos!…

Depois, exclamou contrito[6]:

– Perdão, Inocência! perdão, meu anjo! Estou a amaldiçoar a hora da minha felicidade… Eu, que sou homem, posso fugir… deixar-te… mas tu, amarrada à casa… Infeliz, fui o culpado!…

E, engolfado[7] em dolorosa cogitação, alcançou a vila de Sant'Ana do Paranaíba.

De longe é sumamente pitoresco o primeiro aspecto da povoação.

Ponto terminal do sertão de Mato Grosso, assenta no abaulado dorso de um outeirozinho. O que lhe dá, porém, encanto particular para quem a vê de fora, é o extenso laranjal, coroado anualmente de milhares de áureos pomos, em cuja folhagem verde-escura se encravam as casas e ressalta a cruz da modesta igreja matriz.

Transpondo límpido regato e vencida pedregosa ladeira com casinholas de sapé à direita e à esquerda, chega-se à rua principal, que tem por mais grandioso edifício espaçosa casa de sobrado, de construção antiquada. Ornamenta-a uma varanda de ferro e um telhado que se adianta para a rua, como a querer abrigá-la em sua totalidade dos ardores do Sol.

É aí que mora o major Martinho de Melo Taques, baixote, rechonchudo, corado.

Na sua loja de fazendas, ao rés do chão[8], reúne-se a melhor gente da localidade, para ouvi-lo dissertar sobre política, ou narrar a Guerra dos Farrapos no Rio Grande do Sul e a vida que se leva na corte do Rio de Janeiro, onde estivera pelos anos de 1838 a 1839.

De vez em quando, naquela silenciosa rua em que tão bem se estampa o tipo melancólico de uma povoação acanhada e em decadência, aparece uma ou outra tropa carregada, que levanta nuvens de pó vermelho e atrai às janelas rostos macilentos de mulheres, ou à porta crianças pálidas das febres do rio Paranaíba e barrigudas de comerem terra.

Também aos domingos, à hora da missa, por ali cruzam mulheres velhas, embrulhadas em mantilhas, acompanhando outras mais mocinhas, que trajam capote comprido até aos pés e usam daqueles pentes andaluzes, de moda em tempos que já vão longe.

Atravessou Cirino a vila, e passando por defronte do senhor Taques saudou-o com a mão, e sem parar.

Estava o major, como de costume, sentado ao balcão, de chinelos, sem meias, e rodeado da melhor gente do lugar, a contar não só as próprias proezas, que muitas tem aquele estimável cidadão, senão também as façanhas dos antigos sertanejos, histórias que sabe na ponta da língua.

– Lá vai o doutor – disse um dos presentes à palestra da loja.

– Ó senhor Cirino! – interpelou o major, correndo para a porta. – Então que é isso? Por aqui?!

– É verdade – respondeu Cirino – e vou de passagem; também por pouco tempo; talvez nestes oito ou dez dias esteja de volta.

Tudo quanto enchia a salinha havia saído para a rua, de modo que o moço ficou logo cercado. Recostavam-se uns quase à anca do animal; afagavam-lhe outros a pá do pescoço ou brincavam com o freio.

Achava-se a curiosidade aguçada: era preciso dar-lhe pasto.

Compreendeu o major o alcance da situação.

– Cada qual tem os seus negócios particulares – disse logo para começar – mas, se não há segredo, que quer dizer esta sua volta?

– Já devia estar bem longe de *acá* – observou um sujeito. – Há quase dois meses que parou aqui na cidade e…

– Espere – interrompeu o vigário – não há tal dois meses. O doutor passou por esta rua há um mês e vinte dois dias, às oito horas da manhã.

– Pois bem – continuou o major – tinha tempo de sobra para estar já por bandas de Miranda…

– Isso, se fosse escoteiro – replicou Cirino – reparem que levava cargas… e, demais, viajava curando…

– É verdade! – confirmou o coletor (homem esguio, que trazia um chapéu muito alto e afunilado) – não pensam nisso. O que querem é falar… falar…

– Creio que o senhor não atira a mim – observou o vigário com ar rusguento[9].

– Quem em tal cuida, senhor padre? – protestou logo o outro. – Estou dizendo em geral… Em geral. Eu não…

– Mas, doutor – atalhou o major – onde esteve o senhor de molho este tempão todo?… nalguma fazenda?

Prometia ir longe o interrogatório.

– Eu já estava quase perto do Sucuriú – disse Cirino meio perturbado – no…

– Não é tão perto assim – objetou o vigário. – Uma vez…

– Ouçamos, senhor padre – atalhou o coletor, denunciando rixa velha com o clérigo. – O moço não disse que seja perto daqui…

Repetiu o major as palavras de Cirino, acentuando-as de certo modo:

– Então o doutor já estava quase perto do Sucuriú, não é?

– De fato. Ali encontrei uma pessoa que me devia, há meses, um dinheiro…

– Um dinheiro? – perguntou o vigário. – Uma pessoa?… Que pessoa? Quem será?

– Homem, quem poderá ser? – indagaram a um tempo vozes sôfregas.

Prosseguiu o major implacável:

– Deixem o doutor explicar-se… Vocês fazem logo uma algazarra!…

Foi quase a balbuciar que Cirino procurou continuar:

– Sim… certo tropeiro… mandou ordem para *mim* cobrar… de um parente uma *bolada*…[10] Também eu tinha que… pagar outra pessoa… que…

– Espere, espere – interrompeu o major – então o senhor veio receber dinheiro ou desembolsar? Não é uma e a mesma coisa…

– Por certo – apoiaram os circunstantes.

Cirino fez repentina parada nas suas explicações.

– Também – disse com alguma volubilidade – muito breve estarei voltando cá. Tenho de ir para lá do rio…

– Vai até as Melancias? – indagou o coletor, ajeitando o nome de um pouso para ver se acertava.

– Mais adiante – respondeu o moço. E, vendo a impossibilidade de escapar de tão terrível inquirição, mudou de tática.

– Na volta – disse ele, dirigindo ao major – hei de lhe comprar algumas fazendas…

– Já adivinhei – exclamou o vigário, cortando a palavra a Cirino – o doutor vai casar.

– Ora – chasquearam[11] alguns – para que tanto segredo?... Ninguém lhe vai roubar a noiva!...

– Sobretudo quando as coisas têm de me vir às mãos – ponderou o padre.

Por instantes, deram o acanhamento e o silêncio de Cirino azo[12] a muitas observações.

– Parabéns! – dizia um.

– Quem é essa feliz sertaneja? – perguntaram outros.

– Juro-lhes, meus senhores – protestou o moço – não há nada...

Prosseguiu o padre:

– Pois, se quer um conselho, apresse isso; de uma cajadada matarei dois coelhos... É o senhor e o Manecão.

– Na verdade – concordaram os presentes.

– Mas, onde se meteu ele? – perguntou um deles.

– Há pouco estava aqui...

– Quem? O Manecão?

– Sim...

– Ali vem ele! – anunciou alguém.

No fim da rua, aparecia, com efeito, um homem montado em fogoso cavalo que sofreava com firmeza e mão adestrada.

Era a personificação do capataz de tropa.

Cabelos compridos e emaranhados, ar selvático e sobranceiro, tez queimada e vigorosa musculatura constituíam um tipo que atraía de pronto a atenção.

Metidos os pés numa espécie de polainas de couro cru de veado, grandes chilenas[13] de ferro, lenço vermelho atado ao pescoço, garruchas nos coldres da sela e chicote de cabo de osso em punho, tudo indicava o tropeiro no exercício da sua lida.

– Nosso Senhor... convosco – disse ao chegar, erguendo ligeiramente a aba do chapéu com a ponta do dedo indicador.

– Bons-dias, senhor Manecão – respondeu por todos o major – ou melhor, boas-tardes... Já sei que desta feita vai de batida...

– Boa dúvida – grazinou o vigário – vai ver a pequerrucha.

Sorriu-se o capataz com melancolia:

– Não é por isso, senhor vigário. Não me deixo anarquizar[I] por mulheres; mas, enfim, a gente deve um dia deitar a poita... A vida é uma viagem...

Haviam Cirino e Manecão ficado no meio dos curiosos.

Fitaram-se: um, indiferente e altivo no modo de encarar; outro, descorado, meio trêmulo.

– Este cujo é o cirurgião? – perguntou à meia voz Manecão, adernando[14] no selim para o lado do coletor. – A Cula[II], da venda, me disse que tinha chegado... Tem-me cara de enjoado[III].

– Chi! – retrucou o outro – mas tem cabeça[IV]. Por aí fez um despotismo de curas.

Cirino, notando que tratavam dele, cumprimentou com um sorriso de amabilidade.

– Boa-tarde, patrício.

– Ora viva – correspondeu o tropeiro em tom áspero.

E, olhando para o Sol, acrescentou:

– Vejam lá o que é um homem estar como mulher... a bater língua... A tarde vem descendo, e muito tenho hoje que palmear... Minha gente, adeus... Senhor major, até mais ver... Senhor vigário, breve estou por cá...

I. Dominar, desmoralizar.

II. Modificação familiar de Clotilde.

III. *Enjoado*: qualificativo muito usado na província de Goiás. Tem muitas acepções, desde engraçado, tolo, até impostor, vaidoso.

IV. Tem muitos conhecimentos.

Esporeou o animal, o círculo abriu-se, e Manecão partiu em boa marcha.

Aproveitando, por seu turno, aquela saída rápida, que rompera a cadeia dos que o rodeavam, apertou Cirino a mão do major e tomou rumo do rio Paranaíba, em cuja margem contava passar a noite.

Mal desaparecera, e choveram comentários que nem saraiva.

– Notou o senhor – disse o vigário para o major – como está mudado?... todo jururu...

– Nem tanto – contrariou o coletor – nem tanto...

O senhor Taques, major e juiz de paz, tomou ar de profunda meditação.

– Hão de os senhores ver – disse por fim levantando um dedo para o ar – que aqui há dente de coelho...

Durante aquela noite e muitos dias subsequentes, repetiu a vila toda estas célebres palavras.

– Foi o major quem disse – asseveravam convictos – aqui há dente de coelho.

## XXV

# A Viagem

*Às vezes sinto necessidade de morrer, como pessoas acordadas sentem necessidade de dormir.*

Mme. Du Deffand[1].

*Encantador país! Teu aspecto, teus solitários bosques, ar puro e balsâmico, tem o poder de dissipar toda a sorte de tristezas, menos a da perda da esperança.*

Carlota Smith[2].

Cirino, em pouco mais de uma hora, transpôs a distância da povoação ao rio. Também, na légua e quarto que até lá medeia só há de ruim o trecho em que fica a floresta que borda as margens da majestosa corrente.

Nessa mata, trazem os troncos das árvores vestígio das grandes enchentes; o terreno é lodacento e enatado[3]; centro de putrefação vegetal donde irradiam os miasmas[4] que, por ocasião da retirada das águas, se originam em dias de calor abrasador e sufocante.

Abundam ali coqueiros de estípite curto e folhuda coroa, chamados ouricuris, a que rodeiam numerosas lagoinhas de água empoçada e coberta de limo.

Em nada é, pois, aprazível o aspecto, e a lembrança de que ali imperam as temidas sezões faz que todo o viajante apresse a travessia de tão tristonhas paragens.

Ouve-se a curta distância o ruído do rio.

Corre largo, claro e com rapidez.

Como duas verdes orlas refletem-se no espelhado da superfície as elevadas margens, a cujo sopé[5] moitas de sarandis, curvadas pelo esforço das águas e num balancear contínuo, produzem doce marulho.

Causa-nos involuntário cismar a contemplação de grande massa líquida a rolar, a rolar mansamente, tangida por força oculta.

Bem como a ondulação incessante e monótona do oceano agita a alma, assim também aquele perpassar perene, quase silencioso, de uma corrente caudal, insensivelmente nos leva a meditar.

E quando o homem medita, torna-se triste.

Franca e espontânea é a alegria, como todo o fato repentino da natureza. A tristeza é uma vaga aspiração metafísica uma elação[6] inquieta e quase dolorosa acima da contingência[7] material.

Ninguém se prepara para ficar alegre. A melancolia, pelo contrário, aos poucos é que chega, como efeito de fenômenos psicológicos a encadear-se uns nos outros.

De que modo nasceu aquela enorme mole[8] de água? Donde veio? Para onde vai? Que mistérios encerra em seu seio?

Largo tempo ficou Cirino a olhar para o rio. Em sua mente tumultuavam negros pensamentos.

Já se havia difundido o crepúsculo, e bandos folgazões de quero-queros[9] saudavam os últimos raios do Sol e despertavam os ecos em descomunal gritaria. De vez em quando, passava algum pato selvagem, batendo pesadamente as asas; sobre as águas, adejavam garças estirando e encolhendo o níveo colo, e pombas, aos centos, cruzavam de margem a margem a buscar inquietas o pouso de querência.

Foi a luz gradativamente morrendo no céu, seguida de perto pelas sombras; e o rio tomou aspecto uniforme como se fora imensa lâmina de prata não brunida[10].

– Enfim, conheci o Manecão – pensava Cirino. – E para esse é que reservam a minha gentil Inocência?... Bonito homem para qualquer... para mim, para ela, horrendo monstro!... E como é forte!...

Digamo-lo, sem por isso amesquinhar o nosso herói, a ideia de força no rival acabrunhava-o.

– Se eu pudesse... esmagava-o!... E que ar sombrio e desconfiado!... Meu Deus, dai-me coragem... dai-me esperanças... Nossa Senhora da Abadia!... Nosso Senhor da Cana-Verde... valei-me!...

E o mancebo, diante daquela natureza acabrunhadora a quem tanto importava a paixão que lhe atenazava[11] o peito, como o inseto a chilrar debaixo da folha de humilde erva, caiu de joelhos, orando com fervor ou, melhor, desfiando automaticamente as preces que sua mãe lhe havia, em pequeno, ensinado.

E o rio lá se ia sereno; e uma onça ao longe urrava, ou algum pássaro da noite soltava gritos de susto, esvoaçando às tontas.

. . . . . . . . . . . . . . . . . . . . . . . . . . . . . . . . . . . . . . . . . . . . . . .

Transpondo na manhã seguinte o rio Paranaíba, pisou Cirino território de Minas Gerais.

Depois de légua e meia em mata semelhante à da margem direita, abrem-se campos dobrados, um tanto crestados[12] do Sol, de aspecto pouco variado, mas abundantíssimos em perdizes e codornas.

Tão preocupado levava o moço o espírito, que nem sequer uma só vez imitou o pio daquelas aves; distração a que aliás não se furta quem por lá viaja, tão instantes são os motivos de instigação.

Foi com impaciência mais e mais crescente que percorreu as dezesseis léguas intermédias à fazenda do Pauda.

Ia com o coração cheio de apreensões e os olhos se lhe arrasavam de lágrimas, de cada vez que contemplava o melancólico buriti. Então, pelo pensamento, voava à casa de Inocência. Também, ali, junto ao córrego em cuja borda se dera a última entrevista, se erguia uma daquelas palmeiras, rainha dos sertões.

Que estaria fazendo a querida dos seus sonhos?

Que lhe aconteceria? E Manecão?! Já teria lá chegado?

Ao pensar nisto, aumentava-se-lhe a agitação e com vigor esporeava a cavalgadura.

Transformava-se para ele o caminho em dolorosa via, que numa vertiginosa carreira quisera vencer, mas que era preciso ir tragando pouso a pouso, ponto por ponto.

A majestosa impassibilidade[13] da natureza exasperava-o.

Quando o homem sofre deveras, deseja, nos raptos do alucinado orgulho, ver tudo derrocado pela fúria dos temporais, em harmonia com a tempestade que lhe vai no íntimo.

– Meu Deus! – murmurava Cirino – tudo quanto me rodeia está tão alegre e é tão belo! Com tanta leveza voam os pássaros; as flores são tão mimosas; os ribeirões tão claros... tudo convida ao descanso... só eu a padecer! Antes a morte... Quem me dera arrancar do coração este peso, esta certeza de uma desgraça imensa! Que é afinal o amor?... Daqui a anos talvez nem me lembre mais da pobre Inocência?... Estarei me atormentando à toa... Oh não! Essa menina é a minha vida, é o meu sangue... Quem ma rouba mata-me de uma vez. Venha a morte... fique ela para chorar por mim... um dia contará como um homem soube amar!...

Levantara Cirino a voz. De repente, deu um grande grito, como que abrindo o peito a uma expansão que o sufocava:

– Inocência!... Inocência!

E as sonoridades da solidão, dóceis a qualquer ruído, repetiram aquele adorado nome, como repetiam o uivo selvático da suçuarana, a nota plangente do sabiá ou a martelada metálica da araponga.

Como tudo, afinal, tem termo, alcançou Cirino, no quarto dia, a casa de Antônio Cesário. Acolheu-o este com toda a amabilidade e franqueza.

## ꧁ XXVI ꧂
# Recepção Cordial

*Assinalemos este dia entre os mais felizes; não se poupem ânforas; e, como Sálios, descanso não demos aos nossos pés.*

HORÁCIO[1], *Ode* XXVI.

EM BREVE CHEGARA Manecão à casa do futuro sogro.

Não é grande a distância de Sant'Ana até lá, e entretanto o animal brioso e descansado que montava o tropeiro viera sempre estimulado do férreo acicate[2].

Batia de impaciência o coração do capataz, e a lembrança da formosa noiva, que o esperava, enchia-o de desconhecido alvoroço. Também, por vezes, lhe fugia do rosto o toque habitual de severidade, e tênue sorriso, afastando a custo os densos bigodes, lhe pairava nos lábios.

Acolheu-o Pereira com verdadeira explosão de alegria.

– Viva! viva! – exclamou de longe, acenando com os braços. – Seja bem-vindo neste rancho... Ora, até que afinal!... Faltam rojões para festejar a sua chegada... Que demora!... Pensei que não topava mais com o caminho da casa... *Nocência* vai pular de contente...

Enquanto o mineiro enfiava estas palavras quase em gritos, apeou-se o sertanista que, de chapéu na mão, veio pedir-lhe a bênção.

– Deus o faça um santo – disse Pereira, abençoando-o com fervor. – Você não queria chegar…

– Como vai a dona? – perguntou Manecão.

– Agora, muito bem. Teve sezões, mas já está de todo boa…

– E lembrou-se de mim?

– Olhe, que enjoado… Pois se ele enfeitiça a gente… Eu mesmo só pensava em você… Quando estará por cá aquele marreco? dizia eu comigo mesmo… e botava uns olhos compridos por essa estrada afora… quanto mais, mulher! Isto é um não acabar nunca de saudades. Mas – observou ele – estamos a bater língua e não o faço entrar… Agorinha mesmo, *Nocência* foi para o córrego… Desencilhe o pingo[3] e deixe-o por aí…

Fez Manecão o que disse Pereira. Tirou os arreios não de súbito, mas com cautela e lentidão, para que o animal, encalmado como estava, não ficasse airado; deixou sobre o lombo a manta e, apanhando um sabugo de milho, esfregou a anca e o pescoço.

Depois de dar termo àqueles cuidados, penetrou na casa fazendo soar ruidosamente as esporas, que pelas dimensões desproporcionadas o obrigavam a caminhar firmado nos dedos do pé e com a planta levantada.

O mineiro não cabia em si de contente.

– Então, está tudo arranjado? – perguntou alegremente.

– Tudo. Os papéis já foram tirados… Tive que ir até Uberaba, e foi o que me atrasou… Quando mecê queira… botamo-nos de partida para a Senhora Sant'Ana… Amanhã cá chegam os cavalos que comprei… Está falado o Lata… o vigário avisado; só… falta o dia…

– Nestes casos, quanto mais depressa melhor… Não acha?

– Decerto que sim…

– Então, se quiser, daqui a dois domingos…

– Como queira. Eu, cá por mim... Bem sabe, isto de casórios, o que custa é... tomar resolução... depois... deve-se pegar na carreira... A rapariga está pronta?...

– Não sei... há de estar... Vejo-a sempre cosendo... Quero ficar bem certo do dia, porque mando chamar a gente do Roberto... Afinal, é preciso matar a porcada e mandar buscar restilo[I]. Quando se casa uma filha e... filha única, as algibeiras devem ficar veleiras[II]. Já estão todos combinados... é só dar o sinal... Tudo se arma logo... Aqui, em frente da casa, faz-se um grande rancho... A latada para a janta há de ser no oitão direito... Já encomendei de Sant'Ana alguns rojões, e o mestre Trabuco prometeu-me uns que deitam lágrimas... Depois, tiros de bacamarte[4] e ronqueiras[5] hão de troar...

– Eu – interrompeu Manecão – mandei com a sua licença vir da cidade duas dúzias de garrafas de vinho da casa do major...

– Olará! Você meteu-se em gastos!... Duas dúzias de garrafas de vinho?

– Nhor, sim...

– Pois essas, meu caro, hão de ser reguladinhas da silva... Para o vigário... para o major... o coletor... o professor... enfim, gente de alguma representação, porque com ela conto, sem falar na arraia miúda[6]. Isto há de haver um despotismo. Quero que, dez dias antes da funçonata, venha a comadre do Ricardo com o seu povaréu para prepararem sequilhos, tarecos, broas, biscoitos de polvilho e brevidades[III]. Haverá regalo de *chicolate*[IV] todas as manhãs... Você verá

I. *Restilo* é a aguardente destilada. No interior empregam-se estas palavras como sinônimos.

II. Veleiras, isto é, fáceis no abrir.

III. Espécie de pão de milho em que entram claras de ovo.

IV. "Chicolate" é café com leite e ovos batidos.

que desta festa falarão… E o sapateado à noite? Os descantes?…[7] Talvez se possa arranjar um cururu[8] valente…

– Mas – perguntou Manecão – que é de sua filha?

Riu-se Pereira.

– Maganão! não pensa noutra coisa, hem? Também fui *ansim*… cada qual tem o seu tempo… Isto é regra de Nosso Senhor Jesus Cristo.

E, saindo para o terreiro, gritou com força, fazendo das mãos buzina:

– *Nocência!… Nocência!…*

Não teve resposta.

– Coitadinha da pequena – disse ele – há de saltar que nem veadinha, quando voltar do rio.

E acrescentou:

– Já que ela não vem… entremos. Você é de casa: tome por cá e chegue até o meu quarto… Rede e peles macias não faltam.

Ao dizer estas palavras, Pereira bateu amigavelmente no ombro de Manecão e fê-lo seguir para o lanço dos fundos da casa.

## XXVII
# Cenas Íntimas

*Santa Maria, advogada nossa, ouvi nossos rogos. Virgem pura, ante vós se prostra uma infeliz donzela.*

Walter Scott, *Os Dois Desposados.*

Descrever o abalo que sofreu Inocência ao dar, cara a cara, com Manecão fora impossível. Debuxaram-se-lhe[1] tão vivos na fisionomia o espanto e o terror, que o reparo não só da parte do noivo, como do próprio pai, habitualmente tão despreocupado, foi repentino.

– Que tem você? – perguntou Pereira apressadamente.

– Homem, a modos – observou Manecão com tristura – que meto medo à senhora dona...

Batiam de comoção os queixos da pobrezinha; nervoso estremecimento balanceava-lhe o corpo todo.

A ela se achegou o mineiro e pegou-lhe no braço.

– Mas você não tem febre?... Que é isto, rapariga de Deus?

Depois, meio risonho e voltando-se para Manecão:

– Já sei o que é... Ficou toda fora de si... vendo a quem não contava ver... Vamos, *Nocênci*a, deixe-se de tolices.

– Eu quero – murmurou ela – voltar para o meu quarto.

E, encostando-se à parede, com passo vacilante se encaminhou para dentro.

Ficara sombrio o capataz.

De sobrecenho[2] carregado, recostara-se à mesa e fora, com a vista, seguindo aquela a quem já chamava esposa.

Sentou-se defronte dele Pereira com ar de admiração.

– E que tal? – exclamou por fim... – Ninguém pode contar com mulheres, *iche!*

Nada retorquiu o outro.

– Sua filha – indagou ele de repente, com voz muito arrastada e parando a cada palavra – viu alguém?

Descorou o mineiro e quase a balbuciar:

– Não... isto é, viu... mas todos os dias... ela vê gente... Por que me pergunta isso?

– Por nada...

– Não; explique-se... Você faz assim uma pergunta que me deixa um pouco... anarquizado. Este negócio é muito, muito sério. Dei-lhe palavra de honra que minha filha *havera* de ser sua mulher... a cidade já sabe e... comigo não quero histórias... É o que lhe digo.

Ergueu-se de improviso Manecão.

– Está bom – replicou ele – nada de *percipitações*. Toda a vida fui *ansim*... Já volto; vou ver onde para o meu cavalo.

E saiu, deixando Pereira entregue a encontradas suposições.

Decorreram dias, sem que os dois tocassem mais no assunto que lhes moía o coração. Ambos, calmos na aparência, viviam vida comum, visitavam as plantações, comiam juntos, caçavam e só se separavam à hora de dormir, quando o mineiro ia para dentro e Manecão para a sala dos hóspedes.

Inocência não aparecia.

Mal saía do quarto, pretextando recaída de sezões; entretanto, não era o seu corpo o doente, não; a sua alma, sim, essa sofria morte e paixão; e amargas lágrimas, sobretudo à noite, lhe inundavam o rosto.

– Meus Deus – exclamava ela – que será de mim? Nossa Senhora da Guia me socorra. Que pode uma infeliz rapariga dos sertões…

E, de joelhos, diante de tosco oratório alumiado por esguias velas de cera, orava com fervor, balbuciando as preces que costumava recitar antes de se deitar.

Uma noite, disse ela:

– Quisera uma reza que me enchesse mais o coração… que mais me aliviasse o peso da desgraça de hoje…

E, como levada de inspiração, prostrou-se murmurando:

– Minha Nossa Senhora mãe da Virgem que nunca pecou, ide adiante de Deus. Pedi-lhe que tenha pena de mim… que não me deixe assim nesta dor cá de dentro tão cruel. Estendei a vossa mão sobre mim… Se é crime amar a Cirino, mandai-me a morte…

Às vezes, sentia Inocência em si ímpetos de resistência: era a natureza do pai que acordava, natureza forte, teimosa.

– Hei de ir – dizia então com olhos a chamejar – à igreja, mas de rastos! No rosto do padre gritarei: Não, não!… Matem-me… mas eu não quero…

Quando a lembrança de Cirino se lhe apresentava mais viva, estorcia-se de desespero. A paixão punha-lhe o peito em fogo…

– Que é isto, Santo Deus? Aquele homem me teria botado um mau-olhado? Cirino, Cirino, volta, vem tomar-me… leva-me!… eu morro!…

E caía prostrada no leito, sacudida por arrepios nervosos.

Um dia, entrou inesperadamente Pereira e achou-a toda lacrimosa.

Vinha sereno, mas com ar decidido.

– Que tem você, menina – perguntou ele, meio terno – de alguns dias para cá?

Inocência encolheu-se toda como uma pombinha que se sente agarrar.

Puxou-a brandamente o pai e fê-la sentar no seu colo.

– Vamos, que é isto, *Nocência?* Por que se socou assim no quarto?... E Manecão lá fora a toda a hora está perguntando por você... Isto não é bonito... É, ou não, o seu noivo?

Redobraram as lágrimas.

– Uma mulher não deve atirar-se à cara dos homens... mas também é bom não se *canhar* assim... É de enjoada... Um marido quase, como ele já é...

De repente o pranto de Inocência cessou.

Desvencilhou-se dos braços do pai e, de pé diante dele, encarou-o com resolução:

– Papai, sabe por que tudo isto?

– Sim...

– É porque eu... não devo...

– Não deve o quê?

– Casar.

Arregalou Pereira os olhos e de espanto abriu a boca.

– Que? – perguntou ele elevando muito a voz...

Compreendeu a pobrezinha que a luta ia travar-se. Era chegado o momento.

Revestiu-se de toda coragem.

– Sim, meu pai, este casamento não deve fazer-se.

– Você está doida? – observou Pereira, com fingida tranquilidade.

Prosseguiu então Inocência com muita rapidez, as faces incendidas de rubor:

– Conto-lhe tudo, papai... Não me queira mal... Foi um sonho... O outro dia, antes deste homem chegar, estava sesteando e tive um sonho... Neste sonho, ouviu, papai? minha mãe vinha descendo do céu... Coitada! estava tão branca que metia pena... Vinha bem limpa, com um vestido todo azul... leve, leve!

– Sua mãe? – balbuciou Pereira, tomado de ligeiro assombro.

– Nhor, sim, ela mesma...

– Mas você não a conheceu! Morreu quando você era pequetita...

– Não faz nada – continuou Inocência – logo vi que era minha mãe... Olhava para mim tão amorosa!... Perguntou-me: "Cadê seu pai?" Respondi com medo: "Está na roça; quer mecê que ele venha?" "Não", me disse ela, "não é *perciso*; diga-lhe a ele que eu vim até cá, para não deixar Manecão casar com você, porque há de ser infeliz... muito!... muito!..."

– E depois? – perguntou Pereira, levantando a cabeça com ar sombrio, girando os olhos.

– Depois... disse mais:... "Se esse homem casar com você, uma grande desgraça há de entrar... nesta casa..." E sem mais palavra, sumiu-se.

Cravou Pereira olhar inquiridor na filha.

Uma suspeita lhe atravessou o espírito.

– Que sinal tinha sua mãe no rosto?

Inocência empalideceu.

Levando ambas as mãos à cabeça e prorrompendo em ruidoso pranto, exclamou:

– Não sei... eu estou mentindo... Isto é mentira! É mentira! Não vi minha mãe!... Perdão, minha mãe, perdão!

E, caindo de bruços sobre a cama, ficou imóvel com os cabelos esparsos pelas espáduas.

Contemplou-a Pereira largo tempo sem saber que pensar, que dizer.

Súbito se inclinou sobre o corpo da filha e ao ouvido lhe segredou com muita energia:

– *Nocência*, daqui a bocadinho Manecão chega da roça... Você há de ir para a sala... se não lhe fizer boa cara, eu a mato.

E erguendo a voz:

– Ouviu? Eu a mato!... Quero antes vê-la morta do que... a casa de um mineiro desonrada...

Saiu às pressas do quarto, deixando Inocência na mesma posição.

– Pois bem! – murmurou ela – já que é preciso... morra eu!

## XXVIII
# Em Casa de Cesário

*Ah! a perspectiva que pode mais docemente sorrir ao meu coração é a do aniquilamento.*

KLOPSTOCK[1], *A Messíada.*

CIRINO, LOGO QUE SE ESTABELECEU em casa do seu novo hospedeiro, tratou de captar-lhe as simpatias. Medicou um escravo que estava de cama, fez valer o conhecimento e amizade que tinha com Pereira, conversou muito a respeito dele e incidentemente deu notícias de Inocência.

Atalhou-o Antônio Cesário neste ponto.

– Mecê a viu? – perguntou ele.

– Pois não – respondeu o moço – por sinal que a curei de sezões.

– Ah! É uma guapa[2] rapariga...

– Pareceu-me...

– Isso é... falo assim, porque afinal... daqui a poucos dias está casada... não sabe?

– Ouvi contar.

– Pois é verdade. O noivo passou por cá e levou a minha licença. É homem de mão-cheia. A pequena deve estar contente. Ah! nem todas no sertão são felizes assim. Tem-se por aqui o mau vezo de arranjar casamentos às cegas, e às vezes se encambulha[3] um mocetão com uma fanadinha ou então uma sujeita de encher o olho com algum rapaz todo engorovinhado... Cruz! E, uma vez dada a palavra, acabou-se...

Achou Cirino a ocasião própria e redarguiu[4] com vivacidade:

– Então o senhor não é desse parecer.

– Conforme – respondeu logo Cesário, com reserva. – Aos pais é que convém *inziminar*[5] essas coisas.

– Boa dúvida... Mas... se... sua afilhada... não gostasse de Manecão?

– Não gostasse?

– Sim.

– E que nos importa isso? Uma menina como ela não sabe o que lhe fica bem ou mal... Ninguém a vai consultar. Mulheres, o que querem é casar. Não ouviu já o patrício dizer que elas não casam com carrapato, porque não sabem qual é o macho?

E Cesário sorriu.

Depois, fechando de repente a cara, perguntou:

– Por que é que estamos a dar de língua nesse particular? Não sou amigo disso. Quer-me parecer que mecê é um tanto namorador...

– Eu? – protestou Cirino com vivacidade.

– Boa dúvida. Eu cá nem falar nelas quero. Mulher é para viver quietinha perto do tear, tratar dos filhos e criá-los no temor de Deus; não é nem para parolar-se com ela, nem a respeito dela.

Sempre as mesmas teorias de Pereira: a mesma grosseria repassada de desprezo ao sexo fraco, a mesma suscetibilidade para desconfiar de qualquer pessoa ou de qualquer palavra que lhes pareça menos bem soante aos prevenidos ouvidos.

– Minha afilhada – continuou Cesário – deve levantar as mãos para o céu. Achou um marido que a há de fazer feliz e torná-la mãe de uma boa dúzia de filhos.

Estremeceu Cirino, mas nada disse.

Por toda a parte esbarrava de encontro a preconceitos que nada podia vencer.

Nessa mesma tarde quis montar a cavalo e voltar para Sant'Ana; entretanto, o pensamento da resistência com que Inocência encetara a terrível luta com seu pai, atuou em seu espírito e o reteve.

Decidiu-se a atacar o touro pelas aspas.

Restar-lhe-ia ao menos o consolo do desabafo, e num jogo perdido arriscava ainda ousado lance.

– Senhor Cesário – disse ele na manhã seguinte – preciso muito falar-lhe em particular.

– A mim?

– Sim, senhor.

– Pois, estou aqui às suas ordens.

– Quisera que saíssemos. O que lhe vou dizer… ninguém pode… ninguém deve ouvir.

– Oh! O senhor me assusta… Então tem segredos que me contar?

– Tenho…

– Pois vá lá… *Mapiaremos* fora… Ao meio-dia esteja na minha roça… sabe onde é?

– Sei…

– Espere-me num pau de peroba seco que está derrubado.

– Lá estarei.

Muito antes da hora aprazada, achava-se Cirino no lugar indicado.

Devorava-o a impaciência.

Resolvido a desvendar sem rebuço os seus amores a esse homem a quem mal conhecia, que por ele não tinha razões de simpatia, e de quem, contudo, estava dependente sua felicidade, considerava decisivos os momentos.

Quem em tais circunstâncias se acha, enxerga em tudo quanto o rodeia sintomas de bom ou mau agouro, e nesse instante a Cirino pouco parecia sorrir a natureza.

Não chovia; mas o tempo estava carregado.

Tinha o céu cor acinzentada, e do lado do poente linhas negras e contínuas denunciavam trovoada talvez para a tarde.

Era o local, além disso, tristonho.

Numa grande área, enfileiravam-se pés de milho já pendoados[6], dentre os quais surgiam possantes madeiros de tronco rugoso e galhada completamente despida de ramagem; uns, da base à extrema ponta, lugubremente enegrecidos pelo fogo lançado antes da sementeira; outros, perdidas todas as folhas em consequência da incisão profunda e circular com que o machado impedira a ascensão da seiva. Esses quedavam vivos, mas de uma vida latente[7] e esmorecida[8], denunciada por entanguidos brotos no mais alto dos topes.

Quando o dia é claro, aqueles gigantes da floresta, que pela robustez do cerne haviam desafiado as chamas e os esforços do homem, servem de poleiro a inúmeros bandos de papagaios, periquitos, araçaris, ou de graúnas que formam concertos capazes de ensurdecer os ecos.

Naquela ocasião, porém, tudo era silêncio.

Só de vez em quando se ouviam pancadas surdas e intermitentes dos pica-paus de crista vermelha, agarrados aos troncos das árvores e a explorar-lhes os pontos carunchosos, subindo em ziguezagues.

À hora ajustada, apresentou-se Antônio Cesário.

Por cautela vinha armado de uma espingarda de caça, que bem serviria para derrubar alguma onça, ou animal daninho.

Seu rosto, habitualmente sereno, indicava certa inquietação, repassada de curiosidade.

– Aqui me tem, doutor – disse ele, descansando a arma sobre o pau derrubado e sentando-se ao lado de Cirino. – Estou pronto para ouvi-lo quanto tempo queira…

Muito pensara Cirino nesse momento a que devia chegar e, entretanto, não pudera achar o modo por que encetasse as suas declarações. Parafusara de contínuo mil pretextos sem nada assentar.

Foi, pois, a balbuciar que respondeu:

– O senhor… há de me desculpar… o incômodo que… lhe dou.

– Incômodo nenhum.

– E deve estar… espantado do que lhe pedi… vir falar comigo… em lugar ermo… comigo que sou como qualquer hóspede, como tantos que sua casa tão franca todos os dias recebe…

– Com efeito – confirmou Cesário.

– Pois bem, daqui a nada tudo lhe ficará claro e explicado… Se enquanto eu falar… o ofender, perdoe-me, ouviu? Senhor Cesário – continuou Cirino após breve pausa – se o senhor visse um homem arrastado numa corredeira[1] e pudesse atirar-lhe uma corda e salvá-lo… não o faria?

– Boa dúvida – replicou o outro com força. – Ainda que corra perigo de vida, não deixarei homem nenhum, branco ou preto, livre ou escravo, rico ou pobre, conhecido ou não, sem o socorro de meu braço.

– Pois bem – exclamou Cirino arrebatadamente – sou eu esse homem que vai morrer, que está perdido e a quem o senhor pode salvar…

E respondendo à tácita[9] suspeita de quem o ouvia:

– Não acredite que esteja doido… não. Estou tão são de juízo como o senhor e falo-lhe a verdade. Uma palavra escla-

1. Trecho de rio encachoeirado.

rece-lhe tudo... eu morro de paixão por uma mulher e essa mulher é... sua afilhada!... Inocência!

De um pulo levantou-se Cesário. Seus lábios tremiam, os olhos de súbito injetados de sangue. A mão procurou a arma que lhe ficava ao lado.

– Que é isso? – balbuciou, encarando fixamente Cirino.

Adivinhara-lhe este todos os pensamentos.

Erguera-se também, cara a cara com Cesário:

– Mate-me – bradou ele – mate-me... É um favor que me faz... Dê cabo desta vida desgraçada.

Já arrependido do gesto que fizera e um tanto corrido de sua precipitação, replicou o outro todo sombrio:

– Não tenho razões para matá-lo... O senhor nunca me fez mal...

– Não – prosseguiu Cirino, meio desvairado – peço-lhe por favor... Se o senhor tem caridade, se é bom, se gosta de seus filhos, se tem pai e mãe no céu... por tudo isso eu lhe peço de joelhos! mate-me... mate-me!

E deixou-se cair aos pés de Cesário, ocultando a cabeça entre as mãos.

Contemplou-o largos instantes o mineiro com surpresa.

Inclinando-se para o moço, bateu-lhe no ombro e quase com brandura lhe disse:

– Que história é essa, doutor?... Isso é loucura! Conte-me que há... Quero saber se a sua *bola*[10] está girando ou não. Sou homem do sertão, mineiro de lei... mas sei tratar com gente...

A estas palavras, recobrou[11] Cirino algum alento e pôs-se de pé.

Sentando-se então ao lado de Cesário, narrou-lhe tudo, o desespero que sentia, a certeza que tinha do amor de Inocência e a implacável sentença proferida por Pereira.

Ouvia-o Cesário atentamente. Só de vez em quando deixava escapar esta exclamação:

– Ah! mulheres!... mulheres!

Depois que Cirino acabou de falar, encarou-o detidamente e, com ar severo, perguntou:

– Fale-me a verdade, doutor, o senhor nunca trocou palavra com Inocência? Nunca esteve só com ela?

– Estive – respondeu o outro meio receoso.

Às faces de Cesário subiu uma onda de sangue.

– Então – rouquejou ele – a desgraça...

– Deus meu – atalhou Cirino com fogo – caia a alma de minha mãe no inferno, se Inocência não é pura... se...

Conteve-o Cesário com um gesto.

– Basta, moço: quem jura assim, não mente... Também no meu tempo tive uma paixão infeliz... e sei o que é sofrer...

– Oh! Senhor Cesário, salve-me!...

– Que posso eu fazer? Não sabe o senhor que ela hoje não pertence nem mesmo ao pai, ao seu próprio pai? Pertence à palavra de honra, e palavra de mineiro não volta atrás... Não sabia o senhor disso, quando deixou que o amor lhe entrasse pelos olhos?... Não falo dela... Mulheres não pensam... mulheres o que querem é ver os homens derretidos por elas... sacrificam tudo... e por um requebro pincham na rua a honra de suas casas...

– Não – protestou Cirino – ela não é assim...

– Então é melhor que as outras? – objetou Cesário com desdém.

– Sim, sim, é melhor do que tudo deste mundo. Acima dela, só Nossa Senhora!...

Ligeiramente sorriu o mineiro.

– Qual! – observou ele – bem disse o outro: a paixão é um transtorno. Fica um homem que nem uma miséria! É...

– Então? – interrompeu Cirino.

– Então o quê?... Já lhe não disse quanto basta? Minha afilhada pertence tanto a Manecão, como uma garrucha ou um guampo lavrado[II] que Pereira lhe tivesse dado... Não há meios e modos de voltar atrás...

Não desanimou o mancebo.

Falou por muito tempo com verdadeira eloquência, apelando principalmente para a proteção que todo o cristão tem obrigação de dispensar ao ente que leva à pia batismal, a seu segundo filho, ao pagãozinho por quem o padrinho se torna responsável perante Deus.

Feriu o sentimento religioso e comoveu o mineiro.

– Não me fale assim – contrariou este – o senhor quer ver se me puxa para o seu lado... E quem me assegura que *Nocência* gosta tanto da sua pessoa?... Quem?

– O coração está lho dizendo baixinho – respondeu com calma Cirino. – O senhor, que é homem de honra, acredita que eu esteja mentindo? Que tudo isso é falso?... diga, acredita?

Cesário tartamudeou:

– Sim... Assunto verdades, mas...

– Ah! – exclamou Cirino – o senhor sente a consciência bater-lhe que sua afilhada está desamparada, que vai ser sacrificada... e agora tapa os ouvidos e diz: "Não quero ouvir, não quero cumprir a minha palavra!" Por que a deu então o senhor... essa palavra de honra de que tanto fala?... Nossa Senhora que a proteja... que a tire deste mundo... Isso há de pesar-lhe no peito... e, quando um dia tiver notícia que Inocência morreu de desgostos, há de dizer lá consigo que ajudou a cavar-lhe a sepultura.

Estava Cesário abalado; com verdadeira ansiedade retorquiu:

II. Guampo é uma vasilha feita de chifre para tirar água. Chama-se guampo lavrado quando tem desenhos de lavor.

– Que histórias me conta o senhor? Eu metido no meu canto... vivendo tão sossegadinho... não bulindo com ninguém, e agora anarquizado por estes mexericos!... Quem o mandou vir cá?

– Quem seria – retrucou Cirino – senão Inocência? Porventura eu o conhecia?... algum dia o vi?... Não; foi aquele anjo que me disse: "busca meu padrinho, é o último recurso. Se ele não nos amparar, então... estamos perdidos de uma vez".

Estas palavras convenceram de todo Cesário.

Ficou em silêncio, recolhido, a meditar. Cirino o observava ofegante.

– Pois bem – disse por fim o mineiro em tom grave e pausado – hei de pensar no que o senhor me conta...

– Oh! Senhor Cesário!...

– Levarei dois dias a remoer sobre o caso... O que disse uma vez, não digo duas... No fim desse tempo, monto a cavalo e apareço por casa de Pereira...

– Sim, sim – balbuciou o moço.

– Amanhã mesmo, de madrugada, o senhor sai daqui e vai esperar-me na Senhora Sant'Ana.

– Irei... salve-me...

Cesário parou um pouco.

– Agora, quero que o senhor me faça um juramento... pelas cinzas de sua mãe.

– Estou pronto.

– Pela salvação de sua alma...

– Pela salvação de minha alma – repetiu Cirino.

– Pela vida eterna...

Cirino acenou a cabeça.

– Jure!

O mancebo cruzou os dedos índices e beijou-os com unção, abaixando os olhos e empalidecendo.

– O senhor – disse Cesário – jurou antes de saber o que era... Deu-me boa ideia do seu caráter... Farei tudo por ajudá-lo, mas exijo-lhe uma condição... Se quiser aceitá-la, fica valendo o juramento; senão... o dito por não dito...

– Que será, meu Deus? – murmurou Cirino.

– É ficar-me o senhor esperando em Sant'Ana. Se eu aparecer por estes oito dias, iremos juntos à casa do compadre. Se não, é que decidi contrário. Neste caso, virá o senhor até cá e aqui esperará as suas cargas que mandarei buscar. Será sinal de que nunca mais há de procurar botar as vistas em Inocência... nem sequer falar nela. Aceita?

– Aceito – respondeu o moço com exaltação – mas fique certo de uma coisa: se o senhor, no tempo marcado, não estiver na vila, reze por alma de Cirino, porque ele terá deixado este mundo de aflições.

Cesário meneou tristemente a cabeça e retirou-se, sem dizer mais palavra.

## XXIX
# Resistência de Corça

*ACASTO – Não pode ela falar?*

*OSWALD – Se falar é tão somente fazer ouvir sons por meio da língua e dos lábios, é aquela criatura muda; mas se tão maravilhosa faculdade consiste também em tornar compreensíveis os menores pensamentos por acionados e expressivos gestos, pode dizer-se que ela a possui, pois seus olhos brilhantes como estrelas no céu têm uma linguagem inteligível, embora que falha de sons e de palavras.*

SHAKESPEARE.

DEIXAMOS INOCÊNCIA TÃO abatida de corpo, quanto resoluta de espírito.

Pressentia os choques que tinha de suportar, e robustecia a alma na meditação contínua e firme da sua infelicidade.

Estava de joelhos diante da imagem de Nossa Senhora, quando a voz de seu pai a fez levantar.

– *Nocência*! – chamava ele.

Rapidamente passou a pobrezinha a mão pelo rosto para apagar os vestígios de copioso pranto, e com passo quase seguro penetrou na sala.

Estavam Pereira e Manecão sentados junto à mesa. O anãozinho Tico aquecia-se aos pálidos raios de um Sol meio encoberto e, sentado à soleira da porta, brincava com umas palhinhas.

– Estou aqui, papai – disse Inocência em voz alta e um pouco trêmula.

Encarou-a Manecão com ar entre sombrio e apaixonado.

Julgou dever dizer alguma coisa.

– Até que afinal a dona saiu do ninho... É que hoje o dia está de Sol, não é?

A moça nada lhe respondeu; mirou-o com tanta insistência, que fê-lo abaixar os olhos.

– Ela esteve doente – desculpou Pereira.

E voltando-se para a filha:

– Sente-se aqui, bem perto de nós... O Manecão quer conversar com você em negócios particulares.

– Bem percebe ela – observou o desazado[1] noivo, intentando abrir o motivo para risos.

Inocência replicou em tom incisivo:

– Não percebo.

– Está se... fazendo de... engraçada – balbuciou Manecão. – Pois já... se esqueceu... do que tratei com seu pai?... Parece que come muito queijo.

Com a mesma entoação[2] e cortando-lhe a palavra, retorquiu ela:

– Não me lembro.

Houve uns minutos de silêncio.

Ia-se acumulando a cólera no peito de Pereira; seus olhos irados fitavam ora a Manecão, ora a imprudente filha.

– Pois, se você não se lembra – disse ele de repente – eu cá não sou tão esquecido.

– Ora – recomeçou Manecão, levantando-se e vindo recostar-se à beira da mesa para ficar mais chegado à moça – faz-se de enjoada à toa... o nosso casamento...

– Seu casamento? – perguntou Inocência, fingindo espanto.

– Sim...

– Mas com quem?

– Ué – exclamou Manecão – com quem há de ser... Com mecê...

Pereira fora-se tornando lívido[3] de raiva.

O anão acompanhava toda essa cena com muita atenção. Cintilavam seus olhinhos como diamantes pretos; seu corpo raquítico estremecia de impaciência e susto.

À resposta de Manecão, levantou-se rápida Inocência e, como que acastelando-se por detrás da sua cadeira, exclamou:

– Eu?... Casar com o senhor?! Antes uma boa morte!... Não quero... não quero...

Manecão bambaleou.

Pereira quis por-se de pé, mas por instantes não pôde.

– Está doida – balbuciou – está doida.

E, segurando-se à mesa, ergueu-se terrível.

– Então, você não quer? – perguntou com os queixos a bater de raiva.

– Não – disse a moça com desespero – quero antes...

Não pôde terminar.

O pai agarrara-a pela mão, obrigando-a a curvar-se toda.

Depois, com violento empurrão, arrojou-a de encontro à parede.

Caiu a infeliz com abafado gemido e ficou estendida por terra, amparando o peito com as mãos. Mortal palidez cobria-lhe as faces, e de ligeira brecha que se abrira na testa deslizavam gotas de sangue.

Ia Pereira precipitar-se sobre ela como para esmagá-la debaixo dos pés, mas parou de repente e, levando as mãos ao rosto, ocultou as lágrimas que dos olhos lhe saltavam a flux[4].

Manecão não fizera o menor gesto. Extático assistira a toda essa dolorosa cena. A fisionomia estava impassível, mas, por dentro, seu coração era um vulcão.

Lúgubre silêncio reinou por algum tempo naquela sala.

O anão chegara-se a Inocência, tomando-lhe uma das mãos; depois, a fizera sentar e, no meio de carinhos, mostrara-lhe por sinais a necessidade de retirar-se.

A custo pôde ela seguir aquele conselho. Quase de rastos e ajudada por Tico é que saiu da presença do pai e de seu perseguidor.

Nenhum movimento fizeram os dois para retê-la. Calados como estavam, deixaram-se ficar de pé, um ao lado do outro, ambos acabrunhados pela grandeza daquela desgraça.

Com frenesi[5], cofiava[6] Manecão o basto bigode.

Pereira tinha a cabeça pendida sobre o peito.

Afinal, exclamou:

– É preciso que eu desembuche o que tenho cá dentro, senão estouro… Quem for homem que seja… Manecão, *Nocênci*a para nós está perdida… para nós, porque um homem lhe deitou um mau-olhado…

– E que homem é esse? – perguntou em tom surdo e ameaçador o outro.

– Agora vejo como tudo foi… Eu mesmo meti o diabo em casa… Estive alerta… mas o mal já caminhava.

– Mas, quem é ele? – tornou a perguntar com impaciência Manecão.

– Um maldito!… um infame, um estrangeiro que aqui esteve… Roubou-me o sossego que Deus me deu…

Contou então às pressas Pereira todas as tentativas do alemão Meyer, tentativas que haviam sido descobertas, mas que, infelizmente, pelo menos assim supunha, já haviam produzido os seus danosos frutos.

– Ah! – disse por fim, abaixando a voz – pensou aquele cachorro que tudo era namorar mulheres e depois dar com os pés em polvorosa, não é?... Amanhã mesmo eu lhe saio no rasto.

– Para quê? – interrompeu Manecão.

– Respondam os urubus...

– Para matá-lo?

– Sim...

Houve breve pausa.

– Não será, o senhor – disse o capataz – que lhe há de dar cabo da pele.

– Por quê?

– É negócio que me pertence. O senhor é pai... eu porém sou... noivo. Mangaram com os dois... mas o *alamão* fica no chão.

– Pois seja – concordou Pereira – parta amanhã mesmo ou hoje... agora, se possível for. Cão danado deve logo ser morto, para que a baba não dê raiva. Vá depressa e venha contar-me que aquele homem já não existe... Como velho, como pai... abençoo a mão que o há de matar. Caia o sangue que correr... sobre os meus cabelos brancos...

Havia toda esta conversa sido atentamente ouvida por alguém: o anão Tico.

Viera a pouco e pouco aproximando-se da mesa com os olhos a fulgir.

De repente, colocou-se resolutamente entre Manecão e Pereira.

– Que quer você aqui? – perguntou o mineiro com aspereza.

Começou então o homúnculo a explicar por gestos vagarosos, mas muito expressivos, que de tudo estava ciente, participando de todos os projetos e do mesmo sentimento de indignação e desespero que enchia os dois ofendidos.

Depois, apressando mais a gesticulação e por sons meio articulados, fez ver que Pereira laborava em engano, tão somente quanto à pessoa. Com muita propriedade de imitação e perfeita mímica, ora levantando o braço para caracterizar as fisionomias, tão exatamente representou Meyer e Cirino, que o mineiro logo os reconheceu.

– Bem sei, bem sei, Tico – murmurou ele. – Você fala do doutor e daquele...

Aí o anão fez um gesto de negação e, apontando para o quarto de Inocência, indicou que nada tinha ela com o alemão.

Ficaram pasmos os dois.

– Então – balbuciou Pereira – quem será?... Ci...rino, meu Deus?!

– Sim... Sim! – gritou o anão com violento esforço, abaixando muitas vezes a cabeça.

– Qual! – protestou Pereira – o doutor?...

Com muita habilidade e segurança Tico desenvolveu as provas que tinha.

Gesticulou como um possesso; correu para fora de casa; denunciou as entrevistas; reproduziu ao vivo todas as passadas de Cirino; mostrou o lugar do laranjal donde vira tudo, o galho quebrado em razão da sua queda; repetiu o grito que dera; lembrou a cena da madrugada, findando com aqueles tiros; exprimiu-se por sinais tão adequados e tais movimentos de cabeça e fisionomia, que toda a dúvida desapareceu do espírito de Pereira.

Então tudo se lhe descortinou claro e deslumbrante, e sua cólera subiu a um grau de violência inexprimível.

Esteve a cair fulminado.

– Infame – murmurou roxo de ira – tu me pagas! Infame... Infame!

Depois voltando-se para Manecão:

– Dê-me esse... eu o quero...

Abanou o capataz a cabeça.

– Não – respondeu surdamente. – Esse me pertence… Caçoou com o senhor… e fez de mim chacota.

– Então – disse apressadamente Pereira – parta hoje… parta já… E quando voltar, diga só: "estamos desagravados…" Inocência será sua…

Parando um pouco, concluiu tomado de enleio:

– Se quiser aceitá-la.

– Havemos de conversar.

Teve o mineiro uma explosão de desespero:

– Meu Deus – exclamou com dor – em que mundo vivemos nós? Um homem entra na minha casa, come do que eu como, dorme debaixo do meu teto, bebe da água que carrego da fonte, esse homem chega aqui e, de uma morada de paz e de honra, faz um lugar de desordem e vergonha! Não, mil raios me partam!… Não quero mais saber que esse miserável respire o ar que respiro. Não! Mil vezes, não! E desde já enxoto a canalhada que trouxe, gente do inferno como ele!… Hei de cuspir-lhes na cara… Pinchá-los fora como cães que são!… Ladrões!… Eu…

Interrompeu-o Manecão com calma:

– Não faça nada… É preciso que ninguém saiba do que se está passando aqui… Ninguém!… percebe?

– E então…

– Faça de conta[I] que recebeu uma letra[II] de Sant'Ana. O cujo foi quem a mandou, para que os camaradas o vão esperar no Leal… Ouviu?

Pereira fez sinal de tudo compreender.

– Depois – acrescentou Manecão, com voz sinistra – mãos à obra.

I. Fingir.

II. Carta.

– Você diz bem – retorquiu Pereira – tenha pena de mim... Estou com esta cabeça como um cortiço de guaxupés...[7] É um zumbido!... Mostre que já é dono desta casa e faça como entender... Entrego-me de pés e mãos atados a você... Tudo lhe pertence... Enquanto a honra do mineiro não for desafrontada...[8] não levanto o rosto... Meu Deus, meu Deus, que vergonha!

– Coragem, coragem – aconselhou o outro.

– Se este socavão não chegar para esconder minhas misérias... mudo-me para as bandas do Apa... Parece que vou morrer... sinto fogo dentro da cabeça...

E, vencido pela emoção, encostou a testa à mesa, deixando cair os braços.

Bateu-lhe Manecão no ombro.

– Que é isso, meu pai? ânimo! De que serve ser homem?... Olhe cara a cara a sua desgraça... que também é minha. Não o consola a certeza de que aquele homem brevemente...

– Sim – replicou Pereira, levantando a cabeça e reparando que o anão se retirara – mas que faremos deste tico de gente, que sabe tudo?

– Não o deixe sair mais de casa.

– Qual!... É que nem muçu[9]. Quando a gente mal pensa, surge no Sucuriú e até no Corredor.

– Pois bem... Ficará ele sabendo que... um só piscar de olho... pode sair-lhe caro... muito caro.

– Então – implorou Pereira – vá quanto antes limpar o meu paiol daquela gente... vá... Se eu pudesse ainda dormir... esquecia um pouco, mas...

Com estas palavras retirou-se a custo o mineiro.

Incontinenti foi Manecão despachar os camaradas de Cirino, os quais, pouco depois, saiam com destino à casa do Leal.

Em seguida, montando o tropeiro a cavalo, partiu em carreira desapoderada para a vila de Sant'Ana do Paranaíba, onde chegou alta noite.

## XXX
# Desenlace

*Estão contados os grãos de areia que compõem a minha vida. É aqui que devo tombar. É aqui que ela há de acabar.*

SHAKESPEARE, *Henrique V*, Ato I.

*Eis que vi um cavalo amarelo, e quem o montava, era a morte.*

SÃO JOÃO[1], *Apocalipse.*

DURANTE TRÊS DIAS, foi Cirino rigorosamente espreitado pelo noivo de Inocência.

Com a cautela própria dos seus hábitos esquivos, soube Manecão acompanhar-lhe todos os passos sem ser pressentido.

Assim, notou que o rival montava a cavalo e ia até certo ponto da estrada como que esperar por alguém que não chegava. Na ida, mostrava impaciência e inquietação; na volta, vinha melancólico e curvado sobre si mesmo, absorto em fundo meditar.

Ia o infeliz mancebo ao encontro de Cesário; mas este não aparecia.

Estava quase expirado o prazo combinado, e prestes a soar a hora do completo desengano.

Oh! se ele pudera!... Agarraria com forças de Josué[2] esse Sol que lhe marcava os dias e o deixaria imóvel, até que o seu salvador se resolvesse a estender-lhe a mão.

E já ia findando a semana!...

Completo o círculo de horas, se Cesário não aparecesse, começava a imperar o juramento que dera, irrevogável, implacável!

– Matar-me-ei – dizia Cirino – ficarão sabendo que não menti às minhas palavras.

Nessa firme resolução saiu da vila; passou o rio Paranaíba e, como costumava, caminhou pela estrada de São Francisco de Sales, talvez três léguas. Contava pousar por aqueles sítios, de modo que alongava o seu passeio.

Claro era o dia; lindo.

Por toda a parte cantavam mil pássaros. Gritavam as gralhas nos cerrados; piavam as perdizes no relvoso chão.

Cirino ia muito agitado. Nada ouvia; e os seus olhos, fitos sempre na frente, buscavam na estrada, ansiosos, o vulto de um cavaleiro.

Soou-lhe de repente aos ouvidos o tropel de um animal.

Alguém vinha a galope.

Seu coração pulsou que parecia ter entrado também a galopar.

Mas o som partia de detrás.

Sem dúvida, algum viajante vindo da vila.

Continuou Cirino na vagarosa marcha.

O estrupido[3] vinha indicando carreira folgada e que breve consigo estaria emparelhando, quem extravagantemente em hora tão imprópria corria à desfilada.

O mancebo de nada cuidava, tanto assim que mal reparou que alguém a trote largo passara por perto de si, quase a roçar animal contra animal.

Dali a pouco, novo galope se fez ouvir.

Parecia que o mesmo cavaleiro havia dado de rédeas, cortando o rumo que levava.

Dessa vez, porém, Cirino acordou do letargo[4] e esporeou vigorosamente a sua cavalgadura: esbarrou com... Manecão.

Instintivamente empalideceu. O outro estava também muito descorado.

Estacaram eles os animais e fitaram-se alguns minutos, de um lado com desconfiança e pasmo, de outro com mal concentrado furor.

– Patrício – interpelou por fim o capataz em tom provocador – que faz mecê por aqui?

– Eu? – perguntou Cirino.

– Nhor, sim, mecê mesmo.

– É boa… viajo.

– Ah! viaja! – replicou Manecão. – Então é andejo?[5]

– Andejo, não – contestou Cirino com força. – Não sou nenhum bruto.

E, por prevenção, levantou a capa do coldre em que havia uma pistola, fazendo menção de a sacar.

– Não será andejo – continuou o capataz – mas então o que é?

– Sou o que sou, não é da sua conta.

Contraiu-se o rosto de Manecão.

De um tranco chegou o cavalo bem junto a Cirino e disse-lhe em voz surda:

– É um ladrão… É um cachorro!

A esse insulto, puxou Cirino a pistola.

– Mato-o já – bradou com violência – se continua a destratar-me.

Sorriu-se o capataz com desprezo.

– Gentes – observou, cuspindo para um lado – vejam só que valentão… E sabe manejar garrucha!…

– Acabemos com isso – gritou Cirino.

– Acabemos – retorquiu Manecão com fingida calma.

– Mas quem é o senhor? – perguntou Cirino.

– Eu?

– Sim!... sim!...

– Então não me conhece?

– Não – balbuciou Cirino.

– Conhece *Nocência*? – uivou Manecão, com voz terrível.

E, de supetão, tirando uma garrucha da cintura, desfechou-a à queima-roupa em Cirino.

Varou a bala o corpo do infeliz e o fez baquear[6] por terra.

Dois gritos estrugiram[7].

Um de agonia, outro de triunfo.

Cirino ficara estendido de bruços. Reunindo as forças, que se lhe escapavam com o sangue, voltou-se de costas e prorrompeu em vociferações[8] contra o inimigo, que o contemplava sardônico[9].

– Matador! vil!... Sim!... conheço Inocência... Ela é minha... Infame!... Mataste-me... mas mataste também a ela!... Que te fiz eu?... Deus te há de amaldiçoar... sim, meu Deus, meus Santos... maldição sobre este assassino... Foge, foge... minha sombra há de seguir-te sempre!...

– Melhor – interrompeu Manecão, do alto do cavalo – isso mesmo é o que eu quero.

– Ah! queres? – continuou Cirino com voz rouquejante – não é?... Pois bem!... De noite e de dia... minha alma há de estar contigo... sempre, sempre!...

Calou-se por um pouco e, revolvendo-se no chão, passou a mão pela testa. Lentejava-lhe[10] dos poros o suor frio e visguento da morte.

Foi seu rosto abandonando a expressão de rancor; a respiração tornou-se mais difícil.

– Não – murmurou, com pausa e gravidade – não quero morrer... assim. Devo sair desta... como cristão... Hei de saber perdoar... – E, reunindo as forças, acrescentou com unção e energia: – Manecão... eu te perdoo... por Cristo...

que morreu... na cruz... eu te perdoo... Nosso Senhor tenha pena de ti... Eu te perdoo, ouviste?

À medida que o moribundo pronunciava estas palavras, esbugalhara Manecão os olhos de horror com o corpo todo a tremer.

– Não quero o teu perdão – bradou ele a custo.

– Não importa – respondeu-lhe Cirino, com voz suave. – Ele é... dado do fundo da alma... Caia sobre tua cabeça... Quero, quero morrer como cristão... Que me importa agora o mundo, a vingança... tudo?... só Inocência!... Coitada de Inocência... Quem sabe... se... ela... não morrerá? Manecão, dá-me água. Água, pelo amor de Deus!... Desce do cavalo, homem... É um defunto que te pede... Desce!...

E, com os braços erguidos, acenava para Manecão.

– Água – bradou o mancebo, forcejando por levantar-se – dá-me água... eu te dou a salvação...

Sentia o capataz escorrer-lhe o suor dentre os cabelos. Queria fugir e não podia. Parecia que os seus olhos tinham de acompanhar passo a passo a agonia da sua vítima. Aquela cena se lhe afigurava um pesadelo, e completo torpor lhe tolhia os membros.

O que o tirou desse enleio foi o bater das patas de um animal que vinha pela estrada a trote.

Ouvira também Cirino o estrépito e arregalara com ansiedade os olhos.

Desabrochou-lhe nos lábios um sorriso de acre tristeza.

Alguém vinha chegando.

Esporeou Manecão com vigor o cavalo e, levantando uma nuvem de poeira, desapareceu num abrir e fechar de olhos.

Nisto assomava um cavaleiro numa das voltas do caminho.

Era Antônio Cesário.

Vendo um homem estirado por terra, apressou o passo.

– O doutor?! – exclamou, apeando-se rapidamente e todo horrorizado.

– Eu mesmo – respondeu Cirino, com voz fraca.

– Mas, quem lhe fez este dano, santo Deus?

E, correndo para o moço, ajoelhou-se junto dele e levantou-lhe o corpo.

– Quem foi o assassino?

– Ninguém – rouquejou o mísero. – Foi... destino... Morro contente... Dê-me água... e fale-me de Inocência...

– Água? – exclamou Cesário, com desespero. – Aqui no meio do cerrado?... O córrego fica a três léguas pelo menos...

– Ah! – replicou Cirino, meio desvairado – se não há... com que estancar... a sede do corpo... estanque a... da alma... Inocência... onde está? Quero vê-la... Diga-lhe que morri... por causa dela...

– Mas, quem o matou? – bradou o mineiro.

– Não vale a pena dizê-lo – respondeu o mancebo, entre gemidos. – Cuide agora... só de mim... Olhe... nunca fui mau... não tenho pecados... grandes... Acha que Deus me... há de perdoar?

– Acho – respondeu Cesário com força.

– Que fiz eu... na minha vida? Talvez... enganasse os outros... dizendo que era... médico... Mas... também curei alguns... De nada mais me recordo... Ah! sim... uma dívida de honra... Na minha carteira... há uns seiscentos mil-réis; pague... trezentos ao Totó Siqueira, da vila; dê... cinquenta mil-réis... a cada camarada... meu... o mais... distri... bua... todo... pelos pobres, sobretudo... morféticos... depois das... missas... que por mim... mandar... rezar... ouviu?... ouviu?

Fez o mineiro sinal que sim.

Vinha a morte desdobrando as suas sombras no rosto de Cirino. Ia-se-lhe empanando o brilho dos olhos; ficara a língua trôpega, afilara-se-lhe o nariz, e sinistro palor[11] mais realçava a negra cor dos seus cabelos e barbas.

Sentara-se Cesário no chão para segurar com mais jeito o corpo do moribundo. Duas lágrimas vinham-lhe sulcando as másculas faces.

Ligeiro estremecimento agitava o corpo de Cirino.

– Agora – acrescentou com voz muito sumida – chegou... o meu dia... Mas... eu lhe peço... nada diga... à sua afilhada... Não consinta... que case com... Manecão.

– Então – interrompeu Cesário – foi ele quem?...

– Não, não – contestou Cirino – mas... ela havia de ser... infeliz... Ouviu? Promete-me?

– Prometo – respondeu Cesário com firmeza. – Juro até...

– Pois bem – suspirou o agonizante – agora... agradeço a morte... Quero apegar-me... às Santas do Paraíso... e chamo por...

E, com esforço, no último alento, murmurou mais e mais baixo:

– *Nocência*!

Na tarde deste dia, o viajante que passasse por aquele sítio poderia ver uma cova coberta de fresco, sobre a qual se erguia uma cruz tosca feita de dois grossos paus amarrados com cipós.

Eram mostras da caridade do mineiro Antônio Cesário.

# Epílogo
## Reaparece Meyer

*Possui-te de justo orgulho e coroem os louros de Apolo tua cabeça.*

Horácio

No dia 18 de agosto de 1863, presenciava a cidade de Magdeburgo pomposo espetáculo, há muito anunciado no mundo científico da sábia Germânia.

Era uma sessão extraordinária e solene da Sociedade Geral Entomológica, a qual chamava a postos não só todos os seus membros efetivos, honorários, correspondentes, como muitos convidados de ocasião, a fim de acolher e levar ao capitólio da glória um dos seus mais distintos filhos, um dos mais infatigáveis investigadores dos segredos da natureza, intrépido viajante, ausente da pátria desde anos e de volta da América Meridional, em cujas regiões centrais por tal forma se embrenhara, que impossível havia sido seguir-lhe o roteiro, até nos mapas e cartas especiais do grande colecionador Simão Schropp.

Revestira-se de mil galas a ciência. Todos os sócios de casaca preta, gravata e luvas brancas, alguns, com discursos nos bolsos, enchiam a sala das sessões muito antes da hora marcada; a música executava a sonata número 26 de Ludwig van Beethoven, e senhoras ostentavam toaletes ricas e de aprimorado gosto.

De repente atroou um grito:

– *Vivat Meyer!! Hurrah! Vivat!...*

E, ao passo que todos os pescoços se estiravam para ver quem entrava, sacudiam-se no ar com entusiasmo lenços e chapéus.

Acalmada a ruidosa manifestação, levantou-se o presidente da Sociedade Entomológica, um presidente magro como um espeto e ornamentado de ruiva cabeleira que lhe dava aspecto de um projeto de incêndio.

– Sim! – exclamou ele, depois de ter bebido uns goles de água açucarada e de haver preparado a garganta. – Eis enfim, aqui, no meio de nós, o grande, o vencedor, o incomparável Guilherme Tembel Meyer!...

E neste gosto falou duas horas seguidas.

.............................................

No dia seguinte, traziam as gazetas de Magdeburgo extensa relação da festa, transcreviam o discurso do presidente e, como apêndice às notas biográficas relativas a Meyer, enumeravam os prodígios entomológicos que havia recolhido em suas dilatadas peregrinações.

"O que há de mais digno de admiração", dizia *O Tempo* (*Die Zeit*), "em toda a imensa coleção trazida pelo doutor Meyer das suas viagens, é sem contestação uma borboleta, gênero completamente novo e de esplendor acima de qualquer concepção. É a *Papilio Innocentia...*" (Seguia-se uma descrição de minuciosidade perfeitamente germânica.)

"O nome", acrescentava a folha, "dado pelo eminente naturalista àquele soberbo espécime, foi graciosa homenagem à beleza de uma donzela (*Mädchen*) dos desertos da província de Mato Grosso (Brasil), criatura, segundo conta o doutor Meyer, de fascinadora formosura. Vê-se, pois, que também os sábios têm coração sensível e podem, por vezes, usar da ciência como meio de demonstrar sentimentos que muitos lhes querem recusar..."

* * *

Inocência, coitadinha...

Exatamente nesse dia fazia dois anos que o seu gentil corpo fora entregue à terra, no imenso sertão de Sant'Ana do Paranaíba, para aí dormir o sono da eternidade.

## Notas

*I*

1. *Johann Wolfgang von Goethe* (1749-1832): grande expoente da literatura alemã e universal, é autor de obras célebres de poesia (*O Aprendiz de Feiticeiro*), teatro (*Fausto*) e prosa de ficção (*Os Sofrimentos do Jovem Werther*; *As Afinidades Eletivas*).
2. *Jean-Jacques Rousseau* (1712-1778): célebre filósofo e escritor suíço, autor de livros de grande repercussão, como *Do Contrato Social* e *Emílio ou da Educação*.
3. *Assente*: situado; estabelecido.
4. *Homem chão:* simples, comum e sincero.
5. *Páramo:* planalto.
6. *Matalotagem:* provisão de mantimentos.
7. *Palhoça:* casa coberta de palha.
8. *Tapera:* habitação arruinada.
9. *Arrotear:* cultivar.
10. *Macega:* erva daninha.
11. *Viridente:* que verdeja; verdejante, verde.
12. *Charneca:* pântano.
13. *Apaulado:* em que há paul (pântano); palustre, pantanoso.
14. *Touceira:* grande moita.
15. *Sôfrego:* apressado.
16. *Taboca:* espécie de bambu.
17. *Alvacento:* alvo; esbranquiçado.
18. *Volitar:* esvoaçar.
19. *Carburetado*: queimado.
20. *Argueiro:* cisco; poeira fina.
21. *Espreitar:* esperar; observar com atenção.
22. *Azada:* oportuna.

23. *Peia:* empecilho; obstáculo; freio.
24. *Alfombra:* relva.
25. *Lugubremente:* tristemente; medonhamente; funebremente.
26. *Ubertoso*: fecundo.
27. *Esquivo:* arisco; arredio; intratável.
28. *Bordejar:* rodear.
29. *Lavrar:* alastrar-se.
30. *Grasnido:* grito.
31. *Putrefata:* podre.
32. *Comensal:* aquele que come junto com outro.
33. *Urgido:* obrigado; pressionado; instado.
34. *Conviva:* comensal.
35. *Repasto:* refeição.
36. *Meter-se em brios:* cair em si; ter consciência de sua condição ou situação.
37. *Adunco:* curvo.
38. *Serpe:* serpente.
39. *Baixura:* lugar baixo; planície.
40. *Orlado:* cercado; circundado; margeado.
41. *Núncio:* mensageiro.
42. *Linfa:* água.
43. *Colear:* mover-se sinuosamente, serpentear.
44. *Falto:* necessitado; desprovido; carente.
45. *Luxuriante:* exuberante.
46. *Lasso:* frouxo; bambo; enfraquecido.
47. *Encandeado:* ofuscado; com a vista turva.
48. *Sofreguidão*: pressa; avidez.
49. *Alento:* ânimo; fôlego.
50. *Espacejar:* espaçar; murmurar.
51. *Ciciar:* sussurrar.
52. *Harpa eólia:* instrumento musical cujas cordas ressoam, vibradas pelo vento. Na mitologia grega, Éolo é o deus dos ventos.

53. *Estípite:* caule.

54. *Pecíolo:* haste que liga a folha ao ramo.

55. *Flabelo:* folha de palmeira, em forma de leque.

56. *Espata*: estrutura que protege as flores de uma planta.

57. *Romboide*: que tem forma de losango.

58. *Versicolor*: multicolorido.

59. *Alcandorado*: empoleirado.

60. *Acabrunhador*: deprimente; entristecedor.

61. *Plangente:* choroso; triste.

62. *Consubstanciar:* unir-se, ligar-se; identificar-se.

63. *À surdina:* em voz baixa.

64. *Acuar:* encurralar.

65. *Peremptoriamente*: definitivamente; decididamente.

*II*

1. *Sorumbático*: sombrio; melancólico; triste.

2. *Pierre-Claude Nivelle de La Chaussée* (1692-1754): dramaturgo francês, considerado inventor da *comédie larmoyante* (comédia lacrimosa ou tragicomédia), gênero dramático intermediário entre a tragédia e a comédia.

3. *Miguel de Cervantes Saavedra* (1547-1616): poeta, dramaturgo e prosador espanhol; autor de *Dom Quixote*, obra-prima considerada como o primeiro romance moderno.

4. *Tordilho-queimado*: cavalo de pelo desbotado com manchas avermelhadas.

5. *Chapéu do chile:* chapéu de palha, masculino, de copa e abas flexíveis.

6. *Cingido:* rodeado.

7. *Poncho-pala*: espécie de capa de lã leve que se veste pela cabeça e cobre o corpo desde os ombros até o quadril.

8. *Fustigar*: açoitar; bater.

9. *Sezonático:* lugar em que há malária (sezão).

10. *Aleia:* alameda.

11. *Pombas de cascavel*: ave também conhecida pelos nomes "pomba-cascavel", "fogo-apagou" e "rolinha carijó", entre outras designações populares.

12. *Sestear:* fazer a sesta (descanso após o almoço).

13. *Zurzir:* açoitar.

14. *Escarranchado:* montado a cavalo com as pernas bem abertas.

15. *Zambro:* de pernas tortas; cambaio.

16. *Conchegar:* aproximar.

17. *Sobranceria:* soberba; arrogância; altivez.

18. *Sestro:* hábito.

19. *Abrenúncio* (interjeição): Deus me livre!

20. *Sem tir-te, nem guar-te* (locução adverbial): sem aviso; de repente.

21. *Dar à taramela:* falar muito, tagarela.

22. *Inopinado:* inesperado; surpreendente.

23. *Parola:* conversa fiada; conversa mole; tagarelice.

24. *Vasqueiro:* raro; difícil de encontrar.

25. *De truz:* de qualidade; excelente.

26. *Andar ceca e meca:* percorrer várias terras.

27. *Deitar poita:* ancorar.

28. *País:* território; região (na acepção requerida no contexto).

29. *Bater a passarinha:* ter intuição de alguma coisa.

30. *Canivete* (gíria): pangaré; matungo; pileca.

31. *Banzar:* matutar; meditar.

32. *Obrar:* fazer.

33. *À fidalga:* como um fidalgo (nobre).

34. *Folgazão:* brincalhão.

35. *Passadio:* refeição; alimentação.

36. *Em duas palhetadas:* rapidamente.

37. *Caipora*: azarado.

38. *Maleita*: malária.

39. *Enfatuação:* orgulho.

40. *Quina*: árvore de cuja casca se extrai o quinino, substância usada em medicamentos para pacientes com malária.
41. *Sezão*: febre.
42. *Mezinha:* remédio; medicamento.
43. *Garrulice:* tagarelice.
44. *Gabar:* elogiar.
45. *Pachorra:* paciência.
46. *Pataca:* dinheiro.
47. *Récula*: Pereira quer dizer "récua", no sentido pejorativo de "grupo de pessoas desprezíveis".
48. *Grelar:* brotar.
49. *Amofinar*: aborrecer.
50. *Tomar tento:* prestar toda a atenção.
51. *Víspora*: jogo de azar; loto; bingo.
52. *Garrucha:* tipo de pistola antiga.
53. *Pinchar:* lançar ou jogar longe alguma coisa.
54. *Airado:* irresponsável; louco.
55. *Fadista*: prostituta.
56. *Caldeira de Pedro Botelho*: o inferno. *Pedro Botelho*: o diabo.
57. *Lúgubre:* triste, fúnebre.
58. *Jocoso:* que provoca o riso.
59. *Copioso:* abundante.
60. *Álveo:* leito de rio.
61. *Areento:* arenoso.
62. *Talante:* vontade.

*III*

1. *Públio Ovídio Naso* (43 a.C. – 17 d.C.): célebre poeta romano, autor de *A Arte de Amar* e do poema mítico *Metamorfoses*, entre outras obras.
2. *Alexander Pope* (1688-1744): ensaísta, tradutor e poeta inglês de grande prestígio. Autor da sátira *O Rapto da Madeixa* (*The Rape of the Lock*).

3. *Molière* (1622-1673): nome artístico de Jean-Baptiste Poquelin, grande dramaturgo francês, autor de inúmeras comédias mundialmente famosas, como *O Avarento*, *O Doente Imaginário* e *Escola de Mulheres*.
4. *Misantropo:* pessoa que evita o convívio social e prefere a solidão.
5. *Empoado:* coberto de pó de arroz.
6. *Transido:* dominado (pelo medo).
7. *Admoestação:* advertência; aviso.
8. *Resmonear:* resmungar.
9. *Sem tugir nem mugir:* sem dizer nada; ficar calado.
10. *Telêmaco*: título abreviado de *As Aventuras de Telêmaco*, obra do sacerdote católico, educador e escritor francês François Fénelon (1651-1715). Na mitologia grega, Telêmaco é filho de Odisseu, o herói da *Odisseia*, de Homero (séc. VIII a.C.).
11. *Cantochão*: canto gregoriano; canto monódico da liturgia católica de tradição medieval.
12. *Sofreguidão:* impaciência.
13. *Joaquim José da Silva Xavier* (1746-1792): conhecido por Tiradentes, participou da Conjuração Mineira, sendo preso, julgado e condenado à morte por traição à coroa portuguesa. Foi enforcado e esquartejado. Passou a herói nacional após a Proclamação da República.
14. *Grazinar:* resmungar.
15. *Codicilo:* testamento.
16. *Volney* (1757-1820): pseudônimo do político, pensador e escritor francês Constantin-François Chassebœuf de La Giraudais. Em sua obra mais famosa, *As Ruínas*, faz a defesa do ateísmo, razão pela qual a Igreja católica a relacionou no Índice de Livros Proibidos.
17. *Homem da Natureza*: possível referência à obra *Sobre a Natureza do Homem*, atribuída a Pólibo (*c.* 400 a.C.), médico grego, discípulo de Hipócrates (*c.* 460 a.C. – *c.* 370 a.C), considerado o pai da medicina. Nessa obra, defende que as moléstias não são originadas pelos deuses, mas têm causas naturais.

18. *Manuel Maria Barbosa du Bocage* (1765-1805): poeta português, lírico e satírico, considerado um dos maiores de seu tempo, quer como neoclássico, quer como pré-romântico.

19. *Voltaire* (1694-1778): pseudônimo do filósofo iluminista e escritor francês François-Marie Arouet. Autor do *Dicionário Filosófico*, citado no texto, e de outras obras importantes, entre as quais se destaca a novela satírica *Cândido ou O Otimismo*.

20. *Pigault-Lebrun* (1753-1835): dramaturgo e romancista francês; organizador de *Citador* (*Citateur*), livro que recolhe citações adversas ao cristianismo.

21. *Évariste de Parny* (1753-1814): poeta francês de grande popularidade em seu tempo, mas obscuro atualmente. Autor de livros como *Poesias Eróticas* e *A Guerra dos Deuses*, este citado no texto.

22. *Marquês de Sade* (1740-1814): nome artístico de Donatien Alphonse François, aristocrata francês, célebre escritor de livros libertinos e eróticos como *Justine*, *A Filosofia na Alcova* e *Os 120 Dias de Sodoma*.

23. *Estrambótico:* esquisito.

24. *Manhosa*: pouco confiável.

25. *Esborcinado*: golpeado ou cortado na borda.

26. *Chernoviz:* Pedro Luís Napoleão Chernoviz (1812-1881): nascido na Polônia, tornou-se célebre médico no Brasil. Autor de compêndios de medicina de grande prestígio no país até o fim do século XIX e início do XX. O narrador faz uso metonímico (o autor pela obra) do nome do médico.

27. *Vade mecum*: expressão latina que designa qualquer obra de referência e constante consulta em uma determinada área de conhecimento.

28. *Homero* (séc. VIII a.C.): poeta grego consagrado pela tradição como autor das mais célebres epopeias de todos os tempos: a *Ilíada* e a *Odisseia*. O narrador faz uso metonímico do nome do poeta para designar os poemas épicos aqui referidos.

29. *Alexandre* (356 a.C. – 323 a.C.): conhecido como "Alexandre, o Grande" ou "Alexandre Magno", foi instruído pelo filósofo Aristóteles e tornou-se um dos maiores estrategistas militares de todos os tempos. Foi rei da Macedônia, faraó do Egito, conquistador da Pérsia e de parte da Índia, construiu um imenso império por onde divulgou a cultura helenística (grega).
30. *Rebuço:* fingimento; disfarce.
31. *Granjear:* conquistar.
32. *Eivado:* marcado; contaminado; infectado.
33. *Crasso:* grosseiro.
34. *Gineceu:* aposento de uma casa onde as mulheres ficam confinadas.
35. *Messias:* redentor; salvador.

## *IV*

1. *Walter Scott* (1771-1832): poeta e prosador inglês, considerado criador do romance histórico. Sua literatura influenciou significativamente o imaginário de artistas do romantismo. Autor de obras-primas como *Ivanhoé*, entre outras.
2. *Assomar:* aparecer.
3. *Cainçada:* algazarra de cães a latir.
4. *Atarantado:* desnorteado; confuso.
5. *Estremunhado:* sonolento.
6. *Bojar:* salientar; destacar; fazer bojo (aumentar o volume).
7. *Oitão:* empena; parede lateral de uma casa ou prédio.
8. *Picumã:* teia de aranha enegrecida pela fuligem.
9. *Marquesa:* tipo de sofá, sem encosto e com assento de palhinha.
10. *Retorquir:* retrucar; responder.
11. *Pala:* no contexto, designa a polaina, peça de vestuário que protege a parte superior do pé e a inferior da perna.
12. *Intumescer:* inchar.
13. *Manducar:* comer; alimentar-se.

14. *Patente*: evidente; manifesto.
15. *De patente*: excelente; extraordinário.
16. *Sobrolhos:* sobrancelhas.
17. *Bulir:* mexer.

V

1. *Menandro* (*c.* 342 a.C. - 291 a.C.): comediógrafo grego de cuja obra só a peça *O Misantropo* foi preservada na íntegra.
2. *Eurípides* (480 a.C. - 406 a.C.): um dos três maiores poetas trágicos da Antiguidade. Autor de peças célebres como *Medeia*, *As Troianas* e *As Bacantes*, entre outras.
3. *Feição:* aparência.
4. *Arisco:* tímido; desconfiado.
5. *Latagão:* homem jovem, forte e alto.
6. *Costear*: manejar o gado.
7. *Desempenado:* forte; valente.
8. *Muxoxo:* beijo (no contexto).
9. *Gabo:* elogio.
10. *Fanado*: murcho.
11. *Funçonata*: festa alegre; patuscada.
12. *Tafulão:* sedutor de mulheres.
13. *Pelintra:* sem vergonha; descarado.
14. *Beldroegas:* tolo.
15. *Taludo:* corpulento.
16. *Atamancar:* precipitar-se.
17. *Meliante:* vadio; vagabundo; malandro.

*VI*

1. *Enoque*: personagem da Bíblia (Gênesis, 5: 21-24); patriarca a quem a tradição hebraica considera exemplo de piedade, atribuindo-lhe a autoria de livros apócrifos (não canônicos).

2. *George Sand*: pseudônimo da escritora francesa Amandine Aurore Lucile Dupin (1804-1876), autora de romances de grande sucesso em seu tempo, como *Indiana*, *Consuelo* e *O Charco do Diabo*, entre vários outros.
3. *Oloroso:* que tem cheiro agradável.
4. *Lobrigar:* enxergar com dificuldade.
5. *Escabelo:* pequeno banco.
6. *Crivo:* bordado.
7. *Facultativo:* médico.
8. *Afiançar*: assegurar; garantir.
9. *Cabiúna:* jacarandá-preto.
10. *Entanguido:* acanhado, raquítico.
11. *Guedelha:* cabeleira revolta.
12. *Homúnculo:* homenzinho.
13. *Barafunda:* tumulto; desordem.
14. *Tronqueira*: porteira.

*VII*

1. *Ernst Theodor Amadeus Wilhelm Hoffmann* (1776-1822): escritor alemão, expoente da literatura fantástica. Autor de *O Elixir do Diabo*, entre outras obras de prestígio.
2. *Iriante:* brilhante.
3. *Ligal:* manta de couro que recobre e protege a carga transportada por animais.
4. *Gázeo:* esverdeado.
5. *Balordo:* tosco; grosseiro; rústico.
6. *Recoveiro:* aquele que faz transporte de carga.
7. *Encarapitado:* em cima.
8. *Renitente:* teimoso.
9. *Azêmola:* besta de carga.
10. *Juque*: modo como o apelido Juca é pronunciado com o sotaque do naturalista alemão Meyer.

11. *Mochu*: forma com que o criado José (Juca ou Juque) interpela seu patrão – o naturalista alemão Guilherme Tembel Meyer. A razão dessa forma de tratamento é revelada no capítulo XIII.
12. *Celeridade:* velocidade.
13. *Sorver:* beber ruidosamente.
14. *Marralheiro:* astuto.
15. *Soer:* costumar.

### VIII

1. *Xavier de Maistre* (1763-1852): escritor francês, célebre por sua novela *Viagem ao Redor do Meu Quarto*, cuja narrativa digressiva e fragmentária exerceu reconhecida influência em vários escritores da literatura universal, entre eles, o português Almeida Garrett (1799-1854) e o brasileiro Machado de Assis (1839-1908).
2. *Mitrado:* astucioso; sensato.
3. *Encetar*: iniciar; principiar.
4. *Matinada:* algazarra.
5. *Efusão:* manifestação de amizade ou afeto.
6. *Bruxuleante:* oscilante; bamboleante.
7. *Declinar:* enunciar ou revelar.
8. *Anicetos*: expressão de oralidade sertaneja. O criado se refere a "insetos". Do mesmo modo, nessa mesma fala, ocorrem as formas "alamão" (alemão) e "barboletas" (borboletas). Em outras falas dessa e de outras personagens, há notáveis formas de oralidade, como é o caso de "Nocência", que é como Pereira pronuncia o nome da filha (Inocência), ou "Juque", como o naturalista alemão interpela seu criado José (chamado pelo apelido "Juca").
9. *Assomo:* impulso; ímpeto.
10. *Lepidóptero*: borboleta; mariposa.
11. *Curra*: imitação da pronúncia com sotaque para a palavra "cura".

12. *Coco* (gíria): dinheiro.
13. *Fleuma:* serenidade.
14. *Bota*: imitação da fala marcada pela imperícia de Meyer em língua portuguesa. "Vai bota" equivale a "vai botar", "vai pôr" ou "vai colocar".
15. *Bestunto:* cérebro; cabeça.
16. *Currupira* (ou curupira): ente sobrenatural (de origem indígena brasileira) que protege as matas e os animais selvagens.
17. *Boitatá*: monstro mitológico indígena, representado como uma cobra de fogo.
18. *Pitança*: alimento.

*IX*

1. *Enleio:* encanto.
2. *Arfar:* palpitar.
3. *Recalcitrar*: resistir, desobedecer.
4. *Relancina:* rapidamente; num relance.
5. *Amuo:* mau humor; enfado.
6. *Mouco:* surdo.
7. *Fruir:* desfrutar.
8. *Venusto:* belíssimo.
9. *Alabastrino:* alvo; branco.
10. *Pélago:* abismo.
11. *Isocrônico*: regular.
12. *Gárrulo:* tagarela.

*X*

1. *Súcia:* agrupamento de pessoas de má índole.
2. *Ablução:* lavagem.
3. *Grotesco:* extravagante; ridículo.
4. *Lúzio:* olho.

5. *Enguiço:* mau-olhado; quebranto.
6. *Verberar:* reprovar.
7. *Palmear*: trilhar; percorrer.
8. *Bichar:* ganhar dinheiro.
9. *Esturrado*: exaltado; irritável; irascível.
10. *Tenção*: intenção; propósito.
11. *Catadupa:* jorro, derramamento.
12. *Epístola:* carta.
13. *Transuente*: ortografia errada do autor da carta; a forma correta é "transeunte".
14. *Tulha:* celeiro; paiol.
15. *Extático:* absorto; pensativo.
16. *Ufania:* motivo de orgulho.

*XI*

1. *Tito Mácio Plauto* (*c.* 230 a.C. – 180 a.C.): dramaturgo romano, autor de comédias como a famosa *Miles Gloriosus* (*O Soldado Fanfarrão*), entre várias outras.
2. *Chusma:* multidão.
3. *Moroso:* lento.
4. *Táler*: antiga moeda de prata alemã.
5. *Corroborar:* confirmar.
6. *Meditabundo:* pensativo; meditativo.
7. *Aventar:* sugerir; expor.
8. *Jiga-joga*: zombaria.
9. *Persignar-se:* benzer-se fazendo o sinal da cruz.

*XII*

1. *Eclesiastes*: livro sapiencial que pertence ao Antigo Testamento, da Bíblia. A tradição atribui sua autoria a Salomão, filho de Davi e rei de Israel.

2. *Canapé:* espécie de sofá.
3. *Enleado* (sentido figurado): confuso.
4. *Delíquio*: desfalecimento; desmaio.
5. *Ex abundantia cordis:* em tradução literal do latim, a expressão significa "da abundância de coração". No contexto em que se encontra, equivale a "sinceramente".
6. *De esguelha:* obliquamente.
7. *Pachouchada:* tolice; asneira.
8. *Fojo*: armadilha.

*XIII*

1. *Charles-Joseph, Príncipe de Ligne* (1735-1814): aristocrata, militar e memorialista belga.
2. *Cocoroca* (gíria): corcoroca; coroca; caduca.
3. *Serpentão* (gíria): mulher feia; bruxa.
4. *Tafularia:* grupo de pessoas alegres.
5. *Chibante:* cheio de si; altivo; orgulhoso.
6. *Incongruência:* inconveniência.
7. *Ideado:* imaginado; fantasiado.
8. *Colisão:* luta.
9. *Em francês, Mochu*: José Pinho, o Juca, pronuncia "Mochu", querendo falar o vocábulo francês *monsieur* (senhor).
10. *Talabarte:* correia.
11. *Metal do príncipe*: ouropel; liga metálica feita de cobre.
12. *Talim:* cinturão.
13. *Patrona*: sacola; balaio.
14. *Afumado:* escuro; esfumado.
15. *Estapafúrdio:* esquisito; excêntrico.
16. *Calunga:* boneco.
17. *Comezinho:* corriqueiro; comum.

## XIV

1. *William Shakespeare* (1564-1616): poeta e dramaturgo inglês, considerado um dos maiores escritores da literatura universal. Autor de peças célebres como *Hamlet*, *Romeu e Julieta*, *Macbeth*, *Rei Lear*, *Otelo* e várias outras obras de grande prestígio.
2. *Estrídulo:* estridente.
3. *Estival:* relativo ao verão (estio).
4. *Chula:* música popular de andamento lento, originária de Portugal.
5. *Modinha:* canção popular de tema, sobretudo, amoroso.
6. *Estacar*: deter-se; parar.
7. *Aflautado:* doce; suave.
8. *Empertigado:* aprumado, altivo.
9. *Inefável:* encantador.
10. *Menear:* balançar; oscilar.
11. *Entrementes:* intervalo de tempo; ocasião.
12. *Exorar:* suplicar; implorar.
13. *Esparzir:* espalhar.
14. *Roborante:* fortificante.
15. *Obsequioso:* prestativo.
16. *De chofre:* de repente.

## XV

1. *Avelhentado:* envelhecido.
2. *Entomologia*: estudo científico dos insetos.
3. *Gilvaz:* ferimento.
4. *Dolente:* queixoso.
5. *Asserção:* afirmação.
6. *Mein Gott!*: "meu Deus!", na língua alemã.
7. *Imprecação:* praga; maldição.
8. *Socavão:* cova; buraco.
9. *Mequetrefe:* patife.

## XVI

1. *Empalamado*: pessoa doente, coberta de edemas.
2. *Minerva*: deusa romana da sabedoria. Corresponde à deusa Atena na mitologia grega.
3. *Laocoonte*: sacerdote troiano do deus Apolo. Por haver profanado o templo desse deus, Laocoonte e seus filhos são mortos por duas grandes serpentes que, após trucidá-los, vão se enrolar aos pés da estátua de Atena (Minerva).
4. *Alquebrado:* curvado; cansado; abatido.
5. *Máquina*: grupo de pessoas (em sentido figurado).
6. *Próprio*: portador; mensageiro.
7. *Cavouqueiro*: mentiroso (em sentido figurado, popular).
8. *Arraigar:* fixar; enraizar.
9. *Quebrantado:* abatido; debilitado; fraco.
10. *Físico*: designação antiga para os médicos.
11. *Entono:* soberba, arrogância.
12. *Ingurgitado*: inchado.
13. *Tartamudear:* gaguejar.
14. *Aterrado:* aterrorizado.
15. *Jaracatiá:* árvore conhecida como mamoeiro-do-mato. O látex dessa árvore tem propriedades purgativas.
16. *Coleóptero*: besouro.
17. *Engorovinhado*: enrugado.

## XVII

1. *Mossa:* perturbação; abalo.
2. *Morfeia:* lepra; hanseníase.
3. *Instar:* pedir, solicitar, com instância.
4. *Confranger:* oprimir; afligir; angustiar.
5. *Atônito*: espantado; confuso; assombrado.
6. *Vágado:* vertigem.

*XVIII*

1. *Bernardin de Saint-Pierre* (1737-1814): escritor francês. Seu romance *Paulo e Virgínia* (1788) obteve grande sucesso internacional.
2. *Refugar:* rejeitar.
3. *Exacerbar:* intensificar.
4. *A desoras:* fora de hora.
5. *Exasperação:* irritação; fúria.
6. *Embaciado:* sem brilho; embaçado.
7. *Anhumapoca*: espécie de ave, também conhecida como "tachã".
8. *Consciencioso:* consciente; cuidadoso.
9. *Alçar:* elevar; erguer.
10. *Abusão:* engano; ilusão.
11. *Esgueirar:* desviar; afastar-se com cuidado.
12. *Bulha:* barulho; ruído.

*XIX*

1. *Fausto:* feliz.
2. *Desvanecer:* desaparecer; eliminar.
3. *Viração:* aragem; brisa.
4. *Inocular:* inserir; introduzir.
5. *Ensejo:* oportunidade; momento favorável.

*XX*

1. *Prorromper:* manifestar-se de súbito e com ímpeto.
2. *Mandingueiro*: feiticeiro.
3. *Surucucu*: serpente venenosa de grande porte; jararacuçu.
4. *Punga*: pessoa sem valor.
5. *Trombudo:* carrancudo; emburrado.
6. *Biltre*: canalha.
7. *Enfarruscado:* carrancudo; mal-humorado.

8. *Mariola*: patife; mau-caráter.
9. *Et coetera*: expressão latina que significa "e outras coisas" ou "e assim por diante". Usa-se, geralmente, na forma abreviada: *etc.*
10. *Pedro Botelho*: um dos nomes atribuídos pelo povo ao diabo.
11. *Mangação*: ironia: zombaria; deboche.
12. *Marreco* (gíria sertaneja antiga): pessoa astuciosa; matreiro.
13. *Cômoro:* terreno pouco elevado; pequeno monte.
14. *Meco* (gíria): sujeito; tipo.

*XXI*

1. *Cerúleo:* azul como o céu em dia claro.
2. *Alvinitente:* de cor branca e brilhante.
3. *Prelecionar:* ensinar; lecionar.
4. *Carl Nilsson Linnæus* (1707-1778): famoso naturalista e médico sueco.
5. *Palpar*: palpo; apêndice dos lábios de insetos.
6. *Morigerado:* de bons e exemplares costumes.

*XXII*

1. *Caio Valério Catulo* (*c.* 84 a.C.– *c.* 57 a.C.): poeta da Antiguidade romana, célebre por seus poemas breves e elegantes, que celebram o amor, a amizade, o luto e circunstâncias da vida cotidiana, comuns, graves ou jocosas.
2. *Emético:* vomitório.
3. *Ingente:* enorme.
4. *Verbi gratia:* por exemplo.

*XXIII*

1. *Colimar:* objetivar; ter em vista.
2. *Empalecer:* empalidecer.

3. *Argênteo*: prateado.
4. *Negacear*: seduzir; iludir.
5. *Chilrar:* chilrear; cantar.
6. *Eriçado:* arrepiado.
7. *Hirto:* imóvel.
8. *Troar:* retumbar.

### *XXIV*

1. *Cécile Joséphine Julie Lavergne* (1823-1886): escritora francesa.
2. *Símplices:* medicamentos.
3. *Soalheiro:* exposto ao Sol.
4. *Alvoroçar:* agitar-se; entusiasmar-se.
5. *Descoroçoado:* desanimado; desencorajado.
6. *Contrito:* arrependido.
7. *Engolfado:* mergulhado; absorvido.
8. *Rés do chão:* situado no nível da rua.
9. *Rusguento:* insatisfeito; implicante.
10. *Bolada*: soma de dinheiro.
11. *Chasquear:* zombar.
12. *Azo:* motivo; oportunidade.
13. *Chilenas*: esporas.
14. *Adernar:* inclinar-se.

### *XXV*

1. *Madame du Deffand* (1697-1780): Marie de Vichy-Chamrond, marquesa de Deffand, aristocrata francesa que manteve um salão elegante em Paris, frequentado por artistas e escritores. Manteve correspondência com intelectuais como o seu amigo Voltaire.
2. *Charlotte Turner Smith* (1749-1806): poeta e romancista inglesa.
3. *Enatado:* enlameado; pantanoso.
4. *Miasma*: odor emanado de material em decomposição.

5. *Sopé:* base; parte inferior.
6. *Elação:* elevação; sublimidade.
7. *Contingência:* eventualidade; acaso.
8. *Mole*: grande quantidade.
9. *Quero-quero*: tipo de pássaro.
10. *Brunido:* lustrado, polido.
11. *Atenazar:* torturar; maltratar.
12. *Crestar:* tostar.
13. *Impassibilidade:* indiferença.

XXVI

1. *Horácio* (65 a.C.-8 a.C.): Quintus Horatius Flaccus é um dos maiores poetas da Antiguidade romana, de vasta influência na poesia ocidental, tanto por suas sátiras quanto por seus poemas líricos.
2. *Acicate:* espora.
3. *Pingo* (regionalismo): cavalo de alta qualidade.
4. *Bacamarte:* antiga arma de fogo.
5. *Ronqueira:* cano de ferro cheio de pólvora, que detona com estrondo.
6. *Arraia miúda*: pessoas das camadas inferiores da sociedade.
7. *Descante:* desafio entre cantadores.
8. *Cururu:* dança de roda em que se canta ao desafio.

XXVII

1. *Debuxar:* esboçar; desenhar.
2. *Sobrecenho:* fisionomia sombria.

XXVIII

1. *Friedrich Gottlieb Klopstock* (1724-1803): poeta alemão, autor da epopeia *A Messíada.*

2. *Guapa:* bonita.
3. *Encambulhar:* ligar; unir.
4. *Redarguir:* replicar; responder.
5. *Inziminar*: a grafia do vocábulo imita a oralidade sertaneja de Cesário e equivale a "examinar".
6. *Pendoar:* apresentar pendão.
7. *Latente:* oculto.
8. *Esmorecer:* afrouxar; enfraquecer.
9. *Tácito:* silencioso; calado.
10. *Bola* (gíria): mente; inteligência.
11. *Recobrar:* readquirir; recuperar.

*XXIX*

1. *Desazado:* inoportuno; inconveniente.
2. *Entoação:* inflexão; entonação.
3. *Lívido:* muito pálido.
4. *A flux:* em profusão.
5. *Frenesi:* exaltação violenta.
6. *Cofiar:* alisar.
7. *Guaxupé*: tipo de abelha.
8. *Desafrontado:* vingado.
9. *Muçu*: tipo de peixe, também conhecido como "muçum" ou "enguia-d'água-doce".

*XXX*

1. *São João*: um dos doze apóstolos de Jesus Cristo. A tradição lhe atribui a autoria do Quarto Evangelho e do Livro da Revelação (Apocalipse), na Bíblia cristã.
2. *Josué*: sucessor do profeta Moisés como líder dos israelitas. Conquistador da Terra Prometida. Na tradição hebraica, vem a ser autor do livro que leva o seu nome, no Antigo Testamen-

to. Segundo a narração bíblica, a pedido de Josué, Deus deteve a marcha do Sol no céu "e atrasou o seu ocaso de quase um dia inteiro" (Josué 10: 12-14, *Bíblia de Jerusalém*, p. 242).

3. *Estrupido:* barulho.
4. *Letargo:* letargia; apatia.
5. *Andejo:* vagabundo (em sentido figurado).
6. *Baquear:* tombar; cair.
7. *Estrugir:* retumbar; estrondear.
8. *Vociferação:* insulto; áspera recriminação.
9. *Sardônico:* irônico; sarcástico.
10. *Lentejar:* transpirar.
11. *Palor:* palidez.

# Bibliografia


AMORA, Antônio Soares. *História da Literatura Brasileira*. 2ª ed. revista e ampliada. São Paulo, Saraiva, 1958, pp. 69-70.

BOSI, Alfredo. *História Concisa da Literatura Brasileira*. 43ª ed. São Paulo, Cultrix, 2006, pp. 144-145.

BROCA, Brito. *Horas de Leitura*. Rio de Janeiro, INL, 1957, pp. 143-148.

CANDIDO, Antonio. *Formação da Literatura Brasileira*. São Paulo, Ouro sobre Azul, 2017.

PEREIRA, Lúcia Miguel. *Prosa de Ficção (de 1870 a 1920)*. Belo Horizonte/São Paulo, Itatiaia/Edusp, 1988, p. 44.

ROMERO, Sílvio. *História da Literatura Brasileira*. 5ª ed. Rio de Janeiro, José Olympio, 1954, pp. 1604-1614 (tomo V).

SODRÉ, Nelson Werneck. *História da Literatura Brasileira*. 3ª ed. (refundida). Rio de Janeiro, José Olympio, 1960, pp. 301-302.

TAUNAY, Visconde de. *A Mocidade de Trajano*. São Paulo, Academia Paulista de Letras, 1984, p. 25.

______. *Inocência*. 3ª ed. Rio de Janeiro, Laemmert, 1896.

______. *Inocência*. 4ª ed. Rio de Janeiro, Laemmert, 1899.

VERÍSSIMO, José. *História da Literatura Brasileira*. Rio de Janeiro, Francisco Alves, 1916, pp. 320-324.

| | |
|---|---|
| *Título* | *Inocência* |
| *Autor* | Alfredo d'Escragnolle Taunay |
| *Apresentação* | Jefferson Cano |
| *Estabelecimento de Texto e Notas* | José de Paula Ramos Jr. |
| *Editor* | Plinio Martins Filho |
| *Produção Editorial* | Aline Sato |
| *Ilustrações da Capa e Miolo* | Kaio Romero |
| *Revisão* | Ateliê Editorial |
| *Editoração Eletrônica* | Camyle Cosentino |
| *Formato* | 12 x 18 cm |
| *Tipologia* | Minion Pro |
| *Papel* | Chambril Avena 70 $g/m^2$ (miolo)<br>Cartão Supremo 250 $g/m^2$ (capa) |
| *Número de Páginas* | 312 |
| *Impressão e Acabamento* | Rettec |